रस्किन बॉन्ड

रस्किन बॉन्ड का जन्म 1934 में कसौली में हुआ था। उनका पालन-पोषण जामनगर, देहरादून, नई दिल्ली और शिमला में हुआ। युवावस्था में कुछ वर्ष उन्होंने लन्दन में बिताए लेकिन वहाँ उनका मन नहीं लगा और 1955 में वह भारत लौट आए। उनके प्रथम उपन्यास *द रूम ऑन द रूफ* के लिए उन्हें जॉन लेवेलीन राइस पुरस्कार प्रदान किया गया। यह पुरस्कार कॉमनवेल्थ के तीस वर्ष से कम आयु के साहित्यकार को उसकी उत्कृष्ट साहित्यिक कृति के लिए प्रदान किया जाता है। उसके बाद से उनकी पैंतीस पुस्तकें प्रकाशित हो चुकी हैं। उनकी कई पुस्तकों का हिन्दी में अनुवाद हो चुका है, जिसमें से *रूम ऑन द रूफ वे आवारा दिन, उड़ान, अब दिल्ली दूर नहीं* उल्लेखनीय हैं। 1993 में उनको साहित्य अकादमी पुरस्कार, 1999 में पद्मश्री और 2014 में पद्मभूषण से अलंकृत किया गया।

पैन्थर्स मून

रस्किन बॉन्ड

राजपाल

अनुवाद

ऋषि माथुर

स्थापित 1912
100 वर्षों की
श्रेष्ठ प्रकाशन परम्परा
राजपाल

₹ 275

ISBN : 9789350643556

पहला संस्करण : 2015, तीसरा संस्करण : 2023

PANTHERS MOON (Stories) by Ruskin Bond

(Hindi edition of *Panther's Moon and Other Stories*

published in English by Penguin Books India)

मुद्रक : शिव शक्ति प्रिंटर्स, दिल्ली

राजपाल एण्ड सन्ज़

1590, मदरसा रोड, कश्मीरी गेट, दिल्ली–110006

फोन : 011–23869812, 23865483, 23867791

e-mail : sales@rajpalpublishing.com

www.rajpalpublishing.com

www.facebook.com/rajpalandsons

मेरे पिता को,
जिन्होंने थोड़े से समय में
मुझे बहुत अधिक दिया

क्रम

पैन्थर्स मून

पूरे गाँव में सबसे पहले वही जागा। यहाँ तक कि शेर जैसे बड़े और झबरे सिर और पूँछ वाला पहाड़ी कुत्ता शेरू भी अंधेरे कमरे के कोने में रात को तापने के लिये जलायी गयी आंच की अब तक ठंडी पड़ चुकी राख के पास सोया पड़ा था। बिस्नु ने कंबल में से सिर बाहर निकाला तो उसके बाल बिखरे थे। उसने आँखें मलकर नींद को दूर भगाया, और उकड़ूँ बैठ गया। पूरी तरह से जागने पर वह सरकता हुआ दीवार में बने आले में ज़ोर-ज़ोर से टिक-टिक कर रही अरसे से वक्त के थपेड़े सह रही पुरानी घड़ी की तरफ़ बढ़ा। घड़ी की जगह घर में दूसरी सबसे अहम जगह थी। उससे ज़्यादा, यानी सबसे ज़्यादा महत्त्वपूर्ण जगह पर बुद्धि-विद्या के देवता गणेश जी की तस्वीर विराजमान थी।

बिस्नु अपने चेहरे को घड़ी के बिल्कुल नज़दीक ले गया, तब कहीं उसे घड़ी की सूइयाँ नज़र आयीं। पाँच बज रहे थे। यानी उसके पास अब घर से जाने के लिए आधा घंटा बचा था, जिसमें उसे तैयार भी होना था।

ज़ांघिया और बनियान पहने वह उठ खड़ा हुआ, और चुपचाप दरवाज़े की तरफ़ बढ़ा। हालाँकि वह नंगे पैर था और उसके कदमों की आहट सुनाई भी नहीं दे रही थी, लेकिन शेरू के लिए वही काफ़ी थी। काले बालों वाला शेरू चुपचाप लड़के के पीछे हो लिया। दरवाज़ा खुला, और लड़का तथा उसका कुत्ता दोनों बाहर खुले आसमान के नीचे पहुँच गये। जून का महीना था और हिमालय की वादियों तक में रात को भी गर्मी पड़ रही थी, लेकिन सुबह के वक्त घास पर ओस जमा हो जाती थी। बिस्नु ने अपने पैरों तले ओस की ताज़गी महसूस की। उसने गहरी साँस ली और नीचे धारा तक जाने के लिए चल पड़ा।

छोटी-सी घाटी में पानी की धारा की आवाज़ गूँज रही थी। इतने सवेरे वही एक आवाज़ थी, लेकिन बिस्नु को तो जैसे उसका एहसास ही नहीं था। यह धारा सुनते हुए तो वह बड़ा हुआ था, और उस पर बिस्नु का ध्यान भी नहीं जाता था,

लेकिन जब वह शहर जाने के लिए पूरी चढ़ाई चढ़कर पहाड़ी के ऊपर पहुँचता था, तब उसे इस आवाज़ के दूर से आने का एहसास ज़रूर होता था—और तब उसे इस आवाज़ के होने का सचमुच एहसास होता था। और जब वह काफ़ी दूर निकल जाता था, तब उसे इस अपनी घाटी की धारा की 'कलकल' बहुत याद आती थी।

उसने जांघिया-बनियान उतारे, और अपने हाथ-पैरों पर खड़े होते रोंगटों की झलक भर ली, और उथली धारा में छपाक से कूद पड़ा। उसने डुबकी लगायी, और जब वह कुछ और आगे बढ़ा, तो पहाड़ों से आता ठंडा पानी जांघों और नाभि तक आ गया, तब ठंडक की वजह से वह मुँह खोलकर साँसें लेने लगा, लेकिन उसे मज़ा आ रहा था। उसने अपने हाथ-पैर चलाने बन्द किये और खुद को धारा के हवाले कर दिया, फिर तैरते हुए दूसरे किनारे की ओर मुख्य धारा से अलग एक छोटी खाड़ी जैसे ठहरे पानी के गहरे भराव में जा पहुँचा। उसने फिर डुबकी मारी। शेरू को इतने सवेरे ठंडा पानी कतई अच्छा नहीं लगता था, वरना वह बिस्नु के साथ पानी में उतरने से पीछे नहीं हटता, लेकिन चढ़ती धूप के बढ़ते उजाले में वह एक चिकनी चट्टान पर शांति से बैठे-बैठे पानी में हाथ-पैर चलाकर छपर-छपर करते दुबले और साँवले से बिस्नु पर नज़र रख कर ही काम चला रहा था।

बिस्नु ज़्यादा देर पानी में नहीं रहा। इसके लिए समय ही नहीं था, उसके पास। जब वह घर लौटा, तो उसकी माँ चाय और चपाती बना रही थी। उसकी बहन पूजा अब भी सो रही थी। वह बिस्नु से थोड़ी बड़ी, मजबूत हाथ-पैरों, बढ़िया बत्तीसी और बड़ी-बड़ी आँखों वाली सलोनी-सी लड़की थी। दिन में वह घर और खेती के कामकाज में अपनी माँ का हाथ बँटाती थी। बिस्नु के साथ वह स्कूल नहीं जाती थी। पर बिस्नु जो कुछ स्कूल में पढ़ कर आता था, घर लौटने के बाद वह उसमें से कुछ चीज़ें उसे पढ़ाता था। उनके पिता की मौत हो चुकी थी। और बारह साल का बिस्नु खुद को घर का मुखिया समझता था।

उसने घी चुपड़ कर दो रोटियाँ खायीं। साथ में चीनी वाली चाय पी। उसकी माँ ने शेरू को मोटी-मोटी दो रोटियाँ दीं, जो कि उसने झटपट सफ़ाचट कर दीं। फिर उसने दो रोटियाँ और करेले की सब्ज़ी बड़े-बड़े पत्तों में बाँध कर दिन के खाने के लिए बिस्नु को पकड़ायीं। यह उसका दोपहर का खाना था। उसकी माँ और पूजा बाद में खाना खाती थीं।

जब बिस्नु ने कपड़े पहन लिये तब वह गणेश जी की तस्वीर के सामने हाथ जोड़ कर खड़ा हो गया। गणेश जी ही तो वह देवता हैं, जिनकी कृपा से हर शुरुआत शुभ होती है। कोई किताब लिखने की शुरुआत करने से पहले लेखक, नयी बही लिखने की शुरुआत करने से पहले साहूकार, और यात्रा पर निकलने से पहले यात्री

गणेश जी की कृपा की कामना करते हैं। और बिस्नु भी हर रोज़ गजवदन गणेश जी की स्तुति किये बिना घर से नहीं निकलता था।

हाथी का सिर कैसे पाया गणेश जी ने? मन में यह सवाल उठ सकता है?

जब उनका जन्म हुआ था, तो वह बहुत सुन्दर थे। उनकी माँ पार्वती को उनकी सुन्दरता पर इतना गर्व हुआ, कि वह उन्हें हर किसी को दिखाती घूमतीं। दुर्भाग्य से उन्होंने बच्चे को शनि ग्रह को दिखाने की गलती कर दी, जो उनसे जलते थे। शनि ने फ़ौरन उनका सिर भस्म कर दिया। व्याकुल पार्वती जी सृष्टि के रचयिता ब्रह्मा जी के पास पहुँचीं और अपने पुत्र के नये सिर के लिए प्रार्थना करने लगीं। उनके पास उस समय देने के लिए कोई सिर नहीं था, लेकिन ब्रह्मा जी ने उन्हें किसी ऐसे जीव का सिर काट कर लगा देने को कहा, जो कोई पाप या कोई और गलत काम कर रहा हो। पार्वती जी ऐसे जीव की तलाश में इधर-उधर घूम ही रही थीं कि तभी उनकी नज़र एक हाथी के बच्चे पर पड़ी जो गलत दिशा में सिर करके, यानी दक्षिण की ओर पैर किये सो रहा था। उन्होंने झटपट उसका सिर धड़ से अलग किया और गणेश जी के कन्धों पर जमा दिया।

बिस्नु को यह बात मालूम थी। उसने यह कथा अपनी माँ से सुन रखी थी। सफ़ेद कमीज़ और काली हाफ़ पैंट, काफ़ी घिस चुके किरमिच के सफ़ेद जूते पहनकर वह अपने स्कूल तक पाँच मील की चढ़ाई के लिए तैयार था।

वह निकलने ही वाला था कि उसकी बहन जाग गयी। अपने चेहरे पर आये बालों को हटाते हुए वह बिस्नु की ओर देखकर मुस्कुरायी। ऐसी मुस्कुराहट उसके चेहरे पर कम ही आती थी।

'भूले तो नहीं हो न?' वह बोली।

'भूला?' बिस्नु ने ऐसे बनते हुए कहा जैसे उसे कुछ पता ही न हो। 'क्या कोई ऐसी भी बात है, जो मुझे याद रखनी है?'

'मुझे चिढ़ाओ मत। तुमने कहा था कि तुम मेरे लिए एक जोड़ी कड़े लाओगे, याद है न? पिछली बार की तरह इस बार भी मिठाई पर सारे पैसे मत उड़ा देना।'

'अरे हाँ, तेरे कड़े,' बिस्नु बोला। 'लड़कियों के पास इन पायल-कड़े जैसी चीज़ों पर पैसे बर्बाद करने के सिवा और कुछ नहीं होता। अब नाराज़ न होना! ले आऊँगा तुम्हारे लिये। तुझे लाल और सुनहरे वाले कड़े चाहिए न?'

'हाँ, भैया,' पूजा ने बड़ी नरमी के साथ कहा। वह खुश थी कि कम से कम बिस्नु को उसकी पसंद के रंग तो याद हैं। 'और रात के खाने में तुम्हारे लिए हम कुछ खास बनाएँगे। हैं न माँ?'

'हाँ, लेकिन जल्दी से तैयार हो जाओ। आज थोड़ा खेत की जोताई करनी

है। देवताओं की कृपा रही तो जल्दी ही बारिश का मौसम आ जाएगा।'

'इस साल मानसून देर से आयेगा,' बिस्नु ने कहा। 'हमारे टीचर नौटियाल जी ने हमें बताया है। उनका कहना है कि इसका देवताओं से कोई लेना-देना नहीं है।'

'जल्दी जाओ, तुम्हें देर हो रही है,' पूजा बोली, ताकि कहीं बिस्नु इस बात पर माँ के साथ बहस न करने लगे। साथ ही वह होशियारी से पुरानी घड़ी में चाबी भरने लगी। अब तक कमरे में काफ़ी रोशनी हो चुकी थी। सूरज भी बस निकलने ही वाला था।

बिस्नु ने अपना स्कूल का बस्ता कंधे पर लटकाया, माँ के गालों को चूमा और बहन के गाल पर चुटकी काटी, और घर से निकल पड़ा। खड़ी चढ़ाई वाली उस पहाड़ी पगडंडी पर वह आगे बढ़ने लगा। शेरू आगे-आगे चल रहा था, हमेशा की तरह, वह भी बिस्नु के साथ स्कूल जाता था।

पाँच मील दूर था स्कूल। इतवार को छोड़, रोज़ाना बिस्नु पाँच मील चलकर स्कूल जाता था, और शाम को पाँच मील की दूरी तय करके घर लौटता था। उसके अपने गाँव मंजरी में स्कूल नहीं था, क्योंकि वहाँ परिवार ही पाँच थे। केम्पटी का स्कूल सबसे पास पड़ता था। गढ़वाल ज़िले से गुज़रने वाली सड़क पर केम्पटी एक छोटी-सी बस्ती थी। कितने ही लड़के दो-तीन मील दूर के गाँवों से पैदल चलकर वहाँ पढ़ने आते थे, लेकिन उनके गाँव उतने दूर नहीं थे, जितनी दूर बिस्नु का गाँव था—बिल्कुल अलग-थलग। पहाड़ के बिल्कुल नीचे, घाटी में, केम्पटी से कोई दो हज़ार फ़ीट की बिल्कुल सीधी ढलान के नीचे था, मंजरी गाँव। केम्पटी की बस्ती और मंजरी गाँव के बीच कोई सड़क या पक्का रास्ता नहीं था।

केम्पटी में एक स्कूल था, ईसाई पादरियों की देखरेख में चलने वाला एक अस्पताल था, डाकखाना था और कुछ दुकानें थीं। मंजरी गाँव में अगर कोई बीमार पड़ जाये, तो वह तब तक घर पर पड़ा रहे, जब तक कि ठीक नहीं हो जाता। अगर कोई ज़्यादा बीमार पड़ जाये तो वह किसी तरह चलकर केम्पटी के अस्पताल तक जाये, या फिर उसे उठाकर ले जाया जाये। मंजरी के किसी परिवार में अगर किसी चीज़ की ज़रूरत पड़ जाये तो आप उसके बिना ही काम चलाइये, लेकिन अगर काम न चले तो पाँच मील चलकर केम्पटी तक जाइए।

मंजरी को पाँच मील वाले गाँव के नाम से जाना जाता था।

अगर गाँव में किसी की चिट्ठी आती तो उसे देने हफ़्ते में दो बार डाकिया आता। अक्सर स्कूल से आते-जाते रास्ते में बिस्नु को डाकिया मिलता था।

मंजरी गाँव में और लड़के भी थे, लेकिन अकेला बिस्नु ही था जो स्कूल जाता था। अगर वह स्कूल न जाता और घर पर रहकर खेतों में काम करता तो भी

उसकी माँ को कोई ऐतराज़ न होता। दूसरे लड़के तो ऐसा ही करते थे। बाकी सभी— चितरू को छोड़कर, जिसे धारा में मछली पकड़ना या दूसरों के पेड़ों से फल तोड़ने में ज़्यादा मज़ा आता था। लेकिन बिस्नु स्कूल जाता था। और वह भी इसलिए क्योंकि उसे अच्छा लगता था। न तो उसे कोई ज़बर्दस्ती स्कूल भेज सकता था, और न ही कोई उसे स्कूल जाने से रोक सकता था। उसने तय कर रखा था कि वह खूब अच्छी तरह पढ़ेगा। वह भी इस बड़ी-सी दुनिया के दूसरे तमाम लोगों की तरह पढ़ना-लिखना चाहता था। दुनिया, जो उसे लगता था, उस जगह से शुरू होती थी, जहाँ पहाड़ खत्म होते थे। वह छोटी-सी घाटी में बाकी दुनिया से खुद को अलग-थलग महसूस करता था। उसका बस चलता तो पहाड़ की तलहटी में रहने की बजाय वह चोटी पर रहता। उसे केम्पटी तक चढ़ाई करके जाना इसलिए अच्छा लगता था, क्योंकि इस तरह वह पहाड़ के ऊपर जा पहुँचता था और पहाड़ों की पीठ से उसे उत्तर में अपनी घाटी दिखाई देती और दक्षिण में दूर-दूर तक फैला मैदानी इलाका, इतना लम्बा-चौड़ा जैसे उसका कोई दूसरा छोर ही न हो।

मैदानी इलाके में रहने वाले मन बहलाने के लिए पहाड़ों की सैर करने जाते हैं, लेकिन पहाड़ के बाशिंदों को रोज़गार के लिए मैदानी इलाकों का रुख करना पड़ता है।

गाँव और खेतों को पीछे छोड़ते हुए बिस्नु लगातार पथरीली पहाड़ी पर चढ़ता जा रहा था। पेड़ वहाँ थे नहीं, बारिश में जो हरियाली छा जाती थी, वह सब अब सूख चुकी थी। हर तरफ़ सूखा और भूरा। जब तक सूरज चढ़ा, बिस्नु बांज और बुरांस के जंगल की छाया में पहुँच चुका था। शेरू अब भी आगे-आगे दौड़ा जा रहा था। कभी वह गिलहरियों को दौड़ाता, तो कभी लंगूरों पर भौंकता।

लंगूरों का एक दल बांज के जंगल में रहता था। वह बांज की पत्तियों और उसके फलों के अलावा दूसरी हरी चीज़ें भी खाते थे, और सिर्फ़ धूप सेंकने या खेलकूद के लिए ज़मीन पर उतरते थे। काले मुँह, लम्बी पूँछ, लचीले हाथ-पैरों और राख जैसे रंग के चमकते बालों वाले लंगूर सुंदर लगते थे। वह बड़ी फुर्ती से एक पेड़ से दूसरे पेड़ पर कूद-फाँद मचाते रहते थे। और उनके बच्चे घास पर नटखट लड़कों की तरह आपस में गुत्थम-गुत्थी किया करते थे।

लंगूर समाज की अपनी मर्यादाएँ होती हैं। वह मैदानी इलाकों के लाल मुँह वाले बन्दरों जैसे बदमाश और चालाक नहीं होते। वह खुद ही इन्सान और कुत्तों से दूर रहते थे, लेकिन बिस्नु को देखते-देखते उनकी आदत पड़ गयी थी, इसलिए उसके आने-जाने की वह परवाह नहीं करते थे। कुछ बड़े लंगूर उसे चुपचाप गौर से देखा करते थे। ये लंगूर केम्पटी से दूर ही रहते थे, क्योंकि बस्ती के लड़के उन्हें

पत्थर मारा करते थे। फिर लंगूरों को बस्ती में जाने की ज़रूरत भी क्या, उन्हें जितना कुछ खाने को चाहिए होता था, वह सब तो बांज के जंगल में मिल जाता था।

पेड़ों के बीच से निकलकर बिस्नु ने छोटी-सी पहाड़ी धारा को पार किया। वह धारा का ताज़ा और साफ़ पानी पीने को ठहरा। यह धारा पहाड़ों के ऊपर से आती और बिस्नु के गाँव के थोड़ा नीचे जाकर नदी से मिलती थी। दूसरी तरफ़ से एक और रास्ता वहाँ आकर मिलता था। जहाँ दोनों रास्ते मिलते थे, वहीं सरू उसका इंतज़ार कर रहा था।

सरू का गाँव बिस्नु के गाँव से करीब तीन मील दूर था और उसके गाँव के मुकाबले केम्पटी के पास पड़ता था। उसने दूध की दो बड़ी डोलचियाँ अपने कन्धों पर लटका रखी थीं। रोज़ सवेरे वह दूध लेकर बस्ती तक जाता था, और इनमें से एक डोलची का दूध स्कूल वालों को और दूसरी का छोटे से मिशन अस्पताल की डॉक्टर, श्रीमती टेलर को बेच देता था। सरू बिस्नु से थोड़ा बड़ा था, लेकिन उसके जैसा अच्छे डीलडौल वाला नहीं।

दोनों ने जोश के साथ एक-दूसरे का नाम पुकार कर मिलने की खुशी ज़ाहिर की, और फिर सरू कदम से कदम मिलाकर बिस्नु के साथ चलने लगा। दोनों लड़के अकसर इसी जगह मिलते थे, और यहाँ से केम्पटी तक का बाकी का दो मील का सफ़र साथ में तय करते थे।

'रात को हमारे गाँव में तेंदुआ आया,' सरू बोला।

इस जानकारी में बिस्नु को दिलचस्पी तो थी, लेकिन इस पर उसने कोई हैरानी नहीं ज़ाहिर होने दी। पहाड़ों में तेंदुए आमतौर पर होते ही हैं और सर्दी के दिनों को छोड़कर उनकी वजह से आमतौर पर कोई दिक्कत नहीं होती। जिन जानवरों का वे शिकार करते हैं, उनकी कमी के चलते सर्दियों में तेंदुए जब-तब गाँवों के आसपास चले आते हैं, क्योंकि वहाँ उन्हें किसी लापरवाह कुत्ते या भटकी हुई बकरी को धर दबोचने के अच्छे मौके मिलते हैं।

'तुम्हारे किसी जानवर को तो तेंदुए ने नहीं उठाया?' बिस्नु ने पूछा।

'नहीं। उसने गाय के बाड़े में घुसने की कोशिश तो की थी, लेकिन कुत्तों ने शोर मचा दिया। और हमने उसे खदेड़ दिया।'

'ज़रूर वही तेंदुआ होगा जो पिछले साल सर्दी के मौसम में आया करता था। हमारे गाँव से एक बछड़ा और दो कुत्ते उठा ले गया था।'

'वही तो नहीं जिसे शिकारियों ने घायल कर दिया था? कहीं ऐसा तो नहीं कि उसी ने मवेशियों को उठा कर ले जाना शुरू कर दिया हो?'

'वही वाला भी हो सकता है। उसके एक पैर में गोली लगी है। ये शिकारी

लोग हैं, जो सारी मुसीबत की जड़ हैं। उन्हें लगता है कि तेंदुए को गोली मारना आसान काम है। अच्छा हो जो उनकी गोली जानवर को लगे ही नहीं, लेकिन अकसर ये उसे घायल करके छोड़ते हैं।'

'फिर तेंदुए में कांकड़ का शिकार करने लायक फ़ुर्ती तो रहती नहीं, वह हमारे जानवरों को उठाना शुरू कर देता है।'

'हमारी किस्मत अच्छी है जो वह आदमखोर नहीं हुआ। तुम्हें याद है, छह साल पहले वाला आदमखोर? तब मैं बहुत छोटा था। मेरे पिताजी ने उसके बारे में सब कुछ बताया। अकेले हमारी घाटी में ही दस लोग मारे गये थे। उसका क्या हुआ?'

'मुझे नहीं पता। कुछ लोगों का कहना है कि जब उसने दूसरे गाँव के मुखिया को खाया तो उसे ज़हर चढ़ गया।'

बिस्नु खिलखिला पड़ा। 'वह बदमाश बुढ़ऊ किसी को नहीं सुहाता था। पिछले किसी जन्म में वह ख़ुद भी नरभक्षी रहा होगा!' उन्होंने एक-दूसरे के हाथ पकड़े और कठिन पथरीले रास्ते पर साथ-साथ चढ़ने लगे। शेरू बीच-बीच में भौंकता हुआ आगे-आगे दौड़ता जा रहा था। दूसरी तरफ़ से कोई आ रहा था।

वह निकला डाकिया मेला राम।

'हमारे नाम कोई चिट्ठी है?' बिस्नु और सरू ने एक सुर में पूछा।

उनकी कभी कोई चिट्ठी नहीं आती थी, लेकिन इससे उन्हें कोई फ़र्क नहीं पड़ता था, और वे डाकिये से हमेशा अपनी चिट्ठी के बारे में पूछते थे। किस-किस के नाम चिट्ठी आयी है, यह पता लगाने का एक तरीका था यह उनके लिए।

'सारी अपनी समझो,' मेला राम ने कहा, 'अगर तुम मेरा थैला उठाकर ले चलो।'

'आज नहीं,' सरू बोला। 'आज हम ज़रा अपने काम में उलझे हुए हैं। क्या नायक घनश्याम की उसके परिवार के लिए कोई चिट्ठी है?'

'हाँ, उसके घरवालों के नाम एक पोस्टकार्ड है। उसे अब लद्दाख सीमा पर तैनात किया गया है, और वहाँ उसे बहुत ठंड लगती है।'

बन्द लिफ़ाफ़ों की बात और है, लेकिन पोस्टकार्ड को तो सार्वजनिक संपत्ति समझा जाता था और कोई भी उन्हें पढ़ लेता था। भेजने वाले को भी इस बात का पता होता था, और शायद इसीलिए नायक घनश्याम ने जानबूझकर बहुत जल्दी अपनी तरक्की होने की बात का ज़िक्र किया था। वह चाहता था कि उसके गाँव में सब

को इस बात का पता चल जाये।

मेला राम अपने पैर में तकलीफ़ का रोना रोते हुए अपने रास्ते चला गया और लड़के अपनी राह। जब वे केम्पटी पहुँचे तब आठ बज रहे थे। डॉक्टर टेलर के मरीज़ अस्पताल के फाटक पर आने शुरू हो गये थे। डॉक्टर खुद अपने दरवाज़े पर चढ़ी गुलाब की बेल को फिर पहले की तरह अटाने की कोशिश कर रही थीं, जो कि रात को तेज़ हवा से नीचे आ गिरी थी। मरीज़ देखने से पहले, सुबह के समय अपने पौधों की देखभाल करना उन्हें अच्छा लगता था, क्योंकि इससे उन्हें अपने काम में मदद मिलती थी—बीमार पौधों और बीमार लोगों की ज़रूरतें एक जैसी ही जो होती हैं।

डॉक्टर टेलर पचास साल की थीं, बाल पक चुके थे, लेकिन चेहरे पर रौनक और दमखम में कोई कमी नहीं थी। उन्हें भारत में रहते हुए बीस साल हो चुके थे, और इनमें से दस साल पहाड़ी इलाकों में बीते थे।

उन्होंने सड़क पर बिस्नु को आते हुए देखा। इस लड़के और घर से स्कूल के उसके लम्बे सफ़र के बारे में वह जानती थीं। वह उसकी होशियारी और धुन के पक्के होने की खूबियों की कायल थीं। उन्हें लगता था कि और बच्चे भी ऐसे ही होने चाहिए।

'हाँ, तुम्हारे लिए एक हड्डी है,' डॉक्टर टेलर बोलीं। वह अक्सर शेरू के लिए हड्डियाँ बचाकर रख देती थीं, क्योंकि उन्हें पता था कि बिस्नु के घर वाले इस बड़े से काले कुत्ते को रोज़-रोज़ खाने में माँस देने का खर्च नहीं उठा सकते। हालाँकि दूध-रोटी से भी शेरू का काम मज़े से चल जाता था।

उन्होंने हड्डी फाटक के बाहर फेंकी, और इससे पहले कि वह ज़मीन पर गिरती, शेरू ने उसे अपने मुँह में लपक लिया। स्कूल का घंटा बजने लगा, तो बिस्नु दौड़ पड़ा। और उसके पीछे-पीछे शेरू भी।

जब बिस्नु स्कूल के फाटक के अन्दर चला गया, तो शेरू स्कूल के मैदान की घास में बैठ गया। अब खाने की छुट्टी तक और कहीं नहीं जायेगा। स्कूल की छुट्टी तक का समय बिताने के कई तरीके वह जानता था। बाज़ार के कुछ कुत्तों से भी उसकी दोस्ती थी, लेकिन फ़िलहाल उसे किसी की ज़रूरत नहीं थी। अभी उसे हड्डी से जो जूझना था।

बिस्नु को पढ़ाने वाले टीचर, नौटियाल जी का मूड ठीक नहीं था। उन्हें गुलाब उगाने का शौक था, और आज सुबह जागने पर जब उन्होंने अपने सोने के कमरे की खिड़की से बाहर झाँककर देखा, तो पाया कि बकरियों का एक झुंड उनकी बगिया में घुसा हुआ था। उन्होंने बकरियों को डंडे से सड़क पर दूर तक खदेड़ा,

लेकिन उनका नुकसान तो हो चुका था। बकरियाँ उनके बेहतरीन गुलाब चर गयी थीं।

नौटियाल जी इस बात से इतना परेशान हो गये कि उन्होंने नाश्ता भी नहीं किया। और दाढ़ी बनाते समय अपना गाल भी काट लिया। इससे उनका मन पहले से भी ज़्यादा खराब हो गया। दिन में कई बार, जब-जब किसी लड़के पर वह खीजे, तो फ़ुट्टे से उसकी उंगलियों के गट्टों पर मार कर पिटाई की। बिस्नु उनके सबसे अच्छे शिष्यों में से एक था। लेकिन बिस्नु ने भी उसी दिन उनसे गणित के एक सवाल को समझाने के लिए कई बार कहा, जबकि नौटियाल जी का समझाने का बिल्कुल मन नहीं था।

कुछ ऐसा ही अजीब-सा दिन था, वह नौटियाल जी के लिए। ज़्यादातर शिक्षकों को अक्सर ऐसे दिन देखने पड़ते हैं।

'बेचारे नौटियाल जी,' बिस्नु ने सोचा। 'पता नहीं उन्हें क्या परेशानी है। ज़रूर तनख़्वाह को लेकर वह उलझन में होंगे। उन्हें ज़्यादा पैसा नहीं मिलता, लेकिन वह पढ़ाते अच्छा हैं। कहीं कोई दूसरी नौकरी करने न चले जाएँ।'

लेकिन जब नौटियाल जी दोपहर का भोजन कर चुके, तो उनका मूड कुछ ठीक हुआ, जैसा कि हर बार होता था, खाना खाने के बाद। बाकी का दिन शांति से कट गया। शाम के चार बजे स्कूल की छुट्टी होने पर बिस्नु बाहर निकला तो शेरू उसके पीछे चल पड़ा। घर पर करने के लिए खूब सारा काम मिला था। उसकी कक्षा के कई साथी उसके साथ थे, लेकिन उसने बाज़ार में घूमने में समय नहीं गँवाया। उसे पाँच मील पैदल चलना था, और वह नहीं चाहता था कि घर पहुँचने में उसे ज़्यादा देर हो जाए। आमतौर पर अंधेरा होने से पहले वह घर पहुँच जाता था।

सरू बहुत पहले ही घर जा चुका था, और बिस्नु को वापसी का सफ़र अकेले तय करना था। अंग्रेज़ी की जो कविता उसने याद करने का मन बनाया था, उसे रटने का यह अच्छा मौका था।

जब बिस्नु रास्ते में पड़ने वाली उस छोटी-सी धारा तक पहुँच गया, तब उसे ध्यान आया कि उसने अपनी बहन से कड़े लाने का वादा किया था।

'लो, मैं फिर भूल गया,' वह ज़ोर से बोला। 'मुझे अब ध्यान आया। उसने रात के खाने में मेरे लिए ज़रूर कोई अच्छी चीज़ बनायी होगी।'

उसने यह बात शेरू से कही थी, लेकिन शेरू ने कोई ध्यान नहीं दिया, और दौड़ता हुआ बांज के जंगल में आगे चला गया। लंगूर न जाने कहाँ चले गये थे। बिस्नु ने इधर-उधर नज़रें दौड़ाईं, लेकिन लंगूर कहीं नहीं दिखे।

'अजीब बात है,' उसने सोचा। 'मुझे समझ में नहीं आ रहा है कि सारे लंगूर कहाँ गुम हो गये।'

अचानक एक तेज़ चीख सुनायी दी तो वह चौंक पड़ा। फिर कुत्ते के रिरियाने की आवाज़ आयी तो वह फ़ौरन समझ गया कि शेरू मुश्किल में है। ये आवाज़ें नीचे खड्ड की उन झाड़ियों की तरफ़ से आ रही थीं, जिनकी ओर कुछ ही देर पहले शेरू गया था।

बिस्नु पगडंडी छोड़ ढलान के रास्ते सीधे झाड़ियों की ओर दौड़ा। वहाँ न कोई कुत्ता था और न कोई आवाज़। उसने सीटी मारी, और उसे पुकारा, लेकिन सन्नाटा छाया रहा। तभी उसे सूखी घास में कोई चीज़ पड़ी दिखाई दी, जो कुत्ते के पट्टे का एक हिस्सा था—खून से सना। वह शेरू का पट्टा था, और शेरू का खून।

बिस्नु ने अपनी तलाश बन्द कर दी। वह समझ गया कि शेरू तेंदुए का शिकार हो गया है। कोई और जानवर इतनी फुर्ती से चुपचाप हमला नहीं कर सकता था, और न ही बिना किसी खींचतान के ऐसी आसानी से इतने बड़े कुत्ते को उठा ले जा सकता था। शेरू मर चुका होगा—दबोच कर हवा में उछालने के साथ ही उसके प्राण-पखेरू उड़ गये होंगे। बिस्नु को पता था कि अगर वह पेड़ों के बीच से खून की बूँदों का पीछा करते हुए झाड़ियों की तरफ़ गया तो उसे बहुत बड़े खतरे का सामना करना पड़ सकता था। तेंदुए के खाने में किसी ने खलल डाली तो वह उस पर भी हमला बोल सकता था।

आँसुओं से भरी आँखें लिये बिस्नु गाँव की ओर जाने वाली पगडंडी पर आगे चलने लगा। पट्टे का खून से सना टुकड़ा उसने अब भी अपनी मुट्ठी में दबा रखा था। शेरू की निशानी के तौर पर वही एक चीज़ तो उसके पास बची थी।

बिस्नु कोई बहुत भावुक किस्म का लड़का नहीं था, लेकिन वह अपने कुत्ते के शोक में डूब गया, जो कि कितनी ही बार पहाड़ों और जंगलों में दूर तक पैदल जाने के समय उसका साथी होता था। वह उस रात सोया नहीं। करवटें बदलता रहा, और चुपचाप सुबकता रहा। कुछ देर बाद उसने अपने सिर पर पूजा का हाथ महसूस किया। वह उसका माथा सहलाने लगी। बिस्नु ने उसका हाथ अपने हाथ में ले लिया, और उसके खुरदुरे, पर अपनेपन से भरे हाथ से उसे चैन का एहसास हुआ और डर दूर हो गया।

अगले दिन, जब वह सुबह नहाने के लिए धारा पर पहुँचा, तो उसे शेरू की कमी बहुत अखरी। वह ज़्यादा देर पानी में नहीं रहा। जब शेरू उस पर नज़र न रखे हो तो फिर पानी में खेलने में कोई मज़ा नहीं।

जब बिस्नु की माँ ने उसके लिए खाना दिया, तो साथ में होशियार रहने और

शाम को जल्दी घर लौटने के लिए भी कहा। तेंदुआ चाहे भेड़ और कुत्तों पर घात लगाने वाला डरपोक-सा ही क्यों न हो, उसे हलके में लेना ठीक नहीं। और इस तेंदुए ने तो अंधेरा होने से पहले ही कुत्ते को उठाकर हिम्मत दिखायी थी।

जो भी हो, स्कूल न जाने का तो सवाल ही नहीं था। जब-जब तेंदुआ आने लगे, तब-तब बिस्नु स्कूल जाना बन्द कर दे, इससे अच्छा तो वह पूरी तरह स्कूल छोड़कर घर पर बैठ जाएँ।

वह आमतौर पर जिस समय स्कूल के लिए निकलता था, उससे पहले घर से चल दिया। जिस दोराहे पर सरू मिलता था, वहाँ वह काफ़ी पहले पहुँच गया। मगर उसने अपने दोस्त का इंतज़ार नहीं किया, क्योंकि वह अपने कुत्ते की मौत के बारे में बात नहीं करना चाहता था। वह डाकिये के आने का दिन भी नहीं था, इसलिए बिस्नु रास्ते में बिना किसी से मिले केम्पटी पहुँच गया। अस्पताल के फाटक के सामने से निकलते समय वह चाहता था कि उसे कोई न देखे। लेकिन डॉक्टर टेलर ने उसे देख लिया, और देखते ही बोलीं—'शेरू कहाँ है? मैंने उसके लिए कुछ बचाकर रखा है।'

जब डॉक्टर टेलर ने उसका चेहरा देखा, तो वह फ़ौरन समझ गयीं कि कुछ तो गड़बड़ है।

'क्या हुआ, बिस्नु?' उन्होंने पूछा। उन्होंने जल्दी से सड़क पर दोनों ओर नज़रें दौड़ाईं। 'क्या शेरू... ?'

उसने भारी मन से सिर हिलाकर हामी भरी।

'उसे तेंदुआ ले गया,' वह बोला।

'गाँव में?'

'नहीं, जब हम जंगल से होकर घर जा रहे थे, तब। मैं कुछ देख नहीं पाया, सिर्फ़ आवाज़ें सुनीं।'

डॉक्टर टेलर जानती थीं कि वह चाहे जो कुछ कहें, उसे दिलासा नहीं दी जा सकती। शेरू के लिए वह जो हड्डी ले आयी थीं, उसे छुपाने लगीं, लेकिन बिस्नु ने उन्हें हड्डी को हाथ पीछे करके छुपाते देख लिया और उसकी आँखों में आँसू छलछला आये। मुँह फेर कर वह सड़क पर आगे दौड़ गया।

स्कूल में बच्चों को जब उसके साथ शेरू नज़र नहीं आया तो वे भी उससे शेरू के बारे में पूछने लगे। बिस्नु को उन्हें सब कुछ बताना पड़ा। वह हमदर्दी जता रहे थे, लेकिन उन्हें इसमें एक रोमांच भी महसूस हो रहा था, इसलिए वे कुरेद-कुरेद कर, एक-एक बात पूरी बारीकी से बताने के लिए बिस्नु के पीछे पड़ रहे थे। कक्षा में बहुत ज़्यादा शोर मच रहा था, और नौटियाल जी को चिल्लाकर सबको

शान्त कराना पड़ा। जब उन्हें पता चला कि क्या हुआ था, तो उन्होंने बिस्नु का सिर थपथपाया और उससे कहा कि अगर वह चाहे तो आज कक्षा में न बैठे, लेकिन बिस्नु घर नहीं जाना चाहता था। छुट्टी के बाद उसकी एक लड़के से लड़ाई हो गयी, जिससे उसका ध्यान बँट गया।

जिस तेंदुए की वजह से सारे गाँव में उदासी और खौफ़ का माहौल बन गया था, हो सकता है उसी ने शेरू को उठाया हो। जो भी हो, पक्के तौर पर यह पता लगाने का कोई ज़रिया नहीं था। और इससे कोई फ़र्क नहीं पड़ता, क्योंकि जो तेंदुआ रात को आता था, और मंजरी गाँव में हमले करता था, वह सबसे ज़्यादा खौफ़नाक जंगली जानवरों में से था—वह आदमखोर था।

कलम सिंह के नौ साल के बेटे संजय पर तेंदुए ने सबसे पहले हमला किया था।

कलम सिंह का घर गाँव के एक सिरे पर था, और धारा के बिल्कुल पास पड़ता था। दूसरे घरों की तरह उसका घर भी छोटा-सा था—नीचे जानवरों के रहने की जगह और उसके ऊपर एक कमरा, जहाँ पहुँचने के लिए घर के बाहर सीढ़ियाँ थीं। इसमें वह अपनी बीवी, दो बेटों और नन्हीं बेटी बसंती के साथ रहता था। बेटों में संजय छोटा था और बसंती हाल ही में तीन साल की हुई थी।

संजय दूसरे लड़कों के साथ पहाड़ी की ढलान पर गायों को चराकर घर लाया था। वह एक ऐसा पौधा भी लाया था, जिसे पकाकर उसकी माँ ने रात के खाने के लिए बढ़िया सब्ज़ी तैयार की। घर के कमरे के फ़र्श पर बैठकर उन्होंने सूरज डूबने के साथ खाना खा लिया था, और जल्दी ही सोने के लिए बिस्तरों में घुस गये थे। संजय अपनी पसंदीदा जगह, दरवाज़े की देहली पर सिर रख कर गुड़मुड़िया कर लेट गया, जहाँ उसे ताज़ी हवा मिलती थी। अब रातें गर्माने लगी थीं, इसलिए दरवाज़ा थोड़ा-सा खुला छोड़ दिया जाता था। संजय की माँ ने तापने के लिए जल रही आग के अंगारों पर राख डाली, और जल्दी ही सारा परिवार सो गया।

दरवाज़े की तरफ़ दबे पाँव बढ़ते तेंदुए की आहट किसी ने नहीं सुनी। उसने पैर मारकर दरवाज़े को थोड़ा और खोल दिया। इसी के साथ हड़बड़ाकर जूझने की आवाज़ें आने लगीं। बीच-बीच में तेंदुए के घुरघुराने की आवाज़ें भी आ रही थीं। कलम सिंह चिल्लाए, और एकदम से खड़े हो गये। अब तक तेंदुआ संजय को खींचकर दरवाज़े के बाहर ले जा चुका था। वह उसे सीढ़ियों से नीचे खींच रहा था। तभी कलम सिंह ने एक बड़ा-सा पत्थर उठाया और पूरी ताकत से तेंदुए को मारने लगे। परिवार के बाकी लोग डर के मारे चीखने लगे, जिससे सारा गाँव जाग

गया। कई लोग कलम सिंह की मदद के लिए दौड़ पड़े, और तेंदुए को खदेड़ दिया गया, लेकिन संजय बेहोश पड़ा था।

कोई दौड़कर लालटेन ले आया। जब संजय की माँ ने अपने छोटे-से बेटे के सिर के इर्द-गिर्द काफ़ी सारा खून देखा, तो उसकी चीख निकल गयी। ऐसा लग रहा था कि उसके सिर का एक तरफ़ का हिस्सा तेंदुए ने खा लिया था, लेकिन वह अब भी ज़िन्दा था, और जब कलम सिंह खून का बहाव रोकने के लिए उसके सिर पर राख लगा रहे थे, तब उन्होंने पाया कि उसके सिर की एक तरफ़ की चमड़ी नुची हुई थी, जिससे उसके कपाल की हड्डी साफ़ नज़र आ रही थी—सपाट और साबुत।

'लगता नहीं कि यह सुबह तक जी पाएगा,' एक पड़ोसी बोला। 'सुबह हमें इसको नीचे नदी तक ले जाना ही पड़ेगा।'

मंजरी गाँव से होकर जो छोटी-सी नदी बहती थी, मुर्दे हमेशा उसी के किनारे जलाये जाते थे।

शिकार हाथ से निकल जाने से खीजा हुआ तेंदुआ गाँव के आसपास ही मंडरा रहा था। वह अचानक गुस्से से दहाड़ा। घबराहट में गाँव वाले भागकर अपने-अपने घरों में दुबक गये। उन्होंने अन्दर से दरवाज़े बन्द कर लिये। फिर वह रात को बाहर नहीं निकले।

संजय की माँ सारी रात उसके पास बैठी, रोती रही, और उसे देखती रही। सुबह होने को थी जब संजय ने कराहना शुरू किया जो इस बात का संकेत था कि उसकी हालत सुधर सकती है। बेहोशी टूटने का यह लक्षण नज़र आने पर कलम सिंह मन पक्का करके उठे और अपनी लाठी ढूँढ़ने लगे।

उन्होंने अपने बड़े बेटे से कहा कि वह घर पर ही रह कर माँ और बहन का ध्यान रखे। और यह भी कहा कि वह खुद संजय को लेकर डॉक्टर टेलर के अस्पताल जा रहे हैं।

'देखो, यह कराह रहा है और इसे दर्द हो रहा है,' कलम सिंह ने कहा। 'इसका मतलब है कि अगर फ़ौरन इसका इलाज हो गया तो इसके जी जाने की उम्मीद है।'

हाथ में मज़बूत लाठी और पीठ पर संजय को लेकर कलम सिंह कठिन पहाड़ी रास्ते पर केम्पटी की ओर चल पड़े जिधर दो मील दूर अस्पताल था। उनका बेटा, जिसके सिर पर लिपटा कपड़ा खून से सराबोर था, कराह तो रहा था, लेकिन होश में नहीं था। जैसे ही कलम सिंह अस्पताल के नीचे वाले आखिरी खेत को पार कर अस्पताल में घुसे, उन्होंने डॉक्टर को पूछा और उन्हें सारा हाल बताया।

डॉक्टर टेलर ने पाया कि चोट बहुत बुरी थी। सारे सिर पर जगह-जगह खाल

उधड़ी हुई थी, और लगभग एक तिहाई हिस्से पर हड्डी दिखाई दे रही थी। कलम सिंह अटक-अटक कर अपनी बात कहते रहे। डॉक्टर घाव साफ़ करके मलहम-पट्टी करती रहीं, और फिर उन्होंने संजय को पेनसिलीन का इंजेक्शन लगाया, ताकि ज़हर न फैल जाये। बाद में, कलम सिंह लड़के को लेकर अपने घर को चल पड़े।

इसके बाद कुछ दिनों के लिए तेंदुआ न जाने कहाँ चला गया, लेकिन मंजरी गाँव के लोगों को ठीक-ठीक पता नहीं चल सका कि वह आखिर चला कहाँ गया। इसलिए शाम को अंधेरा होने पर वे अपने घरों में ही रहते और दरवाज़े अन्दर से बन्द करके रखते थे। बिस्नु का स्कूल जाना बन्द हो चुका था, क्योंकि उसके साथ जाने वाला कोई नहीं था और अकेले जाना खतरे से खाली नहीं था। इससे उसकी चिन्ता बढ़ गयी थी, क्योंकि बस कुछ ही हफ़्तों बाद उसके सालाना इम्तिहान होने वाले थे, और इन दिनों क्लास में चल रही पढ़ाई छूटी जा रही थी। जब वह खेतों में चावल और मक्के की बुवाई के काम में हाथ नहीं बँटा रहा होता था, तो वह शाहबलूत के पेड़ के नीचे पिछले साल वाले छात्रों की पढ़ी हुई पुरानी किताबों से पढ़ाई कर रहा होता था। स्कूल की पढ़ाई वाली किताबों के अलावा उसके पास और कुछ पढ़ने को नहीं था, *रामचरितमानस* और *ऐलिस इन वंडरलैंड* के हिन्दी अनुवाद के सिवा। इन दोनों किताबों की हालत अच्छी थी, जो बीच-बीच में कभी-कभी पढ़ी जाती थीं, और फिर माँ के लोहे वाले टीन के पुराने संदूक में ताले में बन्द करके रख दी जाती थीं।

संजय को कई रातों तक डरावने सपने आते रहे, और सपना देखते समय वह चीख कर उठ बैठता था, लेकिन कम उम्र में तकलीफ़ों से उबर पाना आसान होता है, इसलिए वह जल्दी ही ठीक हो गया। हफ़्ते भर में वह इस लायक हो गया था कि खुद चलकर अस्पताल जा सके, जबकि उसके पिता हमेशा उसके साथ जाते थे। चाहे तेंदुआ शिकार को कितना भी उतावला क्यों न हो, दो लोगों को साथ देखकर हमला करने की हिम्मत नहीं जुटा पाता। सिर के बड़े हिस्से में लिपटी पट्टियाँ और बाकी चेहरे का छोटा-सा हिस्सा खुला दिखाई देने से संजय को देखकर तरस आता था, लेकिन अब वह ठीक हो रहा था, और घाव भी भर रहा था।

बिस्नु अक्सर उससे मिलने जाता था, और दोनों लड़के घंटों पानी की धारा के पास बैठे रहते थे। कभी-कभी चितरू भी वहाँ आ जाता था और तब तीनों घर में बुने जाल से मछलियाँ पकड़ने की कोशिश करते थे। एक-दो डोडी मछली उनकी पकड़ में आ भी गयीं। कभी-कभी बिस्नु और चितरू उथले पानी में एक-दूसरे

से खूब गुत्थम-गुत्थी करते, या धारा के किनारे उगी घास में कुश्ती लड़ते। चितरू चौड़े सीने और ताकतवर हाथ-पैरों वाला गोलमटोल लड़का था, और जब वह अपने वज़न का फ़ायदा उठाना चाहता, तो बिस्नु पर चढ़ बैठता था, जबकि बिस्नु दुबला-पतला, लेकिन चौड़ी हड्डियों वाला था, और उसकी कलाइयों और उँगलियों में बड़ा दम था। जब वह चितरू को अपने शिकंजे में जकड़ लेता, तो उसके आगे पहलवान-सा लगने वाला चितरू चिल्लाते हुए उससे छोड़ने की गुहार लगाने लगता था। संजय उनके ऐसे खेलों में हिस्सा नहीं ले सकता था।

हफ़्ते भर से तेंदुए का कोई अता-पता नहीं था, जिससे मंजरी गाँव के लोगों को लगने लगा था कि वह कहीं दूर निकल गया होगा। उनके पहाड़ की दूसरी तरफ़ या नीचे घाटी में कहीं बहुत दूर।

'सोचता हूँ अब मुझे फिर से स्कूल जाना शुरू कर देना चाहिए,' बिस्नु बोला—'तेंदुआ चला गया है।'

'ऐसा कोई दावा मत करो,' पूजा ने कहा। 'आजकल चाँदनी रातें हैं, और हो सकता है वह सिर्फ़ सावधानी बरत रहा हो।'

'कुछ दिन और ठहरो,' उनकी माँ बोली। 'कुछ दिन और रुकना अच्छा है। तुम परसों चले जाना, जब संजय अपने पिता के साथ अस्पताल जाएगा। तब तुम अकेले नहीं होगे।'

और फिर, दो दिन बाद बिस्नु संजय और कलम सिंह के साथ केम्पटी तक गया। संजय का घाव काफ़ी ठीक हो गया था। हड्डी पर कहीं-कहीं चमड़ी आने लगी थी। डॉक्टर टेलर ने उससे कहा कि अब उसे हर तीसरे दिन की बजाय सिर्फ़ पंद्रह दिन में एक बार ही अस्पताल में दिखाने की ज़रूरत है।

जब संजय अपने पिता के साथ डॉक्टर के पास गया, तो बिस्नु अपने स्कूल चला गया, जहाँ उसके दोस्त और नौटियाल जी उसे देखकर बहुत खुश हुए।

'अब तुम्हें कड़ी मेहनत करनी है,' अध्यापक महोदय बोले। 'दूसरे आगे निकल गये हैं। अगर तुम चाहो तो मैं स्कूल के बाद और समय दे सकता हूँ ताकि तुम उनकी बराबरी में आ जाओ।'

'धन्यवाद मास्टरजी, लेकिन इससे मुझे देर हो जाया करेगी। अंधेरा होने से पहले घर पहुँचना ज़रूरी है वरना माँ चिंता करेगी। मुझे तो लगता है कि तेंदुआ चला गया है, लेकिन कुछ पक्का नहीं है।'

'ठीक कहते हो, बिस्नु। ज़्यादा खतरा नहीं उठाना चाहिए। जितना कर सकते हो करो। मेहनत करोगे, तो जो कुछ छूट गया है, जल्दी ही वह सब पूरा कर लोगे।'

संजय और कलम सिंह स्कूल के बाहर उसका इंतज़ार कर रहे थे। तीनों साथ

में मंजरी गाँव तक जाने वाले पहाड़ी रास्ते पर चल पड़े। उन्हें रास्ते में डाकिया भी मिला। मेला राम ने उन्हें बताया कि उसने सुना है कि तेंदुआ दूसरे ज़िले में देखा जा रहा है, इसलिए अब डरने की कोई बात नहीं है। और वह भी फिर पहले की तरह डाक बाँटने लगा है।

रास्ते में सब कुछ पहले जैसा लगा। लंगूर जंगल के अपने पसंदीदा इलाके में मौजूद थे। मिट्टी के तेल की ढिबरी जलाने का समय हो रहा था, तभी बिस्नु घर पहुँच गया था। वह घर पहुँचा तो चौखट पर खड़ी पूजा मुस्कुरा दी।

'मेरे कड़े लाये?' उसने पूछा।

लेकिन बिस्नु को आज फिर याद नहीं रहा था।

उस दिन तूफ़ान आया और थोड़ी बारिश भी हुई—कुछ देर के लिए बारिश की एक तेज़ झड़ी लगी, जिससे गाँव वाले मानसून के समय से आने की उम्मीद करने लगे। जैसा कि गर्मी के मौसम में बारिश के ठीक बाद पहाड़ों पर होता है, हर तरफ़ बरसाती कुमुदिनी के गुलाबी फूल खिल गये थे।

बिस्नु स्कूल से लौट रहा था, अचानक बारिश आ गयी। उसे मालूम था कि यह झड़ी बस कुछ देर की है, इसलिए वह भीगने से बचने के लिए चट्टानों के बीच एक छोटी-सी गुफ़ा में छुप गया, और समय बिताने के लिए गुफ़ा की नम मिट्टी में सींक से गिनती लिखकर गणित के सवाल हल करने लगा।

जब बारिश रुकी, वह गुफ़ा से निकला और अपने रास्ते चल पड़ा। उसे कोई जल्दी नहीं थी। बारिश की वजह से हर चीज़ से ताज़गी की मनभावन महक आ रही थी। बारिश में भीगने के बाद ज़मीन पर बिछी सींक-सी पत्तियों की तह से चीड़ की महक उठ रही थी। बांज की पत्तियों पर से धूल धुल गयी थी और हल्की हवा में वह मुड़-मुड़ जा रही थीं, जिससे उनके निचले हिस्से की चाँदी-सी चमक बार-बार आँखों को अपनी ओर खींच रही थी। माहौल की ताज़गी से चिड़ियाँ भी नहीं बची थीं। जोश में आ-आकर वह खूब शोर मचाने लगी थीं। सबसे ज़्यादा आफ़त काट रखी थी पीली बुलबुलों ने, जो काफल के पेड़ पर न जाने किस बात पर रार-तकरार में उलझी जमकर शोर मचा रही थीं। देवदार की ऊँची डाल पर बैठा टुकटुकिया पंछी शिकायती लहज़े में लगातार एक-सी रट लगाये था। तभी कहीं ऊँचाई से हवा में गोते लगाते चटक हरे तोतों का एक झुंड आया और अधपके अलूचों की दावत उड़ाने के लिए जंगली अलूचे के पेड़ पर डेरा डाल दिया। बारिश की झड़ी से लंगूरों की भी जान में जान आ गयी थी। वह नये जोश के साथ पेड़ों

में उछल–कूद रहे थे, और उनमें से कई बिस्नु को देखकर अपनेपन के साथ धीमे से खिखिया देते थे।

बांज का जंगल पीछे छूटने को था कि तभी उसे एक दबी–सी मिमियाने की आवाज़ सुनायी दी। अचानक उसे एक मेमना दिखाई दिया। जो ज़रूर अपनी रेहड़ से बिछड़ कर रास्ता भटक गया था, जिसे शायद इस बात का एहसास नहीं था कि वह खो गया था। वह छलांग मारकर ठहरा, फिर फुदक कर बिस्नु के पास पहुँच पैरों से ऐसे खुद को रगड़ने लगा जैसे बिल्ली लाड़ में करती है।

'पता नहीं, तुम्हारा मालिक कौन है,' बिस्नु ने उस नन्हें से जीव को थपथपाते हुए कहा। 'चलो तुम्हें अपने घर ले चलता हूँ, जब तक कि कोई और तुम्हें लेने नहीं आता।'

उसे मेमने को गोद में नहीं उठाना पड़ा। वह ऐसा पालतू था कि खुद–ब–खुद ठीक उसके पीछे–पीछे चलने लगा।

अब अंधेरा होने लगा था, इसलिए बिस्नु थोड़ा तेज़ चलने लगा।

वह ज़्यादा दूर नहीं चला था कि उसे तेंदुए के गुर्राने की आवाज़ सुनायी दी।

आवाज़ दायीं तरफ़ वाली पहाड़ी से आ रही थी, और बिस्नु ने अन्दाज़ा लगाया कि उससे उस जानवर की दूरी सौ से दो सौ गज़ के बीच हो सकती है। उसके पाँव वहीं पर थम गये। सोचने लगा कि अब उसे क्या करना चाहिए। उसने मेमने को गोद में उठा लिया और तेज़ी से घर की ओर चल पड़ा—खतरों से दूर।

तेंदुए की आवाज़ फिर सुनायी दी, इस बार आवाज़ और पास से आती लग रही थी। अगर वह कोई आम तेंदुआ होगा तो वह मेमने को बिस्नु के साथ देख कर चला जाएगा। लेकिन अगर वह आदमखोर होगा तो वह लड़के पर हमला करने से नहीं कतराएगा, क्योंकि आदमखोर तेंदुए इन्सानों से नहीं डरते। बर्बाद करने के लिए बिल्कुल समय नहीं था, और भागने का कोई मतलब नहीं था। बिस्नु ने पहाड़ी पर ऊपर से लेकर नीचे तक निगाह दौड़ाई। जंगल उसके पीछे छूट चुका था, और उसकी पहुँच में कुछ ही पेड़ थे। उसने देवदार का एक पेड़ चुना।

हिमालय के देवदार की शाखाएँ काफ़ी नाजुक होती हैं, और ज़्यादा बोझ पड़ने पर टूट जाती हैं। बिस्नु का वज़न वह सह लेतीं, लेकिन पूरे बड़े तेंदुए का वज़न देवदार की शाखा शायद नहीं सह सकेगी। कम से कम बिस्नु तो यही सोच रहा था।

मेमने को एक हाथ में पकड़ कर बिस्नु ने एक निचली डाल को पकड़ा और पेड़ पर झूल गया। उसे पेड़ पर चढ़ना अच्छी तरह आता था। वह धीरे–धीरे, लेकिन बेधड़क पेड़ पर चढ़ता गया। वह पेड़ की आधी ऊँचाई तक पहुँच गया, ज़मीन से करीब बारह फ़ीट ऊपर। इससे ऊपर जाने में गिरने का खतरा था।

एक डाल के मुड़े हुए हिस्से में उसने खुद को ठीक से टिकाया ही था कि तेंदुआ तेज चाल से पेड़ के नीचे खुली हुई जगह में आ गया। तेंदुए आमतौर पर छुपे रहते हुए चालाकी से शिकार पर घात लगाते हैं। खुलकर सामने आने से साफ़ था कि वह आदमखोर था। सिहरन का एहसास बिस्नु की पूरी रीढ़ में दौड़ गया। उसे कुछ बेचैनी सी हुई।

तेंदुआ खुली जगह में सिर को कुछ आगे को करके खड़ा था। उसके इस तरह खड़े होने से ऐसा लग रहा था, जैसे वह वहीं खुली जगह में पास ही किसी ऐसी चीज़ पर घात लगाए है जो नज़र नहीं आ रही है। लेकिन तेंदुए को नज़र न आ रहा हो, ऐसा हो नहीं सकता—उसकी देखने और सुनने की शक्ति बड़ी पैनी होती है।

बिस्नु बिना हिले-डुले पेड़ पर अपनी जगह जमा रहा, और जितने देवता उसे याद आये, उन सबसे उसने प्रार्थना कर डाली, लेकिन तभी मेमना मिमियाने लगा। तेंदुए ने ऊपर देखा और गले की गहराई से बुलंद आवाज़ में गुर्राया। पेड़ों में रहने वाले किसी भी जानवर की सिट्टी-पिट्टी गुम कर देने वाली ज़बर्दस्त गरज से कई लंगूर अपनी जगह से फिसल कर इन चितकबरे महाशय का भोजन बन चुके थे। आदमखोर तेंदुआ बिस्नु के साथ भी वही तरकीब अपना रहा था। भले ही बिस्नु काँपता रहा, पर मेमने के साथ वह देवदार की उस डाल पर अपनी ज़गह डटा रहा।

तेंदुए ने पेड़ पर चढ़ने की कोई कोशिश नहीं की। शायद उसे मालूम था कि वह उस तरह का पेड़ नहीं था, जिस पर वह चढ़ सकता था। चढ़ने की कोशिश की बजाय, लगातार बिस्नु की तरफ़ देखते हुए तेंदुए ने पेड़ के एक तरफ़ गोलाई में चक्कर लगाया, और फिर वह झाड़ियों में चला गया।

आदमखोर था चालाक। उसे लग रहा था कि उसके जाने से बिस्नु लापरवाही बरतेगा, या हो सकता है पेड़ से उतर ही आये, क्योंकि कुछ ही पलों में वह फिर झाड़ियों से निकला और खिसियानी हँसी जैसे अन्दाज़ मे गुर्राता हुआ फिर पेड़ के नीचे खुली जगह में आकर ठहर गया, और थोड़ी हैरानी के साथ बिस्नु को ताकने लगा। तेंदुआ अब हताश होने लगा था। चिड़चिड़ाहट में वह गुर्राया और अपने अगले पंजे पेड़ के तने पर टिकाकर उसकी छाल को नोचने लगा, जैसे पालतू बिल्ली करती है। तेंदुए के पंजे के हरेक वार से पेड़ हिल जाता था।

बिस्नु ने मदद के लिए पुकार लगायी।

अब तक चाँद नहीं निकला था। नीचे मंजरी गाँव में बिस्नु की माँ और बहन दरवाज़े पर खड़े उसकी राह देख रहे थे। उनकी नज़रें बार-बार गाँव की तरफ़ आने वाले रास्ते पर जातीं। पूजा बीच-बीच में उस पुरानी घड़ी पर नज़र डालती।

तभी संजय के पिता दिखाई दिये। उनके हाथ में मिट्टी के तेल की लालटेन थी।

'बहिनी, तुम्हारा बेटा क्या अब तक घर नहीं लौटा?' उन्होंने पूछा।

'नहीं, अब तक नहीं आया है। हमें बहुत चिंता हो रही है। उसे तो एक घंटे पहले ही घर आ जाना चाहिए था। क्या आपको लगता है कि तेंदुआ आज की रात फिर इधर आयेगा? आज चाँदनी वाली रात होगी।'

'चाँदनी रात तो है, लेकिन अभी चाँद निकलने में एक घंटा और बाकी है। मैं और लोगों को बुला कर लाता हूँ, और फिर हम तुम्हारे बेटे को ढूँढने जाते हैं। हो सकता है बारिश की वजह से पहाड़ दरका हो। हो सकता है रास्ते का कुछ हिस्सा बह गया हो।'

'धन्यवाद, भैया। लेकिन हथियार लेकर जाना, कहीं तेंदुआ न घूम रहा हो।'

'मैं अपना भाला ले जाऊँगा,' कलम सिंह ने कहा। 'मैंने कसम खायी है कि जब कभी वह शैतान हाथ लगेगा, मैं उसे इस भाले को भेंट चढ़ाऊँगा। उस जानवर के अन्दर किसी दुष्ट आत्मा का वास है, और उसे खत्म करना ज़रूरी है!'

'मैं भी आपके साथ चलती हूँ,' पूजा बोली।

'नहीं, तू नहीं जा सकती,' उसकी माँ ने कहा। 'बिस्नु पहले ही मुश्किल में है, इतना काफ़ी नहीं है? तू मेरे साथ घर बैठ। यह मर्दों का काम है।'

'मैं सब के साथ रहूँगी, मुझे कुछ नहीं होगा,' पूजा ने ज़ोर देकर कहा। 'मैं जा रही हूँ, माँ!' और वह मेड़ से खेत में कूद गयी, और संजय के पिता के पीछे-पीछे गाँव के बीच पहुँच गयी।

दस मिनट बाद, दो लोग कुल्हाड़ियाँ लेकर कलम सिंह के आँगन में आ गये, और छोटी-सी टोली चुपचाप, लेकिन तेज़ी से पहाड़ी रास्ते पर चढ़ने लगी। पूजा सब के बीच में चल रही थी, उसी ने लालटेन पकड़ रखी थी। जैसे ही गाँव पहाड़ी की आड़ में गया और गाँव की बत्तियाँ दिखाई देनी बन्द हुईं, आदमी लोग ज़ोर-ज़ोर से आवाज़ें निकालने लगे—तेंदुए को डराने के लिए भी और अपनी हिम्मत बढ़ाने के लिए भी।

बिस्नु की माँ ने घर का बाहर वाला दरवाज़ा बन्द किया, और गणेश जी के आगे जा पहुँचीं, हिम्मत और मदद की प्रार्थना के साथ।

हवा बिस्नु की ओर से बह कर आ रही थी, इसलिए पूजा और गाँव वालों ने उसकी पुकार आधा मील दूर से ही सुन ली। उन्होंने और भी ज़ोर से पुकारना शुरू कर दिया, और उनकी आवाज़ें सुनकर बिस्नु ने अपने कँपकँपाते हाथ-पैरों में नयी ताकत महसूस की। अपने लोगों के आने का पता चलने से बिस्नु की हिम्मत बढ़ गयी थी, और वह गुर्राते हुए तेंदुए को चिल्ला-चिल्ला कर बुरा-भला कहने

लगा, फिर उस बौखलाए जानवर पर टहनियाँ और छोटी-छोटी डंडियाँ-डाल तोड़-तोड़ कर फेंकने लगा। बिस्नु के चिल्लाने से मेमना भी ज़ोर-ज़ोर से मिमियाने लगा था। पेड़ों में बैठे पक्षी भी उनके साथ मिलकर शोर मचाने लगे, लंगूरों ने चीखना और घुरघुराना शुरू कर दिया, चिल्लाने से गाँव वालों की आवाज़ भारी हो गयीं, और तेंदुआ तैश में गुर्राता रहा। जंगल में पहले कभी इतना शोर नहीं मचा था।

जब कलम सिंह का दल पास पहुँचा तो उन्हें खूँखार तेंदुए की डरावनी आवाज़ें सुनायी देने लगीं, और वह तेज़ी से उसी ओर बढ़ने लगे। उन्हें डर था कि कहीं तेंदुए ने बिस्नु को पकड़ न लिया हो। पूजा तो दौड़ने ही लगी।

'आगे-आगे मत दौड़ लड़की,' कलम सिंह ने कहा। 'हमारे बीच रह।'

तेंदुआ अब जान चुका था कि लोग आ रहे हैं। वह खुली जगह के बीच में अपने अन्दाज़ में सिर आगे को करके खड़ा हो गया। उसे समझ में आ गया था कि एक तेंदुए के हिसाब से लोग काफ़ी ज़्यादा हैं। जब उसने पेड़ों के बीच से आती लालटेन की रोशनी देखी, तो वह पलटा और नफ़रत के साथ ललकारते हुए गुर्राया, और पेड़ पर चढ़े बिस्नु पर एक नज़र डाले बगैर झाड़ियों में घुस गया। वह अभी आमने-सामने की टक्कर के लिए तैयार नहीं था।

नन्हे-से मेमने को अपना बताकर लेने कोई नहीं आया, इसलिए बिस्नु ने खुद ही उसे रख लिया। एक बकरी के बच्चे का कुत्ते से क्या मुकाबला, लेकिन वह कृष्ण की गऊओं की तरह हर जगह उसके पीछे-पीछे चला जाता था। उसका ऐसा लगाव बिस्नु के दिल को छू गया। वह उसे धारा पर ले जाता था, जहाँ मेमना उथले पानी में फुदकता-कूदता और किनारे पर उगी नर्म घास कुतर-कुतर कर खाता था।

जहाँ तक तेंदुए का सवाल है, बिस्नु पर हमला करके उसके हिस्से में हताशा आयी, लेकिन किसी दूसरे इन्सान पर हमला करने में उसने देर नहीं की।

एक दोपहरी हड़बड़ाया हुआ चितरू डाकिये और तेंदुए के बारे में कुछ बुदबुदाता केम्पटी जाने वाले रास्ते से दौड़ा-दौड़ा आया।

दिन का समय था, इसलिए चितरू को कोई खतरा नहीं महसूस हुआ और वह पकी हुई जंगली बेरी इकट्ठी करते हुए गाँव से आधा मील दूर तक पहुँच गया, जहाँ उसे डाकिये का थैला पड़ा दिखा। लेकिन मेला राम का वहाँ कोई नामोनिशान नहीं था। हाँ, वहाँ से खून की बूँदों का एक सिलसिला और घसीटने के निशान झाड़ियों की ओर जाते मिले।

एक बार फिर कलम सिंह की अगुवाई में गाँव के लोगों का एक दल बिस्नु

और चितरू के साथ डाकिये की तलाश में निकला, लेकिन उन्हें मेला राम के खून से सने कपड़े मिले, उसकी लाश नहीं मिली। इस बार तेंदुए ने कोई चूक नहीं की थी।

मंजरी गाँव तक डाक लाने वाला दूसरा डाकिया आने में कई हफ़्ते लग गये।

मेला राम के लापता होने के कुछ ही दिनों बाद ही, एक बुज़ुर्ग महिला दरवाज़ा खुला छोड़, घर की देहली पर सिर रखकर सो रही थी। उससे कहा गया था कि वह दरवाज़ा बन्द करके घर के अन्दर सोया करे, लेकिन गर्मी की रातें थीं, और फिर उसे सुनाई भी कुछ कम देता था। आधी रात को, चाँद निकलने से घंटा भर पहले तेंदुए ने उसकी गर्दन दबोच ली। दम घुटने पर उसकी जो आवाज़ निकली उससे उसका बेटा, जो खुद भी कोई कम उम्र का नहीं था, वह जाग गया, और उसके चिल्लाने की आवाज़ें सुनकर गाँव के तमाम लोग दौड़े चले आये।

तेंदुआ बुढ़िया को खींचकर घर के बाहर कई सीढ़ी नीचे तक घसीट लाया था, लेकिन जब कुल्हाड़ी और भाले-बरछी लिये लोग उसकी तरफ़ बढ़े तो उसे छोड़कर झाड़ियों में जा छुपा। बूढ़ी माई अभी ज़िन्दा थी, इसलिए लोगों ने बाँसों को बेलों से बाँधकर स्ट्रेचर बना लिया और उस पर लिटाकर बूढ़ी माई को अस्पताल ले जाने के लिए निकल पड़े। वह अभी पहाड़ी पर ज़्यादा दूर नहीं चढ़े थे कि बूढ़ी माई को खाँसी आने लगी, और गले में बहुत गहरे घाव की वजह से उसके फेफड़े बैठ गये, और वह चल बसी।

महीने का अंधेरा पक्ष आया—अमावस्या के पहले वाला हफ़्ता—जिसमें रातें सबसे ज़्यादा काली होती हैं।

दरवाज़ा अन्दर से बन्द करते और फिर मिट्टी के तेल की लालटेन जलाते हुए बिस्नु मन ही मन बोला—'सोचता हूँ आज रात तेंदुआ कहाँ होगा?'

तेंदुआ दूसरे गाँव में अपने काम में लगा था—सरू के गाँव में।

गाँव की एक महिला घर के नीचे तबेले में अपनी बेटी के साथ दुधारू जानवरों को शाम की सानी लगा रही थी, उनके रात बिताने का इन्तज़ाम कर रही थीं। लड़की पहले ही घर के अन्दर चली गयी थी, लेकिन जैसे ही वह महिला घर में घुसने के लिए झुकी, तेंदुए ने झाड़ियों में से निकल कर उस पर छलांग लगा दी। किस्मत से उसका एक पंजा दरवाज़े की चौखट से टकराया, और हमले का सारा ज़ोर औरत पर नहीं पड़ा, वरना वह मर ही जाती। उसकी चीख निकल गयी, जिसे सुनकर लोग चिल्लाते हुए उसके घर की ओर दौड़े, लेकिन तेंदुआ दबे पाँव वहाँ से खिसक लिया। महिला की पीठ पर गहरी खरोचें लगीं, लेकिन उससे भी ज़्यादा गहरा सदमा लगा उसे।

अगले दिन गाँव के कुछ लोग इकट्ठे होकर केम्पटी में मजिस्ट्रेट के दफ़्तर

पहुँचे, और माँग की कि तेंदुए का कुछ किया जाए, लेकिन मजिस्ट्रेट साहब दौरे पर थे, और केम्पटी में किसी दूसरे के पास बन्दूक नहीं थी। स्कूल मास्टर नौटियाल जी गाँव वालों से मिले और उनसे वादा किया कि वह एक जाने-माने शिकारी को इस बारे में लिखेंगे, साथ में यह भी बता दिया कि उसे आने में कम से कम एक पखवाड़ा तो लग ही जाएगा।

बिस्नु स्कूल नहीं जा पा रहा था, इसलिए खीज रहा था। स्कूल न जाना पड़े तो ज़्यादातर लड़के खुश हो जाते हैं, लेकिन जब आप पहाड़ के किसी दूरदराज़ गाँव में रहते हैं, और आपको पता होता है कि पढ़-लिख कर ही आप बाहर की दुनिया देख सकते हैं, तब आप स्कूल जाना चाहते हैं, चाहे वहाँ पहुँचने के लिए घर से पाँच मील पैदल चलकर जाना पड़े। बिस्नु के इम्तिहान सिर पर थे, सिर्फ़ दो हफ़्ते बाद, और वह नहीं चाहता था कि वह इसी क्लास में रह जाये और दूसरे आगे निकल जाएँ। उसे मालूम था कि अगर उससे पढ़ाई में कई चीज़ें छूट भी गयीं, तब भी वह पास हो जाएगा, लेकिन उसे इम्तिहान तो देने ही थे। वह उन्हें नहीं छोड़ सकता था।

जब सब रात के खाने के बाद गिलासों में चाय पी रहे थे, तब पूजा बोली—'परेशान न हो भैया! बस जल्दी ही बारिश शुरू हो जाएगी तो शायद तेंदुआ अपने आप ही कहीं दूर चला जाएगा।'

'लेकिन इस साल बारिश देर से आएगी,' बिस्नु बोला। 'इतनी गर्मी और खुश्की है। हम दरवाज़ा नहीं खोल सकते, क्या?'

'अच्छा! और तेंदुआ हमें खींचकर सीढ़ियों से नीचे ले जाए?' उसकी माँ बोली। 'दरवाज़ा तो छोड़ो, खिड़की खोलना भी खतरे से खाली नहीं है।' और इतना कहकर वह उठीं, और उस छोटी-सी खिड़की पर गयीं जिसमें से तेंदुआ तो क्या एक बिल्ली को भी निकलने में मुश्किल होती—और बन्द करके उसकी चटखनी लगा दी।

लाचारी के एहसास के साथ एक आह भरते हुए बिस्नु उठा और एक-एक करके अपने सारे कपड़े उतार डाले—चड्डी छोड़कर, और कच्चे फ़र्श पर पसर गया।

'हमें जल्दी ही इस जानवर से छुटकारा मिल जाएगा,' उसकी माँ बोली। 'मेरे दिल से निकल रही है, यह बात। हमारी दुआएँ रंग लाएँगी, और तुम स्कूल भी जा पाओगे, और इम्तिहान भी पास करोगे।'

बच्चों की हिम्मत बाँधने के लिए उन्होंने एक मजेदार कहानी सुनाई जो उनकी दादी उन्हें सुनाया करती थीं। इस कहानी में एक बाघ, एक तेंदुआ और एक भालू था, जिन्हें बरगद के पेड़ के खोखले तने में छुपे एक चोर ने खूब बेवकूफ़ बनाया।

बिस्नु को नींद आ रही थी, और वह कहानी ध्यान से नहीं सुन सका, और कहानी पूरी होने से पहले ही लुढ़क कर सो गया।

जब वह जागा, तब अंधेरा हो चुका था, और उसकी माँ और बहन खाट पर सो रहे थे। वह सोचने लगा कि आखिर उसकी नींद कैसे उचट गयी। उसे अपनी बहन की आराम से सांस लेने की आवाज़ सुनाई दे रही थी, और साथ में घड़ी की लगातार एक जैसी टिक-टिक भी। कहीं दूर से उल्लू की पुकार सुनाई दी—जिसे, उसकी माँ अशुभ बतातीं, लेकिन वह सो रही थीं, और बिस्नु अंधविश्वासों के चक्कर में नहीं पड़ता था।

और तब उसने सुनी ऐसी आवाज़ जैसे कोई बिल्ली दरवाज़े को पंजों से खरोंच रही हो—और आवाज़ ज़्यादा तेज़ थी, जिससे उसके रोंगटे खड़े हो गये। हर बार जब दरवाज़े पर पंजा पड़ता था—भारी सा पंजा—तो दरवाज़ा थोड़ा चरमराता था। बिस्नु को समझ में आ रहा था।

'यह तो तेंदुआ है,' वह बहुत धीरे से बुदबुदाया, और फ़र्श पर तन कर बैठ गया।

वह सोचने लगा कि दरवाज़ा इतना मज़बूत तो होगा कि तेंदुए का भार सह सके, और, अगर वह शोर मचा दे तो गाँव वाले जाग कर मदद के लिए आ सकते थे, लेकिन बहादुर से बहादुर के लिए भी आधी रात का समय तेंदुए से मुकाबला करने का समय तो नहीं होता।

कमरे के एक कोने में एक लंबा-सा बाँस था, जिसके सिरे पर चाकू बँधा था, जिसे बिस्नु कभी-कभी मछलियों को बेध कर मारने के लिए इस्तेमाल किया करता था। घुटनों और हाथों के बल पहुँचकर उसने घर में बनाये उस भाले को थामा और अलमारी पर चढ़कर रोशनदान तक पहुँच गया।

'वहाँ ऊपर चढ़कर क्या कर रहे हो?' पूजा बोली। बिस्नु के कमरे में इधर-उधर करने से उसकी नींद टूट गयी थी।

'शांत रहो,' बिस्नु ने कहा। 'नहीं तो माँ जाग जाएगी।'

इतने में उनकी माँ भी जाग गयी। 'उतर वहाँ से, बिस्नु। यह कैसी आवाज़ें सुनाई दे रही हैं?'

'चिंता मत करो,' बिस्नु ने कहा, जिसे रोशनदान से झाँकने पर अब बेचैनी से दरवाज़े के नीचे से अपना पंजा अन्दर करने की कोशिश करता तेंदुआ साफ़ दिखाई दे रहा था। अब माँ और पूजा जाग ही चुके थे, तो फिर समय क्यों बर्बाद करे, यह सोच कर बिस्नु ने होशियारी से अपना घर का बना भाला रोशनदान से बाहर निकाला, और हालाँकि वह सीधे उसके सिर पर वार नहीं कर पाया, लेकिन उसका

नोकीला सिरा तेंदुए के पुट्ठों पर काफ़ी ज़ोर से लगा।

दर्द और गुस्से से दहाड़ते नरभक्षी ने सीढ़ियों से नीचे छलाँग लगाई और अंधेरे में आँखों से ओझल हो गया। उसने पलटकर यह भी नहीं देखा कि उसके क्या चीज़ लगी। यह सोचकर कि कोई इन्सान तो इस तरह वार नहीं कर सकता था, वह डरा-सहमा अपनी मांद की ओर भागा, और तब तक चिल्लाता रहा जब तक कि उसका दर्द कम नहीं हुआ।

तेंदुआ अपने आप में एक किस्म की पहेली होता है। कई मौके ऐसे आते हैं जब वह साबित कर दिखाता है कि वह आकाश तले सबसे चालाक जानवर है, और अगले ही दिन वह खुद चलकर एक ऐसे जाल में फँस सकता है, जिसकी तरफ़ खुद पर ज़रा भी गुमान करने वाला सियार तक रुख नहीं करेगा। एक दिन तेंदुआ दो कुत्तों के पीछा करने पर खरगोश की तरह दुम दबा कर भाग खुद को बिल्कुल डरपोक साबित कर देता है, तो दूसरे दिन घेरा बनाकर आग ताप रहे आधा दर्जन लोगों को झपट्टा मारकर लहूलुहान कर सकता है।

तेंदुए को अचानक नहीं पकड़ा जा सकता, क्योंकि उसकी देखने और सुनने की शक्ति बहुत तेज़ होती है। अपनी चित्तीदार खाल की वजह से वह आसपास की चीज़ों के बीच ओझल होने की कला में माहिर होता है। उसे छुपने के लिए घने जंगल की ज़रूरत नहीं होती। दो-चार झाड़ियाँ हों, कहीं आसपास के पेड़ों की छाया और कहीं धूप हो, तो ऐसे में तेंदुए को देख पाना नामुमकिन-सा ही होता है।

मंजरी गाँव वाले तेंदुए को बिस्नु ने बेवकूफ़ बना दिया था, इसका मतलब यह नहीं कि उसको अक्ल नहीं थी—सिर्फ़ इतना था कि उसने ज़रा लापरवाही बरती थी। दूसरी ओर, आधी रात को तेंदुए के साथ जो हुआ उसके बाद बिस्नु और पूजा की हिम्मत ज़्यादा बढ़ गयी थी, और वह दोनों खुद भी कुछ बेपरवाह हो गये थे।

पूजा घर के ठीक ऊपर वाले खेत में खुरपी से गुड़ाई कर रही थी, और बिस्नु उसी खेत के दूसरे सिरे पर बलूत के पेड़ की कई हरी डालों को ढलावदार छत के नीचे बनी टांड पर सूखने के लिए डालने से पहले उनके टुकड़े कर रहा था। दिन का तीसरा पहर था, और ढलते हुए सूरज की धूप में उस छोटी-सी नदिया के किसी-किसी हिस्से में पानी झिलमिल कर रहा था। दिन का ऐसा समय था, जब बेहद लापरवाह और निडर आदमखोर तेंदुआ ही खुलकर सामने आ सकता था।

अपने माथे पर आयी पसीने की बूँदों को पोंछने के लिए काम रोक कर पल भर को जो बिस्नु ने सिर उठाकर पहाड़ी पर नज़र दौड़ाई तो उसकी आँखें एक ऐसे

पत्थर पर ठहर गयीं जो उसे ऐसा लगा जैसे पहली बार देखा हो। जैसे ही वह कुछ और देखने को हुआ वह गोल-सा पत्थर बड़ा होने लगा और फिर उसकी बनावट भी बदलने लगी, और बिस्नु उसे हैरत से देख रहा था, और आखिरकार उसे उसमें तेंदुए का सिर और अगला हिस्सा साफ़ नज़र आने लगा। जिस जगह से वह देख रहा था, वहाँ से वह कुछ ज़्यादा ही बड़ा लग रहा था, और एक बार तो उसे वह तेंदुआ नहीं, बाघ जैसा लगा, लेकिन बिस्नु को मन ही मन उसके आदमखोर होने का एहसास हो गया था।

होशियारी के साथ वह धीरे से उठा और बड़ी-सी चट्टान के एक ओर बढ़ने लगा। पल भर के लिए वह दिखाई देना बन्द हो गया। फिर दिखा, और बिस्नु फिर रोमांच से भर गया। बहुत धीरे-धीरे तेंदुआ चुपचाप चट्टान के आगे से होता हुआ खेत के उस किनारे की सीध में आ गया, जिधर पूजा काम कर रही थी।

जैसे ही बिस्नु की समझ में आया कि तेंदुआ उसकी बहन पर हमला करने के लिए घात लगा रहा था वह दहशत से सिहर उठा। तेंदुए को देख कर उस पर जो जादू-सा चल गया था, एक झटके में उसने खुद को उससे बाहर निकाला, और ज़ोर से चिल्लाता हुआ दौड़ पड़ा।

'भाग, पूजा, भाग!' वह चिल्लाया। 'वह तेरे ऊपर वाली पहाड़ी पर है!'

पूजा यह देखने के लिए घूमी कि बिस्नु किसके बारे में बात कर रहा है? उसने देखा कि वह उसके पीछे पहाड़ी की तरफ़ मुँह चिढ़ा-चिढ़ा कर चिल्ला रहा था, और जब उसने पलट कर पहाड़ी की तरफ़ देखा, तो उसे हमले के लिए छलांग लगाने को तैयार ज़मीन से चिपका बैठा तेंदुआ दिख गया।

बड़ी ही समझदारी से काम लेते हुए वह खेतों की मेड़ पर से सिंचाई के लिए बनाये गये गड्ढे में कूद पड़ी।

तेंदुए ने छलांग तो लगायी, लेकिन उसकी कोशिश नाकाम रही। उसका शिकार उसकी पकड़ में आया नहीं, और सख्त और चिकनी चट्टान पर उसका पैर ऐसा फिसला कि वह कलाबाज़ी खाता हुआ उसी नाले जैसे गड्ढे में पूजा से कुछ फ़ीट की दूरी पर जा गिरा। इससे पहले कि तेंदुआ फिसल कर गिरने के सदमे से उबर पाता, बिस्नु अपनी कुल्हाड़ी को हवा में लहराते हुए—'मारो, मारो!' चिल्लाता तेज़ी से उसी की ओर ढलान पर दौड़ा चला आ रहा था।

दो और लोग दौड़ते हुए खेत पार करके आ पहुँचे। उनके पास भी कुल्हाड़ियाँ थीं। बिस्नु के साथ मिलकर उन्होंने बौखलाकर गुर्राते तेंदुए के आगे आधे गोले जैसा घेरा बना दिया, लेकिन भागने की कोशिश में तेंदुआ उनकी ओर झपटा। उधर पूजा पेट के बल रेंगती हुई तेंदुए से दूर हटने की कोशिश कर रही थी। तीनों अपनी

कुल्हाड़ियों से तेंदुए के सिर पर वार करने की फिराक में थे, और बिस्नु को बड़ी तसल्ली हुई कि उसने तेंदुए की दोनों आँखों के बीच एक वार तो कर ही दिया। फिर आदमखोर ने एक आदमी पर छलांग लगाकर उसे गिरा दिया, और उसकी गर्दन पकड़ने की कोशिश की। तभी संजय के पिता अपना लंबा भाला लेकर वहाँ आ गये। उन्होंने अपने भाले का नोकीला सिरा तेंदुए की गर्दन में घुसा दिया।

तेंदुए ने जिसे दबोच रखा था, उसे छोड़ झाड़ियों की ओर भागा, और उसकी गर्दन में फँसा भाला उसके साथ चला गया, पीछे रह गया हरी घास के बीच उसके खून की बूँदों का एक सिलसिला। सभी बहुत होशियारी से तेंदुए की तरफ़ बढ़ रहे थे—घायल हुए गाँव वाले को छोड़कर सभी—जिसकी मदद के लिए पूजा और गाँव की दूसरी औरतें दौड़ पड़ीं।

तेंदुआ सीधे धारा की ओर गया था, जहाँ बिस्नु, संजय के पिता और दूसरे गाँव वालों के लिए उसका पीछा करना कोई मुश्किल नहीं था। जहाँ से तेंदुए ने धारा पार की थी, वहाँ का पानी लाल हो गया था, और पत्थर खून से रंग गये थे। वह धारा पार करके उसके साथ-साथ थोड़ी ही दूर चले थे कि उन्हें तेंदुआ धारा के किनारे एक ओर पैर करके पड़ा मिल गया। वह इतनी बुरी तरह घायल हो चुका था कि उसका बचना नामुमकिन था, फिर भी वह किसी नाराज़ बिल्ली की तरह बार-बार अपनी पूँछ फटकार रहा था। फिर उसकी पूँछ भी हिलनी बन्द हो गयी।

'वह मर गया,' बिस्नु ने कहा। 'अब कभी हमें परेशान नहीं करेगा।'

'हमें ठीक से देख लेना चाहिए,' संजय के पिता ने कहा, और इसी के साथ उन्होंने झुक कर उसकी पूँछ पकड़ कर खींची।

कोई हरकत नहीं हुई।

'हाँ, मर गया,' कलम सिंह ने कहा। 'कोई तेंदुआ जीते जी इतना अपमान नहीं सह सकता!'

उन्होंने एक मोटे से बाँस का लंबा-सा हिस्सा काटा और तेंदुए को टाँगों से उसमें बाँध दिया। अपने दुश्मन को बाँस पर उलटा लटका कर वह गाँव की ओर चल पड़े।

'आज मेरे घर दावत होगी,' कलम सिंह ने कहा। 'सभी गाँव वालों को आना है। और कल हम घाटी के दूसरे गाँवों में जाकर मरा हुआ तेंदुआ दिखाएँगे, ताकि सब फिर से बिना किसी डर के जहाँ चाहें जा सकें।'

'हम खाल केम्पटी में बेच देंगे,' उनके एक साथी ने कहा। 'उसकी अच्छी कीमत मिल जाएगी।'

'और हम नाखून बिस्नु को देंगे,' कलम सिंह ने उसके कंधों को अपनी बाँह

में समेटते हुए कहा। 'इसने आज मर्दों वाला काम किया है। नखों पर इसका हक बनता है।'

तेंदुए या बाघ के नाखूनों को तावीज़ की तरह पहनना शुभ माना जाता है।

'मैं सिर्फ़ तीन ही नख लूँगा,' बिस्नु ने कहा। 'एक-एक अपनी माँ और बहन के लिए, और एक अपने लिए। बाकी के आप संजय, चितरू और दूसरे छोटे बच्चों को दे देना।'

सूरज डूबने पर मंजरी गाँव के बीच में बड़ी-सी आग जलायी गयी, और सारे गाँव के लोगों ने उसके चारों ओर इकट्ठे होकर गीत गाये और जश्न मनाया। कलम सिंह ने अपना सबसे मोटा-ताज़ा बकरा काटा, और हर किसी को खूब सारा गोश्त खाने को मिला।

बिस्नु घर के लिए निकल पड़ा। उसने अपना अंकगणित का पर्चा, जो उसे काफ़ी आसान लगा था, पूरा करके अभी-अभी जमा करा दिया था। कल बीजगणित का इम्तिहान होगा, और आज घर पहुँच कर उसे वर्गमूल, घनमूल और भिन्नों के गुणांक वाले सवाल दोहराने होंगे।

नौटियाल जी और क्लास के सभी बच्चे इस बात से खुश थे कि बिस्नु इम्तिहान दे पाया। इलाके के लोगों को तेंदुए के खौफ़ से छुटकारा दिलाने की मुहिम में हिस्सा लेने के बाद वह अब उनके लिए एक शूरवीर जैसा था। तेंदुए को मारने की कहानी आसपास के गाँवों में जंगल की आग की तरह फैल गयी थी, और केम्पटी के कस्बे में भी उसकी चर्चा ज़ोरों से थी।

बिस्नु अस्पताल के आगे से मस्ती में सीटी बजाता चला जा रहा था। बरामदे की सीढ़ियों पर खड़ी डॉक्टर टेलर ने उसे देखकर हाथ हिलाया।

'अब संजय कैसा है,' उन्होंने पूछा।

'ठीक है,' बिस्नु ने कहा।

'और तुम्हारी माँ और बहन?'

'वे भी ठीक हैं,' बिस्नु बोला।

'और तुमने फिर से कुत्ता पालने के बारे में सोचा?'

'सोच तो रहा हूँ,' बिस्नु ने कहा। 'फ़िलहाल मेरे पास एक बकरी का बच्चा है—मैं उसे तैरना सिखा रहा हूँ!'

वह नीचे घाटी की तरफ़ चल पड़ा। काले बादल जमा हो गये थे, और फिर बादलों में गड़गड़ाहट होने लगी। ऐसे में तूफ़ान तो आना ही था।

'रुको, मैं भी आ रहा हूँ!' बिस्नु के पीछे-पीछे दौड़कर आते हुए सरू ने ज़ोर से कहा। उसकी दूध की डोलच्चियाँ आपस में टकराकर बजने लगीं। वह बिस्नु के साथ-साथ चलने लगा।

'अब लगता है कुछ समय के लिए हमें आदमखोर तेंदुओं से छुट्टी मिल गयी,' उसने कहा। 'केम्पटी तक दूध न ले जा पाने से मेरा बहुत नुकसान हुआ।'

'जब तक कोई शिकारी किसी तेंदुए को घायल नहीं करता, तब तक हमें किसी आदमखोर से खतरा नहीं होगा। अपने गाँव वाले आदमखोर की जांघ में गोली का पुराना घाव था, इसीलिए वह जंगल में शिकार नहीं कर पाता था। हिरन तेज़ दौड़ जाते हैं, और उन्हें पकड़ना उसके बस की बात नहीं थी।'

'क्या कोई नया डाकिया आया?'

'कल से आने वाला है। मेला राम का ही चचेरा भाई है।'

जब वह उस दोराहे पर पहुँचे जहाँ से दोनों के रास्ते अलग होते थे, तब तक हल्की बारिश होने लगी थी।

'मुझे और तेज़ चलना चाहिए,' सरू बोला। 'बारिश किसी भी पल तेज़ हो सकती है।'

'मेरा तो भीगने का मन कर रहा है,' बिस्नु ने कहा। 'लगता है ये बारिश मानसून की बारिश है। मुझे तो पक्के तौर पर यही लगता है।'

बिस्नु जंगल में अकेले ही घुस गया, और फुहार इस बीच मूसलाधार बारिश में बदल चुकी थी, जिसमें कुछ भी दिखाई नहीं दे रहा था। तेज़ हवा के झोंकों से पेड़ डोल रहे थे, और बारिश से जोश में आये लंगूरों ने अपनी चिल्ल-पों मचा रखी थी।

जब बिस्नु जंगल से बाहर निकला तब भी बारिश हो रही थी और वह पानी से तरबतर था। लेकिन जैसे ही दूर मंजरी गाँव दिखाई देना शुरू हुआ, अचानक बारिश थम गयी। बादलों में पड़ी एक फांट में से सूरज नज़र आया। पत्तों और घास की ताज़गी भरी महक हर तरफ़ छा गयी।

बिस्नु को दूर से ही उसकी माँ और बहन धान रोपती दिखाई दे गयीं। मर्द लोग हल में जुते बैलों से खेतों की जुताई कर रहे थे, और बच्चे बैलों की पूँछ पकड़ कर लटकने और खेतों को समतल करने के लिए बैलों से जुते लकड़ी के पलटे पर खड़े होकर ज़ोर से ऐसी अजीबोगरीब आवाज़ें निकाल रहे थे, जिससे संकरे सीढ़ीनुमा खेतों में बैल सरपट दौड़े जा रहे थे।

बिस्नु का मन कर रहा था कि वह भी उनके साथ शामिल हो जाये। वह कच्चे रास्ते पर दौड़ पड़ा—पैरों तले नर्म और गीली मिट्टी को महसूस करते हुए। पूजा

ने उसे आते देख लिया तो उसने हाथ हिलाया, और उससे मिलने खेत के किनारे तक चली आयी।

'आज का इम्तिहान कैसा रहा?' उसने पूछा।

'अरे, आसान था।' यह कहते हुए बिस्नु ने पूजा का हाथ पकड़ लिया और फिर वे दोनों हाथ पकड़े-पकड़े खेत पार करने लगे। पूजा ने अपनी उंगलियों पर कुछ चिकना और सख़्त सा महसूस किया, और इससे पहले कि वह देखती कि बिस्नु क्या कर रहा है, बिस्नु उसकी कलाई में एक जोड़ी कड़े चढ़ा चुका था।

'मुझे याद था,' वह बोला। कामयाबी का जोश उसकी आवाज़ में झलक रहा था।

पूजा ने कड़े देखे तो बोल पड़ी—'लेकिन यह तो नीले हैं, भैया, जबकि मुझे लाल और सुनहरे वाले चाहिए थे!' और फिर जब उसने देखा कि बिस्नु का मुँह उतर गया, तो बिना एक पल गंवाएँ, चहकते हुए बोली—'लेकिन यह बहुत अच्छे हैं, और देखो तुम कड़े लाना भूले नहीं...सचमुच, यह लाल और सुनहरे कड़ों से कहीं कम नहीं हैं! चलो, घर के अन्दर चलो। मैंने तुम्हारे लिए एक अच्छी चीज़ बनायी है।'

'चलो,' बिस्नु ने कहा, और घर की ओर मुड़ गया। 'तुम्हें क्या पता कि जब किसी को घर पहुँचने के लिए पाँच मील चलना पड़ता है, तो उसे कितनी ज़ोर की भूख लगती है!'

बन्दरों का इन्तकाम

अगली सुबह मैं दावे से नहीं कह सकता था कि वास्तव में रात को मैंने कुत्तों को अंधेरे में गुम हो जाने से पहले कॉटेज के पास पहाड़ी की ढलान पर भौंकते और धमाचौकड़ी मचाते देखा था, या फिर वह सब एक सपना था। उनमें से एक सुनहरे रंग का कॉकर स्पैनियल था, एक रिट्रीवर, एक पेकिनीज़, एक डाकशुन्ड, एक काला लैब्राडॉर और एक-दो ऐसे थे, जिनकी नस्ल का पता नहीं लग रहा था। उनके भौंकने से आधी रात के कुछ देर बाद ही मेरी आँख खुल गयी थी। इतना शोर मचा रहे थे वे कि मैंने बिस्तर से उठकर खिड़की के बाहर झाँका तो देखा कि पाँच-छह कुत्ते बड़े जोश में लकड़ी की बाड़ पार करके लम्बी-लम्बी बरसाती घास में से चले जा रहे थे।

क्योंकि इतनी सारी नस्लों के कुत्ते थे, इसलिए मैं थोड़ा हैरत में पड़ गया था। मुझे इस कॉटेज में आये हुए अभी हफ़्ता भर ही हुआ था, लेकिन अपने ज़्यादातर पड़ोसियों के साथ मेरी बोलचाल और इशारों से दुआ-सलाम होने लगी थी। भारतीय सेना से रिटायर हुए कर्नल फ़ैनशॉ मेरे बिल्कुल बगल में रहते थे। उनके पास कॉकर स्पैनियल नस्ल का कुत्ता ज़रूर था, लेकिन वह काला था। जो दो बुज़ुर्ग गैर-शादीशुदा एंग्लो-इंडियन महिलाएँ देवदार के पेड़ों के उस पार रहती थीं, उन्होंने सिर्फ़ बिल्लियाँ पाल रखी थीं, लेकिन मुझे यह कभी समझ में नहीं आया कि शादी न करने वाली अधेड़ महिलाएँ हमेशा बिल्लियाँ ही क्यों पालती हैं। दूध वाले के पास दो देसी कुत्ते थे और जिस पंजाबी उद्योगपति ने गुज़रे ज़माने के राजकुमार का महल खरीदा था, वह खुद भले ही वहाँ कभी नहीं रहा, लेकिन उसने महल की देखरेख का काम जिस चौकीदार के ज़िम्मे छोड़ा हुआ था, उसने रखवाली करने वाला एक विशालकाय तिब्बती कुत्ता पाल रखा था।

लेकिन रात को मैंने जो कुत्ते देखे थे, उनमें से कोई भी मेरे आसपास रहने वालों के कुत्तों जैसा नहीं लग रहा था।

जब शाम को हवाखोरी करने निकले कर्नल फ़ैनशॉ मुझे मिले तो मैंने उनसे पूछा—'क्या यहाँ किसी ने रिट्रीवर पाल रखा है?'

'मैं जिन लोगों को जानता हूँ उनमें से तो किसी के पास नहीं है।' यह कहते हुए उन्होंने अपनी घनी भँवों के साये में आँखें तरेरते हुए मेरी ओर देखा। 'क्यों, क्या तुम्हें आसपास कोई रिट्रीवर नज़र आया?'

'नहीं, बस मैं यूँ ही सोच रहा था। इस इलाके में काफ़ी सारे कुत्ते हैं...हैं न?'

'हाँ, हैं तो सही! यहाँ लगभग हर किसी ने कुत्ता पाल रखा है। यह बात और है कि जब-तब तेंदुआ एकाध को उठा ले जाता है। पिछले ही साल जाड़े में मैंने अपना प्यारा टेरियर गंवाया है।

सुर्ख रंगत वाले कद्दावर कर्नल फ़ैनशॉ क़ो इस बात का इंतज़ार था कि मैं उन्हें कुछ और बताऊँ या फिर वह खड़ी चढ़ाई चढ़ने के बाद ज़रा सांस ले लेने की खातिर बातों में दिलचस्पी ले रहे थे?

उस रात मैंने कुत्तों को फिर भौंकते हुए सुना। मैं खिड़की पर गया और बाहर देखा। पूरा चाँद निकला हुआ था और उसकी रोशनी में बलूत की पत्तियाँ लहराते हुए चाँदी सी चमक जाती थीं।

कुत्ते ऊपर पेड़ों की ओर देख कर भौंक रहे थे, लेकिन मुझे पेड़ों में कुछ भी नज़र नहीं आया, यहाँ तक कि एक अदना-सा उल्लू भी नहीं।

मैं चिल्लाया, और कुत्ते जंगल की तरफ़ भाग गये।

अगले दिन जब कर्नल फ़ैनशॉ मिले तो उनके हाव-भाव कुछ ऐसे थे, जैसे वह उम्मीद कर रहे हों कि मैं उन्हें कुछ बताऊँगा। उन्हें कुत्तों के बारे में ज़रूर कुछ पता था, यह मुझे साफ़ था। लेकिन वह इस बात का इंतज़ार कर रहे थे कि मैं अपनी बात उनके साथ साझा करूँ। मैंने सोचा कि चलो इन्हें ही खुश कर दिया जाए।

'मैंने आधी रात को छह कुत्ते देखे,' मैंने कहा। 'एक कॉकर, एक रिट्रीवर, एक पेंकिनीज़, एक डाकशुन्ड, एक काला लैब्राडॉर और एक-दो मिलीजुली नस्ल के। अब, कर्नल साहब, मुझे यकीन है कि आप ज़रूर जानते होंगे कि ये कुत्ते किसके हैं।'

कर्नल साहब खुश हो गये। उनकी आँखों की चमक देखकर मुझे समझ में आ गया था कि मुझ पर जो कुछ बीते, मज़ा वह लेने वाले हैं।

'ये कुत्ते जो तुम देखते हो, वह मिसेज़ फ़ेअरचाइल्ड के हैं।' यह बताकर उन्हें जैसे बड़ी तसल्ली हुई।

'अच्छा, और वह रहती कहाँ हैं?'

'कहीं नहीं रहती हैं, बाबू। वह पन्द्रह साल पहले मर चुकी हैं।'

'फिर उनके कुत्ते यहाँ क्या कर रहे हैं?'

'बन्दरों को ढूँढ रहे हैं।' कर्नल बोले, और फिर एकटक मेरे चेहरे पर आने वाले भावों को पढ़ते रहे।

'देखिए जी, मुझे कुछ समझ में नहीं आया,' मैंने कहा।

'अच्छा, इस बात को ऐसे समझो,' कर्नल बोले। 'तुम भूत-प्रेतों में विश्वास करते हो?'

'मैंने अब तक देखा तो एक भी नहीं है,' मैंने कहा।

'देखे हैं तुमने बच्चू जी, देखे हैं। मिसेज़ फ़ेअरचाइल्ड के कुत्ते बरसों पहले मर चुके हैं—और 'एक कॉकर, एक रिट्रीवर, एक पेंकिनीज़, एक डाकशुन्ड, एक काला लैब्राडॉर और एक-दो मिलीजुली नस्ल के। उन्हें बलूत के पेड़ों के साये में उस छोटे से टीले पर दफ़नाया गया था, लेकिन उनकी मौत के बारे में ऐसा कुछ भी खास नहीं है। वे सभी बूढ़े हो गये थे लेकिन अपनी मालकिन के मरने के बाद ज़्यादा नहीं जीये। जब तक वह ज़िन्दा रहे, पड़ोसी उनकी देखभाल करते रहे।

'और मिसेज़ फ़ेअरचाइल्ड उस कॉटेज में रहती थीं, जिसमें अब मैं रहता हूँ? कम उम्र की थीं क्या?'

'तब वह चालीस-पैंतालीस के बीच थीं, खूब चुस्त-दुरुस्त, खिलाड़ियों जैसे शरीर वाली महिला थीं वह, जिन्हें घर के बाहर खुले में ही अच्छा लगता था। मर्दों की उन्होंने कभी परवाह नहीं की। मुझे लग रहा था कि तुम्हें उनके बारे में पता होगा।'

'नहीं, आपको पता ही है कि मुझे अभी यहाँ आये हुए ज़्यादा वक्त नहीं हुआ है, लेकिन आप बन्दरों के बारे में क्या बता रहे थे? कुत्ते बन्दरों को क्यों तलाश रहे थे?'

'अरे, यही तो कहानी का सबसे दिलचस्प पहलू है। क्या तुमने लंगूर बन्दर देखे हैं, जो कभी-कभी बलूत के पत्ते खाने आ जाते हैं।'

'नहीं।'

'तो देख लोगे, देर-सबेर सही, दिखाई ज़रूर देंगे। उनका एक पूरा झुंड इन जंगलों में हमेशा घूमता रहा है। यूँ तो वे किसी का कुछ नहीं बिगाड़ते, लेकिन अगर उन्हें ज़रा भी मौका मिल जाये, तो वे बगीचे को बर्बाद करके छोड़ते हैं। अब...मिसेज़ फ़ेअरचाइल्ड उनसे बहुत नफ़रत करती थीं। उन्हें अपने डहेलिया बड़े प्यारे थे, और कुछ बेहतरीन किस्म के डहेलिया के फूल उनकी बगिया में खिलते थे? लेकिन लंगूर रात को आकर पौधे खोदकर उनकी जड़ें खा जाया करते थे। शायद उन्हें डहेलिया की शकरकंद-सी जड़ें स्वादिष्ट लगती होंगी। इससे मिसेज़ फ़ेअरचाइल्ड का पारा चढ़ जाता था। जो लोग बागवानी में दिलचस्पी रखते हैं, वे अपने पसन्दीदा पौधों को नुकसान पहुँचने पर अक्सर आपा खो देते हैं—और मुझे लगता है कि इसमें

भी कोई बड़ी बात नहीं है, इसीलिए जब कभी ऐसा मौका आता मिसेज़ फ़ेअरचाइल्ड अपने कुत्तों को बन्दरों के पीछे लगा देती थीं, चाहे आधी रात का वक्त हो। लेकिन बन्दर ठहरे बन्दर, वे कुत्तों के आने पर झट से पेड़ों पर चढ़ जाते और कुत्ते भौंकते रह जाते।'

'फिर एक दिन, बल्कि एक रात—मिसेज़ फ़ेअरचाइल्ड को गुस्से में और कुछ नहीं सूझा और वह माँगी हुई बन्दूक लेकर खिड़की के पास बैठ गयीं और जब बन्दर आये, तो उन्होंने उनमें से एक को गोली मार दी।'

कर्नल साहब ठहरे, और बलूत के पेड़ों की तरफ़ नज़र दौड़ाई, जो कि दोपहर की गुनगुनी धूप में झिलमिला रहे थे। फिर बोले—'उन्हें ऐसा नहीं करना चाहिए था।'

'बन्दर को कभी जान से नहीं मारना चाहिए। सिर्फ़ इसलिए नहीं कि हिन्दू उन्हें पूज्य मानते हैं, बल्कि —वे इन्सानों जैसे होते हैं न, इसलिए। चलो, अब मुझे चलना चाहिए। फिर मिलेंगे!' और अपनी कहानी को एक झटके में पूरा करके कर्नल साहब लम्बे-लम्बे डग भरते हुए देवदार के पेड़ों के बीच अपने रास्ते पर आगे बढ़ गये।

उस रात मुझे कुत्तों के भौंकने की आवाज़ें नहीं सुनाई पड़ीं, लेकिन अगले ही दिन मुझे बन्दर दिखाई दिये—भूत नहीं, असली वाले। कुल बीस के करीब थे, छोटे-बड़े सारे मिलाकर, पेड़ों पर बैठकर बलूत के पत्ते चबा रहे थे। उन्होंने मेरी तरफ़ ध्यान भी नहीं दिया, लेकिन मैं उन्हें कुछ देर तक देखता रहा।

शानदार जानवर होते हैं लंगूर—चमकीले-मटमैले से बाल और लम्बी सी पूँछ। एक पेड़ से दूसरे पेड़ पर कूदते हुए उन्हें देखना बड़ा अच्छा लगता है, और आपस में एक दूसरे के साथ उनका बर्ताव बड़ा सलीकेदार होता है—मैदानों में पाये जाने वाले लाल वाले बन्दरों की तरह दबंग, या खर्रांट नहीं। कुछ कम उम्र वाले लंगूर पेड़ों से उतर कर पहाड़ी ढलान पर आपस में खेल रहे थे—स्कूल जाने वाले बच्चों की तरह शरारत कर रहे थे, आपस में कुश्ती लड़ रहे थे।

उन्हें तंग करने के लिए वहाँ कुत्ते नहीं थे, और बगीचे में लुभाने वाले डहेलिया भी नहीं।

लेकिन उस रात मुझे फिर कुत्तों की आवाज़ें सुनाई पड़ीं। वे पहले से भी कहीं ज़्यादा तेज़ भौंक रहे थे।

'इस बार मैं उनके चक्कर में बिस्तर से नहीं उठने वाला,' मैं बुदबुदाया, और कंबल को सिर तक खींच लिया।

लेकिन भौंकने की आवाज़ें तेज होती जा रही थीं। फिर कुछ मिलीजुली आवाज़ें भी आने लगीं—चिचियाने और खौखियाने की आवाज़ें।

फिर अचानक एक महिला की तीखी चीख जंगल में गूँज गयी। मेरे रोंगटे खड़े हो गये।

मैं बिस्तर से बाहर कूदा और खिड़की की ओर लपका।

एक महिला ज़मीन पर चित पड़ी थी, और तीन-चार बड़े-बड़े बन्दर उसकी छाती पर चढ़े बैठे थे—उसकी बाँहों को दाँतों से काट रहे थे, उसकी गर्दन को हाथों से नोच रहे थे। कुत्ते भौंक कर, चीख कर बन्दरों को उससे दूर भगाने की कोशिश कर रहे थे, लेकिन उन्हें पीछे से दूसरे बन्दर खींचकर परेशान कर रहे थे। एक बार फिर उस महिला की चीख निकल गयी—दिल दहलाने वाली चीख। मैं खिड़की छोड़, कमरे से एक छोटी सी कुल्हाड़ी उठाकर सीधे बगीचे की ओर भागा।

वहाँ पहुँचा, तो देखा कि वहाँ कुत्ते, बन्दर और वह महिला—सब के सब गायब हो चुके थे, और मैं हाथ में कुल्हाड़ी पकड़े, पायजामा पहने पहाड़ी पर खड़ा ठगा-ठगा सा महसूस कर रहा था।

अगले दिन कर्नल साहब बड़ी गर्मजोशी से मुझसे मिले।

'अब भी वे कुत्ते दिखाई दे रहे हैं क्या?' उन्होंने चुटकी लेते हुए पूछा।

'मुझे बन्दर भी दिखाई दिये,' मैंने कहा।

'अरे हाँ, फिर से इधर की तरफ़ आ गये हैं बन्दर, लेकिन वह कोई भूत-वूत नहीं, असली बन्दर हैं और किसी को नुकसान नहीं पहुँचाते।'

'ठीक बात है—लेकिन बीती रात मुझे बन्दर और कुत्ते साथ में दिखाई दिये।'

'अच्छा, क्या वाकई में...? बड़ी हैरानी की बात है...ताज्जुब है।'

अब कर्नल साहब मुझसे आँखें मिलाने से कतरा रहे थे, लेकिन मेरी बात अभी पूरी नहीं हुई थी।

'कर्नल साहब,' मैंने सवालिया लहज़े में कहा—'आपने मुझे यह कभी नहीं बताया कि मिसेज़ फ़ेअरचाइल्ड की मौत कैसे हुई थी।'

'अच्छा, मैंने नहीं बताया? ध्यान से उतर गया होगा। बुढ़ापा आ रहा है न, अब उतना याद नहीं रहता जैसे पहले रहा करता था। लेकिन मिसेज़ फ़ेअरचाइल्ड ...बेचारी...मुझे बखूबी याद है। बन्दरों ने उनकी जान ले ली थी। पता है तुम्हें...बन्दरों ने उन्हें नोच-नोच कर, उनके टुकड़े-टुकड़े कर डाले...'

उनकी आवाज़ धीमी पड़ती गयी, और अब उनकी नज़रें उस कैटरपिलर पर जमी हुई थीं, जो धीरे-धीरे उनकी छड़ी पर ऊपर की ओर चढ़ रहा था।

'उन्हें उस बन्दर को गोली नहीं मारनी चाहिए थी,' वह बोले। 'कभी भी बन्दर को नहीं मारना चाहिए—वह इन्सानों जैसे ही तो होते हैं...समझे।'

दादाजी का बाघ

बाघ का बच्चा टिमथी दादाजी को देहरा के पास वाले तराई के जंगल में तब मिला था जब वह वहाँ शिकार के लिए गये थे।

दादाजी खुद शिकारी नहीं थे, लेकिन क्योंकि वह शिवालिक की पहाड़ियों को दूसरे लोगों के मुकाबले बेहतर ढंग से जानते थे, इसलिए शिकारियों की एक टोली ने जंगल में रास्ता दिखाने के लिए उन्हें साथ लिया। इस जत्थे में दिल्ली से कुछ खास लोग भी थे। जंगल के अलग-अलग इलाकों की जानकारी देना और बाघ दिख जाने के बाद, उसे घेरने के लिए हाँका लगाने वालों को किस तरफ़ से आगे बढ़ना चाहिए, ऐसी बातों के बारे में सलाह-मशविरा देना उनका काम था।

शिकारियों का खेमा अपने आप में काफ़ी शानदार था—सात बड़े तम्बू लगाये गये थे, हरेक शिकारी के लिए एक अलग, एक में खाने-पीने का इंतज़ाम था, और कई तम्बू नौकर-चाकरों के लिए। जैसा कि दादाजी बाद में ज़िक्र किया करते थे, खाना बहुत उम्दा होता था। जंगल में तम्बू-कनात में ऐसा बढ़िया खाना आमतौर पर देखने को नहीं मिलता था—गुनगुनी की हुई प्लेट, फ़िंगर बाउल, सात-आठ किस्म की खाने की चीज़ें! लेकिन वाइसरॉय के ज़माने में सब कुछ ऐसे ही किया जाता था। उनके साथ यही कोई पन्द्रह तो हाथी थे, जिनमें से चार पर शिकारियों के लिए हौदे थे, और बाकी हाथी हाँके में हिस्सा लेने के लिए खासतौर से प्रशिक्षित थे।

शिकारियों को तो बाघ देखने को भी नहीं मिला, और न ही उन्होंने कुछ और मारा, जबकि हिरन, मोर और जंगली सुअर उन्हें खूब दिखाई दिये। वे तो बाघ दिखाई देने की सारी उम्मीद खो चुके थे, और गीदड़ों पर गोलियाँ दागने लगे थे, कि शिकारियों से कुछ दूरी पर जंगल में पैदल चल रहे दादाजी की नज़र एक छोटे से, करीब अट्ठारह इंच लम्बे, बाघ के बच्चे पर पड़ गयी। वह बरगद की उलझी हुई जड़ों के बीच दुबका हुआ था। दादाजी ने उसे उठा लिया और जब शिकारी अपने-अपने रास्ते गये, तो दादाजी उसे अपने साथ घर ले आये। वह दूसरों से खास इसलिए

बन गये, क्योंकि वह टोली के इकलौते सदस्य थे जिनके हाथ कोई शिकार लगा, मुर्दा या ज़िन्दा।

बाघ के बच्चे का नाम दादी ने टिमथी रख दिया। शुरू में तो उसे सिर्फ़ दूध पर पाला गया, जो हमारा खानसामा महमूद उसे बच्चों वाली बोतल से पिलाता था, लेकिन दूध पचाना उसे बहुत भारी पड़ता था, इसलिए पहले तो उसे कच्चा बकरे का मीट और कॉड लिवर ऑयल के कैप्सूल देना शुरू किया गया। बाद में खाने में उसे कबूतर और खरगोश दिये जाने लगे—जिन्हें वह ज़्यादा चाव से खाता था!

टिमथी के दो साथी थे—टोटो बन्दर, जो इतना निडर हो गया था कि जब चाहे टिमथी की पूँछ खींच लेता था। और अगर उस छोटे से बाघ को गुस्सा आ जाये, तो वह जल्दी से पर्दों पर चढ़ जाता था। टिमथी का दूसरा साथी था, मिलीजुली नस्ल का वह पिल्ला जो दादाजी सड़क से उठा लाये थे।

शुरू-शुरू में तो टिमथी पिल्ले से बहुत डर जाता था। अगर वह ज़्यादा पास आता तो टिमथी उछल कर पीछे हट जाता, और अपने बड़े-बड़े अगले पंजों से उस पर झपट्टे मारता। फिर झटपट इतनी दूर भाग जाता था कि देखकर हँसी आती थी। लेकिन बाद में, उसने पिल्ले को अपनी पीठ पर चढ़ने और वहाँ आराम फ़रमाने की इजाज़त दे दी!

टिमथी को जिन बातों में मज़ा आता था, उनमें से एक थी साथ खेलने वाले पर झूठमूठ में घात लगाने का खेल खेलना। और इसलिए जब मैं दादाजी के घर रहने आ गया, तो मैं उन लोगों में शामिल हो गया, जिनके साथ उसे यह खेल खेलना पसन्द था। चौकन्नी आँखों में चालाकी भरी चमक के साथ वह अपने शरीर को ज़मीन से सटाकर धीरे-धीरे मेरी ओर बढ़ता था। फिर अचानक दौड़कर मेरे पाँव पकड़ लेता, मेरे आगे खुशी से लोट कर हवा में अपने पाँव चलाता और ऐसा नाटक करता जैसे मेरे टखने चबा जाएगा।

अब वह एक औसत कद के कुत्ते जितना बड़ा हो चुका था। जब मैं उसे सड़क पर घुमाने के लिए ले जाता था, तो लोग हमारे रास्ते से दूर हट, हमारे निकलने के लिए खूब सारी जगह छोड़ देते थे।

जब वह अपनी ज़ंजीर को ज़ोर लगाकर खींचता, तो मुझे उसे संभालने में दिक्कत होती थी। घर की बैठक उसकी पसन्दीदा जगह थी, जहाँ वह लम्बे से सोफ़े पर आराम से पसर कर बैठ जाता, और अगर उसे कोई वहाँ से हटाने की कोशिश करता तो उस पर गुर्राता था।

लेकिन टिमथी था सफ़ाई-पसन्द, और बिल्कुल बिल्ली की तरह पंजों से अपना मुँह साफ़ किया करता था। रात को वह खानसामा के कमरे में सोता था,

और सुबह जब वह उसके बाहर जाने के लिए कमरे का दरवाज़ा खोलता, तो टिमथी को बहुत मज़ा आता था।

'देखना, एक दिन,' दादी माँ ने अपने भविष्य-दृष्टा वाले अन्दाज़ में ऐलान किया, 'हमें टिमथी महमूद के बिस्तर पर बैठा मिलेगा, और उस दिन मदमूद के जूते और कपड़ों के सिवा उसका कोई नामोनिशां नहीं होगा!'

ज़ाहिर है, ऐसा हुआ नहीं, लेकिन जब टिमथी करीब छह महीने का था, तब उसके व्यवहार में बदलाव ज़रूर आ गया। अब उसका मिज़ाज लगातार बिगड़ता जा रहा था। पहले वाला दोस्ताना रवैया बदलने लगा था। जब मैं उसे बाहर घुमाने के लिए ले जाता था, तो वह अचानक किसी बिल्ली या किसी के पालतू कुत्ते पर झपटने की कोशिश करता था। कभी-कभी रात को हमें मुर्गियों के दड़बे से हड़बड़ी और बेचैनी भरी आवाज़ें आती थीं, और सवेरे सारे बरामदे में पंख ही पंख बिखरे मिलते थे। अब टिमथी को अकसर ज़ंजीर से बाँध कर रखना पड़ता था। और, फिर जब घर भर में महमूद का पीछा करने लगा, उसे शिकार जैसी नज़रों से देखते हुए अक्सर घात लगाने लगा, तब दादाजी ने तय किया कि अब उसे किसी चिड़ियाघर में भेजने का वक्त आ गया है।

सबसे पास था लखनऊ का चिड़ियाघर, दो सौ मील दूर। दादाजी ट्रेन में पहले दर्जे का एक कम्पार्टमेंट रिज़र्व करवा कर उसमें टिमथी को अपने साथ लखनऊ ले गये। वैसे भी उन दोनों के साथ भला और कौन सफ़र करना चाहता। लखनऊ में चिड़ियाघर के अधिकारी मुफ़्त में खाता-पीता घर का सुलझा हुआ बाघ पाकर खुश थे।

करीब छह महीने बाद, जब दादा-दादी अपने रिश्तेदारों के पास लखनऊ गये, तो दादाजी को मौका मिल गया कि देखें टिमथी चिड़ियाघर में कैसे रह रहा है। मैं साथ नहीं गया था, इसलिए चिड़ियाघर जाने का वह मौका चूक गया, लेकिन जब वह देहरा लौटे तो मुझे सब कुछ पता चला।

चिड़ियाघर पहुँचकर दादाजी सीधे उस कठघरे पर गये जिसमें टिमथी को रखा गया था। उस कठघरे के एक कोने में दुबका बैठा था वह—शानदार धारियों वाला पूरा बड़ा बाघ।

'हेलो टिमथी!' दादाजी उसे देखकर बोले, और झट से कठघरे के आगे लगी रेलिंग फाँदकर अपना हाथ सींखचों के अन्दर डाल दिया।

बाघ उनके पास आ गया। दादाजी ने दोनों हाथ अन्दर डाल उसका सिर पकड़ लिया। बाघ ने कुछ नहीं कहा। दादाजी ने उसके माथे को थपथपाया और कानों को गुदगुदाया, और जब वह गुर्राया तो उसके मुँह पर एक थप्पड़ जड़ दिया। उसे चुप कराने के लिए वह पहले भी ऐसा ही करते थे।

वह भी दादाजी के हाथों को चाटता रहा और जब बगल वाले कठघरे में बन्द तेंदुआ उस पर खौखियाया तो दुम दबाकर कठघरे के दूसरी ओर चला गया। दादाजी ने तेंदुए को 'डपटा' तो वह फिर आकर उनके हाथ चाटने लगा। लेकिन थोड़ी-थोड़ी देर में तेंदुआ गुर्राता हुआ कठघरे के सींखचों तक दौड़कर आता और बाघ अपने कटघरे के उसी कोने में चला जाता।

एक इन्सान और बाघ का अनोखा मिलन देखने के लिए काफ़ी सारे लोग इकट्ठे हो गये थे वहाँ। तभी जानवरों की देखरेख करने वाला एक कर्मचारी लोगों के बीच से रास्ता बनाता हुआ वहाँ आया, और दादाजी से पूछने लगा कि वह कर क्या रहे हैं।

'मैं टिमथी से बातें कर रहा हूँ,' दादाजी बोले। 'क्या छह महीने पहले जब मैंने इसे चिड़ियाघर को दिया था, तब तुम यहाँ नहीं थे?'

'मुझे अभी यहाँ लगे हुए ज़्यादा समय नहीं हुआ है,' हैरत से दोनों को देखते हुए उसने कहा। 'आप अपनी बातचीत जारी रखिये। लेकिन मैं तो इसे कभी छू भी नहीं सका। इसका तो हमेशा मिज़ाज ही गरम रहता है।'

'तुम लोग इसे कहीं और क्यों नहीं रखते?' दादाजी ने सुझाया। 'वह तेंदुआ इसे डराया करता है। इस बारे में मैं खुद जाकर बड़े साहब से बात करता हूँ।'

दादाजी चिड़ियाघर के सुपरिंटेंडेंट की तलाश में निकले, लेकिन उन्हें पता चला कि वह जल्दी घर चले गये थे, और इसलिए, कुछ देर चिड़ियाघर में इधर-उधर घूमने के बाद वह टिमथी के कठघरे पर लौट आये—जाने से पहले उससे अलविदा कहने। शाम ढलने को आयी थी।

उन्हें टिमथी को थपथपाते और चपत लगाते करीब पाँच मिनट हो गये तब उन्होंने देखा कि जानवरों की देखभाल करने वाला एक दूसरा कर्मचारी फटी-फटी आँखों से उन्हें देख रहा है। दादाजी उसे पहचान गये क्योंकि वह उस समय भी वहीं तैनात था जब दादाजी टिमथी को चिड़ियाघर छोड़ने आये थे।

'तुमने पहचान लिया न मुझे,' दादाजी ने कहा। 'भई, तुम लोग टिमथी को किसी दूसरे कठघरे में क्यों नहीं रखते, इस बेहूदे तेंदुए से दूर?'

'लेकिन...हुजूर! ...यह!' रखवाला बोला, 'यह आपका वाला बाघ नहीं है।'

'हाँ, हाँ, मुझे पता है,' दादाजी ने चिढ़ते हुए कहा। 'मुझे इस बात का एहसास है कि यह अब मेरा नहीं रहा, लेकिन अगर मैं इसके बारे में कुछ सलाह दे रहा हूँ, तो तुम्हें ऐतराज़ नहीं होना चाहिए।'

'आपका वाला बाघ मुझे बखूबी याद है,' वह बोला। 'वह तो दो महीने पहले मर गया।'

'मर गया!' दादाजी चौंके।

'जी, हुज़ूर। उसे निमोनिया हो गया था। इस बाघ को पिछले महीने ही पहाड़ों से पकड़ा गया है, और यह बेहद खतरनाक है!'

अब दादाजी को कहने के लिए कुछ भी नहीं सूझा। वह बाघ अब भी दादाजी की बाहों को चाट रहा था, पहले से भी ज़्यादा चटखारे लेकर। दादाज़ी को अपना हाथ कठघरे से बाहर निकालने में जैसे एक युग लग गया। वह अपना मुँह बाघ के मुँह के करीब ले गये, और धीरे से बुदबुदाए, 'गुड नाइट, टिमथी!' इसके साथ ही उस कर्मचारी को ऐसी नज़रों से देखा जैसे उसकी बात उन्होंने सुनी ही न हो। फिर तेज़ कदमों से चिड़ियाघर से बाहर निकल गये।

बदला बिल्लौरी

जब उस पर सीधी धूप पड़ रही थी, तब ऐसा लग रहा था जैसे उसकी आँखों में सोने के कण हैं। और जब सूरज आसमान के सीने पर बड़ा-सा लाल घाव कर के पहाड़ों के पीछे छुपा था, तब बिन्या की आँखों में सुनहरी रंगत के अलावा और भी कुछ होता था—उनमें था गुस्सा, क्योंकि कई हफ़्तों से लगातार उसे ताने देने और बेइज़्ज़ती करते रहने के बाद, उसकी टीचर ने कुछ ऐसा कह दिया था जो उसे बहुत बुरा लग गया था।

बिन्या अपने साथ पढ़ने वाली ज़्यादातर लड़कियों से गरीब थी। टीचर से 'ट्यूशन' पढ़ने की उसकी हैसियत नहीं थी, जो कि इम्तिहान में 'पास' होकर अगली 'क्लास' में जाने के लिए जैसे बेहद ज़रूरी था। 'तुम्हें नौवीं में एक साल और रहना पड़ेगा,' मैडम ने कहा। 'और अगर तुम यह नहीं चाहतीं, तो दूसरा स्कूल ढूंढ लो—ऐसा स्कूल जहाँ तुम्हारी यूनीफ़ॉर्म और जूते फटे-पुराने होने से कोई फ़र्क नहीं पड़ता हो।' यह कहते हुए मैडम ने अपने बड़े-बड़े दांत दिखा दिये, जैसे हँसना अच्छी बात ही होती हो। और बाकी सारी लड़कियों ने ही-ही-ही-ही करके अपना फ़र्ज़ निभा दिया। मैडम के इस निजी कन्या विद्यालय में चापलूसी भी जैसे पढ़ाई-लिखाई का हिस्सा बन गयी थी।

विद्यालय से घर जाते समय बिन्या की दो सहेलियों ने भी उससे ऐसी बातें कीं, जैसे उन्हें उस पर तरस आ रहा हो।

'बड़ी दुष्ट बुढ़िया है,' उषा बोली। 'अपने सिवा किसी का खयाल नहीं रहता उसे।'

'जब हँसती है, तो लगता है जैसे गधी रेंक रही हो,' सुनीता ने कहा, जो ज़्यादा सीधा-सीधा बोल रही थी।

लेकिन बिन्या वास्तव में किसी की सुन ही नहीं रही थी। उसकी आँखें कहीं दूर टिकी थीं, जहाँ काले-काले साये जैसे दिखाई देते चीड़ के पेड़ों के बीच से नज़र

आते अंधियारे आसमान में पल-पल उजाला फैल रहा था। चाँद निकल रहा था। पूनम का चाँद, जो बिन्या के लिए खास मायने रखता था। जिसके उगने से उसके खून में सनसनी-सी पैदा होती थी, उसके सारे शरीर में रोंगटे खड़े हो जाते थे, उसके बालों में एक अलग चमक पैदा हो जाती थी, जिनसे चिंगारियाँ-सी निकलने लगती थीं। जब वह पहाड़ी पगडंडी पर चलती थी, तो ऐसा लगता था जैसे उसके कदमों से ज़मीन पर कोई बोझ ही न पड़ रहा हो, और उसके दुबले-पतले हाथ-पैरों की माँस-पेशियों की हर हरकत अलग नज़र आने लगती थी।

रास्ते में जब एक दोराहा आया, तो वह अचानक ही अपनी सहेलियों को छोड़ कर चल दी।

'मैं जंगल वाले छोटे रास्ते से जा रही हूँ,' वह बोली।

उसकी सहेलियों को अचानक उसके रंग-ढंग में बदलाव आने की आदत पड़ चुकी थी। उन्हें मालूम था कि अंधेरे में अकेले होने पर भी बिन्या को डर नहीं लगता था। लेकिन उसके रंग-ढंग बदलते देख वे कुछ परेशान हो जाती थीं, और अब वह सुनसान रास्ते पर एक-दूसरे के हाथ थामे अपने घर की ओर तेज़ कदमों से चल पड़ी थीं।

जंगल के अंधेरे रास्ते पर चलती बिन्या देवदार के अंधियारे जंगल से गुज़री। देवदार की ऐंठी हुई डालों के टेढ़े-मेढ़े साये रास्ते पर पड़ रहे थे। एक सियार ने चाँद की ओर मुँह करके पुकारा। झाड़ियों में से नाइटजार ने आवाज़ लगायी। बिन्या तेज़ी से चल रही थी—डर की वजह से नहीं, बल्कि इसलिए क्योंकि उसे जल्दी थी—तेज़ और उथली साँसें लेती। जब वह बस्ती के एक छोर पर अपने घर पहुँची, तो पहाड़ चाँदनी के उजाले में नहाये हुए थे।

खाना-पीना छोड़, वह सीधे अपने छोटे से कमरे में गयी और एक झटके में खिड़की खोल दी। खिड़की की मुंडेर पर सरकते हुए आती चाँदनी की किरणें उसकी बाहों पर भी पड़ रही थीं, जो सुनहरे बालों से ढक चुकी थीं। उसके मज़बूत नाखूनों से खिड़की की मुंडेर की गली हुई लकड़ी में खरोंचें आ गयीं।

पूँछ लहराते और कान खड़े कर, पीला-भूरा सा तेंदुआ तेज़ी से खिड़की से निकला और घर के पिछवाड़े खुले मैदान को पार कर सायों के बीच कहीं गुम हो गया।

कुछ देर में वह चुपचाप जंगल के बीच से चला जा रहा था।

हालाँकि टीन की छत वाले मकानों से भरी बस्ती पर चाँदनी खिली हुई थी, लेकिन तेंदुए को मालूम था कि कहाँ-कहाँ साये सबसे ज़्यादा गहरे हैं, और उसने

खुद को बड़ी सफ़ाई से उनकी आड़ में छुपा रखा था। बीच-बीच में गहरी साँस लेने से हल्की सी खाँसी जैसी आवाज़ के सिवा और कोई आवाज़ नहीं हो रही थी।

मैडम किटिन क्लब के नाम से मशहूर महिलाओं के क्लब में खाना खा कर लौट रही थीं, जो पतियों के क्लब जाने के जवाब में औरतों का अपना तरीका था। सड़क पर अब भी कुछ लोग दिखाई दे रहे थे, और रोड-रोलर जैसे डीलडौल वाली मैडम किसी की नज़र से नहीं बच सकीं, लेकिन न किसी ने उन्हें देखा, न उनकी आवाज़ सुनी। एक संकरी गली से निकल कर टीचर के दरवाज़े की सीढ़ियों तक जा पहुँचा था वह शिकारी। वह वहीं पूरे धैर्य के साथ चुपचाप बैठा रहा, अपनी टीचर की बात मानने वाली किसी स्कूली लड़की की तरह।

जब मैडम ने अपने घर की दहलीज़ पर तेंदुए को देखा, तो उनके हाथ से उनका बैग छूट गया और चीखने के लिए उनका मुँह खुल गया, लेकिन आवाज़ नहीं निकली। उनकी ज़बान दोबारा इस्तेमाल ही नहीं हुई—न मुर्गे की बिरयानी का मज़ा लेने के लिए और न ही अपने यहाँ पढ़ने वाली लड़कियों पर गुस्सा उतारने के लिए, क्योंकि तेंदुए ने झपट कर उनकी गर्दन को दबोच लिया था, उनकी गर्दन तोड़ दी थी, और उन्हें घसीट कर झाड़ियों में ले गया था।

सुबह जब उषा और सुनीता स्कूल जाने के लिए निकलीं, तो उन्होंने रोज़ की तरह बिन्या के घर के आगे रुक कर उसे आवाज़ लगायी।

बिन्या धूप में बैठी अपने लम्बे काले बाल काढ़ रही थी।

'आज तुम स्कूल नहीं चल रही हो, बिन्या?' लड़कियों ने पूछा।

'नहीं, आज मेरा जाने का मन नहीं है,' बिन्या ने कहा। उसे आलस आ रहा था, लेकिन वह अपने हाल पर खुश थी, अपने में मस्त किसी बिल्ली की तरह।

'मैडम नाराज़ होंगी,' उषा ने कहा। 'क्या हम उनसे कह दें कि तुम्हारी तबीयत ठीक नहीं है?'

'इसकी ज़रूरत नहीं पड़ेगी,' बिन्या बोली, और उन्हें देख कर अजीब से अन्दाज़ में मुस्कुरा दी। 'मुझे तो लग रहा है कि आज छुट्टी हो जाएगी।'

उसके भोले से मुखड़े और नाजुक हाथों पर अब भी खून के निशान थे।

कौए के रंग अनेक

जो रात को जल्दी सोवे और सुबह को जल्दी जागे, सेहत-दौलत और अक्ल में रहे वह कौआ सबसे आगे।

कहते हैं कि यह बात इन्सानों पर भी लागू होती है। इस बारे में पक्के तौर पर मैं कुछ नहीं कह सकता। लेकिन कौओं के लिए यह बेहद ज़रूरी है।

मैं हमेशा पौ फटते ही उठ जाता हूँ। अक्सर रात के सन्नाटे को अपनी कड़क काँव-काँव से भंग करने वाला मैं पहला कौआ होता हूँ। उसी पेड़ में रात बिताने वाले मेरे दोस्त और रिश्तेदार पहले तो थोड़ा बड़बड़ाते और भुनभुनाते हैं, लेकिन जल्दी ही खुद भी मेरी ही तरह ज़ोर-ज़ोर से काँव-काँव करने लगते हैं। सूरज चढ़ने से बहुत पहले ही हम सारे रोज़ी-रोटी की खातिर निकल जाते हैं।

हम सुबह नहाने-धोने के चक्कर में भी नहीं पड़ते। दिन चढ़ने पर अगर गर्मी और उमस ज़्यादा बढ़ जाती है तो मैं किसी इन्सान के नहाने के पानी में एकाध डुबकी लगा लेता हूँ, लेकिन सुबह-सवेरे मैं दूसरों से पहले ही अपना दिन शुरू करने की जुगत में रहता हूँ। यही वह समय होता है जब कूड़े के डिब्बों और कचरे के ढेरों में अच्छी-अच्छी चीज़ें मिलने की सबसे ज़्यादा उम्मीद होती है, और कचरा इकट्ठा करने वालों के आने से पहले हम उसमें से अपने मतलब की चीज़ें निकाल लेने की फ़िराक में रहते हैं।

कचरे की कमी पड़ जाने का खतरा हमें बिल्कुल भी नहीं महसूस होता, क्योंकि जैसे-जैसे इन्सान की आबादी बढ़ती है, वैसे-वैसे उनका कचरा बढ़ता जाता है।

कल ही की बात है, कूड़ेदान को खाली किये जाने से ठीक पहले मुझे कूड़े में टाइपराइटर का पुराना रिबन मिला। लोग कैसे चीज़ों की बर्बादी करते हैं! मुझे तो उसकी ज़रूरत थी नहीं, लेकिन मैंने उसे अपनी रिश्ते की बहन को दे दिया जिसका हाल ही में ब्याह हुआ था। उसने मेरा तोहफ़ा कुबूल करते हुए यह भी कहा कि रिबन से उसे अपने घोंसले में डंडियों-सींकों को बाँधने में बड़ी मदद मिलेगी। वह

टेलीफ़ोन के खंबे पर घोंसला बना रही है।

मुझे तो दाँत साफ़ करने के ब्रश अच्छे लगते हैं। बस यूँ ही, शौक है मेरा। कुछ उसी तरह जैसे कुछ इन्सानों को डाक-टिकट इकट्ठे करने का शौक होता है। मेरे पास कुछ ब्रश हैं, बेशक ज़्यादा नहीं हैं, लेकिन हैं चुनिंदा। मैंने उन्हें बगीचे की दीवार के मोखले में रख छोड़ा है। अब मुझसे यह मत पूछियेगा कि कितने ब्रश हैं मेरे पास—क्योंकि कौए दो से आगे की गिनती गिनने में यकीन नहीं रखते—लेकिन मुझे इतना पता है एक से ज़्यादा ब्रश हैं मेरे पास। सच तो यह है कि बहुत सारे हैं, क्योंकि इस सड़क पर जिस-जिस का मकान है, उसका एक न एक टूथब्रश मैंने ज़रूर उठाया है।

कटहल के इस पेड़ पर रहने वाले हम सारे कौओं ने तय कर रखा है कि इसके साथ वाली सड़क का इलाका हमारा है, लेकिन आपस में मनमुटाव न हो, इसलिए हमने घर बाँट रखे हैं। मैंने ये बंगला चुना है जिसके पिछवाड़े फलों की बगीची है। आखिर मैं भी कोई हमेशा कूड़ा-कचरा और फेंकी हुई चीज़ें थोड़े ही खाता हूँ। कभी-कभी पके हुए अमरूद या पपीते के मुलायम गूदे में चोंच मारने का मेरा भी मन करता है और कभी मुँह का ज़ायका बदलने के लिए चने-चबैने की तरह एकाध गुबरैला भी चल जाता है। इन इन्सानों को मेरा अहसान मानना चाहिए, फल खाने वाले इन कीड़ों की जमात को बढ़ने से रोकने, और उनके कूड़े-कचरे को ठिकाने लगाने के लिए। लेकिन नहीं, इन्सान कभी शुक्रगुज़ार नहीं होता। मैं उनके किसी अमरूद के पेड़ पर उतरा नहीं कि गिट्टी-पत्थर मेरे इधर-उधर से साँय-साँय करते निकलने लगते हैं। ऐसे में मैं पिछवाड़े के बरामदे में रखे कूड़ेदान पर लौट जाता हूँ। मेरे वहाँ होने से उन्हें कोई फ़र्क नहीं पड़ता।

मेरा एक मौसेरा भाई है जो उस बंगले में मेरा साझेदार है। लेकिन वह ठहरा काहिल, इसलिए कचरे में से छाँटने-बीनने का काम मुझे ही संभालना पड़ता है। कभी-कभी वह पंजा बँटाने, मेरा मतलब है, हाथ बँटाने के लिए मेरे साथ लग जाता है, लेकिन उसका ज़्यादातर वक्त अपने पंखों को रगड़-पोंछ कर सजने-सँवरने में ही बीतता है। जब देखो तब अगले मोड़ वाले बरगद पर रहने वाली सुंदरी को रिझाने के चक्कर में जो लगा रहता है।

लेकिन जब उसका मन लगता है तब बड़ा मददगार भी साबित होता है। अभी हाल ही में एक दिन मुझे बरामदे में कुत्ते के खाने वाले कटोरे से कुछ माल निकालने में दिक्कत हो रही थी, तब वह बड़ा काम का साबित हुआ।

जिन इन्सानों को मैंने अपनी ज़िन्दगी का हिस्सा बनाया हुआ है, वह इस बड़े से डीलडौल वाले कुत्ते की बड़े चाव से देखभाल करते हैं। और यह बड़ी नस्ल वाला

कुत्ता है कि खुद को पुराना खानदानी मानता है—ऐसा ढोंग करता है जैसे उसके बाप-दादा चंगेज़ खाँ महल की रखवाली करते रहे हों। लेकिन जैसा कि मशहूर खानदान वालों के साथ आमतौर पर होता है, समय के साथ उनमें गिरावट आती चली जाती है—चाहे वह इन्सान हो या जानवर—ऐसा ही इस बड़े से कुत्ते के साथ हुआ, जिसका नाम टाइगर है। शरीर से लहीम-शहीम, लेकिन दिमाग से दिवालिया। कई बार ठीक उसकी नाक के नीचे से, उसके कटोरे से मैं मालदार हड्डियाँ और खाने की दूसरी चीज़ें उड़ा चुका हूँ।

लेकिन इधर वह काफ़ी चालाक और खुदगर्ज़ होता जा रहा है। वह मिल-बाँट कर कतई नहीं खाना चाहता। और एक दिन तो जब वह अचानक मेरी तरफ़ झपटा, तो बस मैं उसके जबड़ों में आते-आते बचा। उसके खौफ़नाक जबड़े खड़ाक से आपस में आकर टकराये, लेकिन उसकी पकड़ में आया बस मेरी पूँछ का एक पंख। उसने खीजते हुए उसे मुँह से थूका। वैसे भी, कौए का माँस कौन खाना चाहता है? इस बार तो बच गये, मैंने सोचा, लेकिन आगे से मुझे ध्यान रखना चाहिए कि इतनी भी लापरवाही न हो। कौए को दूसरे सभी परिंदों से ज़्यादा अक्लमंद यूँ ही थोड़े माना जाता है। और कुत्ते से तो कहीं ज़्यादा अक्लमंद होते हैं कौए, यह बात मैं दावे से कह सकता हूँ।

मैंने दोपहर की नींद का मज़ा ले रहे मौसेरे भाई को जगाया और कहा, 'अरे, सुनते हो ढीले, हम मुश्किल में पड़ गये हैं। अगर तुम्हें आज भी माँस के वे लज़ीज़ टुकड़े खाने हों तो तुम्हें मेरा साथ देना होगा, यानी पंजा या चोंच बँटानी होगी। वह कुत्ता दिन पर दिन पहले से ज़्यादा कटखना होता जा रहा है।

ढीले भाई ने एक आँख खोली और कहा, 'तुम कहते हो तो ठीक है। वरना तुम तो जानते हो, मुझे किसी तरह की मार-पीट के चक्कर में पड़ने से कितनी नफ़रत है। वह मेरे पंखों की चमक-दमक के लिए ठीक नहीं।'

'मैं ज़ोर नहीं दे रहा हूँ,' मैंने नरमी के साथ कहा, 'लेकिन आज मैं दोनों के लिए दाने-पानी का इंतज़ाम नहीं करने वाला। हर कौआ अपना ध्यान खुद रखे।'

'ठीक है, ठीक है, चलता हूँ,' ढीला बोला। और पंखों को फड़फड़ाए बिना ही एक बार में पेड़ से दीवार पर उतर आया।

'तरीका क्या होगा?' मैंने पूछा।

'वही सीधा-सादा। बारी-बारी से लगाएँगे—एक दाँव तेरा, एक दाँव मेरा।'

हमने उड़ान भरी और सीधे बरामदे के बाहर पहुँचे। टाइगर ने अपना खाना खाना शुरू ही किया था। वह हबड़-हबड़ करके खाता था, और भुखमरों की तरह खाते समय सुड़प-सुड़प की आवाज़ें निकालता था। उसका खाना खत्म होने से पहले

अगर हम उसमें से कुछ हासिल करना चाहते हों, तो हमें तेज़ी से अपने काम को अंजाम देना था।

मैं आड़ी चाल चलता टाइगर के पास तक पहुँचा और उससे दुआ-सलाम की।

उसने खाना खाना जारी रखा—बल्कि और भी तेज़ी से खाने लगा।

ढीला भाई धीरे से उसके पीछे से नज़दीक आया और झटपट उसकी पूँछ के ठीक नीचे वाली नाजुक जगह अपनी चोंच से चोट की, और जैसे ही टाइगर ने तेज़ी से घूम कर उसे पकड़ने के लिए सिर घुमाया, मैं लपक कर आगे बढ़ा और कई टुकड़े झपट लिये।

फिर टाइगर मेरी तरफ़ झपटा, तो मैं जैसे-तैसे सीधे बगीचे की दीवार पर जा पहुँचा।

अब टाइगर कटोरे से दूर था, इसलिए ढीले ने जितने टुकड़े हो सकते थे, अपनी चोंच में दबा लिये।

फिर वह भी मेरे पास दीवार पर आ गया। वहाँ बैठे-बैठे हम दावत उड़ाते रहे और नीचे टाइगर तब तक भौंकता रहा जब तक कि उसका गला नहीं बैठ गया।

'जाओ, बिल्ली का पीछा करो,' ढीला बोला। उसे ऊल-जलूल बातें करके परेशान करने में मज़ा आता था। 'हमें पकड़ने की तुम्हारी औकात नहीं है, तीस मार खां।'

महान ऋषि प्रत्यास्तक हुए हैं—सुना है उनके बारे में? मेरा अन्दाज़ा है कि सुना होगा। उन्होंने एक बार कहा था—'कौए को कोई नहीं सुधार सकता।'

इन्सान में जो ऋषि लोग होते हैं उनमें से ज़्यादातर की तरह वह भी ऊहापोह में रहते थे, इसलिए उनकी बातों के सही मायनों को लेकर लोगों को बड़ी गलतफ़हमी रहती है। इन्सानों को लगता है कि वह यह कहना चाहते थे कि कौए इतने बुरे होते हैं कि चाहे कुछ भी कर लें, उनमें कोई सुधार नहीं लाया जा सकता, लेकिन हम कौए असलीयत जानते हैं। हमारा मानना है कि उनका मतलब यह था कि कौए इतने अच्छे होते हैं कि उनमें और सुधार लाने की गुंजाइश ही नहीं है।

ऐसा नहीं है कि हम इन्सान नहीं हैं—मेरा मतलब है, कि कभी-कभी ऐसा भी होता है कि हम कौए होने के अपने ऊँचे पायदान से गिर जाते हैं और बेवकूफ़ियाँ कर बैठते हैं। उस दिन दोपहर के खाने के वक्त कुछ ऐसा ही हुआ था।

कभी-कभी जब बंगले में मेज़ पर खाना सज जाता है, तब परिवार के लोगों के कमरे में आने से पहले मैं खुली खिड़की से चुपचाप घुस कर झटपट खाने की चीज़ों पर टूट पड़ता था। कभी-कभी किस्मत के साथ देने पर मैं एकाध बोटी या फिर रोटी के टुकड़े उठा कर किसी के आने और मुझ पर डबलरोटी काटने वाला

चाकू खींच कर फेंकने से पहले बाहर निकल जाता था। लेकिन एक बार क्या हुआ कि मैं रोटी का टुकड़ा उठाने ही वाला था कि आगे को झुक कर चलने वाले एक जनाब, जिन्हें सब जूनियर साहब कह कर पुकारते थे, अचानक अन्दर आ कर मुझ पर चिल्ला पड़े। मैं इस कदर चौंक गया कि आड़ में आने के लिए मैं मेज़ के दूसरी ओर लपका। कोई चीज़ मेरी तरफ़ बढ़ रही थी। उससे बचने की हड़बड़ी में मैंने एक गोल छल्ले जैसी चीज़ में सिर डाल दिया, और तब समझ में आया कि वह मेरी गर्दन में अटक गयी है।

वहाँ रहना खतरे से खाली नहीं था, इसलिए मैं गले में पड़ी उस गोल-सी चीज़ के साथ खिड़की से बाहर निकल आया।

सर्विएट या नैपकिन रिंग कहा जाता है उसे। बिल्कुल गैरज़रूरी चीज़ होती है, लेकिन ऐसा लगता है कि कुछ लोग, खासतौर से दौलतमंद, खाने की मेज़ पर इसकी मौजूदगी पसंद करते हैं—उस कपड़े को अपनी जगह रखने के लिए, जिस से वह खाना खाते समय मुँह पोंछते हैं। क्या आपने कभी इससे बेतुकी बात सुनी है?

जो भी हो, मैं कमरे से बाहर तो आ गया लेकिन वह मोटी-सी नैपकिन रिंग मेरे गले में ही पड़ी रही, और जब मैं दीवार पर बैठ कर उसे अपनी गर्दन से निकालने की कोशिश कर रहा था, तब उस इन्सानी परिवार के सभी सदस्य मुझे देखने के लिए बरामदे में इकट्ठे हो गये थे।

उनमें कर्नल साहब और उनकी बीवी, यानी मेमसाहब भी थीं। दुबले-पतले जूनियर साहब थे (सबसे वाहियात!), वह शरारती लड़का (कर्नल साहब का पोता) भी था, जिसे सारे बाबा कह कर पुकारते थे। खानसामा भी वहाँ मौजूद था, जो मेरे ऊपर संतरे के छिलके फेंका करता था। और वहाँ था माली जिसने एक बार फावड़े से मेरा सिर कलम करने की कोशिश की थी। टाइगर कुत्ता भी वहाँ था, जो दूसरे कुत्तों की तरह इन्सान बनने की नाकाम कोशिश करता रहता है।

आज वह सारे मुझे हाथ दिखा-दिखा कर बुरा-भला नहीं कह रहे थे, बल्कि पेट पकड़ कर हँसते-हँसते लोट-पोट हुए जा रहे थे। अब किसी कौए की गर्दन में नैपकिन रिंग फँस जाये तो इसमें हँसने की ऐसी भी क्या बात है?

लेकिन नसीब में इससे भी बुरा बदा था।

इस शोर-शराबे को सुन कर उस इलाके में मौजूद दूसरे कौए वहाँ आ गये, और एक चीज़ जिससे सभी कौए नफ़रत करते हैं, वह है ऐसा कौआ जो कौए जैसा न दिखता हो।

वह ऊँचाई से हवा में गोते लगा-लगा कर मेरे ऊपर झपट्टे मारने लगे, और उस मुई नैपकिन रिंग पर चोंच से वार करने लगे। वह तब तक ऐसा ही करते रहे

जब तक कि मैं दीवार से नीचे फूलों की क्यारी में नहीं जा गिरा। वहाँ भी छह-सात मुस्टंडे कौए आ गये, साफ़ तौर पर मुझे खत्म करने के इरादे से।

'अरे, भाइयो!' मैंने पुकारा। 'मैं हूँ मैं, तेजा! ये तुम लोग क्या कर रहे हो? मेरी जान लेना चाहते हो?'

'बिल्कुल! तुम हमें कहीं से तेजा नहीं लगते। तुमने उसके साथ क्या किया, बताओ हमें?'

यह कह कर वह सारे और भी ज़्यादा जोश के साथ मुझपर हावी होने लगे।

'तुम सारे के सारे घटिया इन्सानों से कम नहीं हो!' मैं चीखा। 'तुम उनसे किसी भी तरह बेहतर नहीं हो—इन्सानों का आपस में यही रवैया रहता है!'

इतना सुनना था कि सारे के सारे शांत हो गये। मेरे ऊपर चोंच से हमले करना बन्द करके चेहरों पर उलझन के भाव लिये वह सलीके से खड़े हो गये। इस मारामारी में मेरी गर्दन में पड़ी नैपकिन रिंग टुकड़े में टूट कर ज़मीन पर गिर चुकी थी।

तभी उनमें से एक बोला—'अरे, यह तो तेजा ही है!'

'हाँ, तेजा ही है, कोई और नहीं!'

'हमारे पुराने यार तेजा—तुम यहाँ क्या कर रहे हो? और हम अभी जिसकी ठुकाई कर रहे थे, वह मक्कार कहाँ गया?'

अब उन्हें सब कुछ समझाने से कोई फ़ायदा नहीं था। कौए ऐसे ही होते हैं। तब तक तो आपस में खूब यारी निभाते हैं जब तक कि उनमें से कोई अलग दिखने की कोशिश नहीं करता। और जैसे ही कोई अलग दिखने की कोशिश करता है, वह जैसे कौआ ही नहीं रहता।

'वह तिब्बत चला गया,' मैंने कहा। 'यहाँ की आबोहवा उसे रास नहीं आ रही थी।'

फिर गर्मी का मौसम आ गया है। और हालाँकि मैं हर मौसम में कौआ ही रहता हूँ, लेकिन मुझे यह मान लेने से बिल्कुल परहेज़ नहीं है कि गर्मी के महीने मुझे ज़्यादा रास आते हैं।

गर्मी में इन्सान आलसी हो जाते हैं, और ज़्यादा जोश के साथ मेरा पीछा नहीं कर पाते। कचरे के डिब्बे खूब भर जाते हैं। खाना जल्दी खराब हो जाता है और फिर उसे फेंकना पड़ता है। फल तेज़ी से पकते हैं और जल्दी से मीठे हो जाते हैं। अगर इनका सफ़ाया करने के लिए मेरे जैसे लोग न हों, तो इन लज़ीज़ चीज़ों की बेकदरी करने वाले इन्सान इन्हें कैसे ठिकाने लगाएँगे?

बंगले में एक और किरदार है, छोटे साहब, जिसे कभी हमारे काम की कद्र करना नहीं आयेगा, मुझे तो ऐसा ही लगता है। उसे तो कौओं से बस नफ़रत है। घर में छोटा बच्चा है। वह भी कभी-कभी हमें कंकड़ मारता है, लेकिन वह तो है ही ऐसा कि किसी भी चीज़ को निशाना बनाने की कोशिश करता है। ऐसा नहीं कि सिर्फ़ हमें निशाना बनाने का इरादा रखता हो। वह तो एक तरह से उसूलन पत्थर मारता है।

शायद सबसे अच्छी हैं मेमसाहब। वह अक्सर मेरे लिए रसोई से कुछ न कुछ फेंकती रहती हैं—प्याज़ के छिलके, आलू के छिलके, सूखी रोटी और दूसरी बची-खुची चीज़ें। और जब कभी मैं उन चीज़ों पर चोंच मार देता हूँ जो मेरे लिए नहीं होतीं, जैसे कोई मिठाई या पनीर का पकौड़ा, तब भी वह खास बुरा नहीं मानतीं। छोटे साहब का ज़रूर पारा चढ़ जाता है, लेकिन घर की मालकिन उन्हें यह कह कर समझाती हैं कि हर किसी को गुज़ारे के लिए कुछ न कुछ करना पड़ता है और कौओं का यही तरीका है। अब वक्त आ गया है जब तुम्हें भी सोचना चाहिए कि तुम अपने गुज़ारे के लिए क्या कामकाज करोगे।' छोटे साहब उनके भतीजे हैं—फिलहाल यही उनका रोज़गार है। उन्हें कभी कोई काम करते नहीं देखा गया है।

कर्नल साहब बड़े मज़ाकिया हैं, लेकिन अक्सर मज़ाक-मज़ाक में मुझे निशाना बनाते हैं। उन्हें लगता है जैसे मैं कोई भांड हूँ।

उन्हें पता चल गया कि बरामदे में टंगे रहने वाले छींके में से मैं कभी-कभी अंडा उड़ा लेता हूँ, तो उन्होंने एक चाल चली जिसका मुझे पता नहीं चल पाया।

मैंने देखा कि अंडों में सबसे ऊपर एक बिलकुल गोल और चिकना अंडा रखा है, और इससे पहले कि कोई 'कौआ!' कह कर पुकार लगाता, मैं उसे ले कर उड़ गया। वह इतना हल्का था कि मैं हैरान रह गया। मैंने उसे बगीचे की घास में रखा और अपनी मज़बूत चोंच से उस पर चोट पर चोट करने लगा, लेकिन मेरी चोंच बार-बार फिसल जाती थी और वह अजीब सा अंडा बार-बार उछल कर झाड़ियों में चला जाता था। आखिरकार मैंने उसे अपने दोनों पंज़ों में दबा कर बहुत ज़ोर से पटका। वह फट गया। लेकिन यह देख कर मैं हैरान रह गया कि उसके अन्दर कुछ भी नहीं था।

मैंने नज़रें घुमा कर देखा तो बुढ़ऊ बरामदे में खड़े होकर हँसते-हँसते दोहरे हुए जा रहे थे।

'किस बात पर हँस रहे हो ?' मेमसाहब ने पूछा। वह यह देखने के लिए कमरे से बाहर निकल आयी थीं कि आखिर माजरा क्या है।

'अरे, वही भोंदू कौआ है!' ठहाके लगाते कर्नल साहब ने मेरी तरफ़ इशारा करते हुए कहा। 'पता है, ये नज़रें बचाकर हमारे अंडे चुरा ले जाया करता था। तो मैंने क्या

किया कि अंडों के ऊपर एक पिंग-पाँग की गेंद रख दी, और इसे वही भा गयी! यह बीस मिनट से गेंद से जूझ रहा था! इसे ज़रूर बढ़िया सबक मिल गया होगा।'

सबक तो मुझे मिल गया था, लेकिन बाद में मैंने बदला भी खूब लिया। कर्नल साहब के गुसलखाने से मैंने एक बिल्कुल नया टूथब्रश उड़ा लिया।

छोटे साहब का हँसी-मज़ाक से दूर-दूर तक वास्ता नहीं है। वह सारा दिन अपनी ही मस्ती में सीटी बजाते या गुनगुनाते हुए घर और मैदानों में बेकार में ही घूमा करते हैं।

'अंकल से अच्छा तो कौआ गाता है,' छोटे साहब ने एक बार मुँह खोल ही दिया।

लड़के ने सच बोला। लेकिन सच बोलने के बदले में उसे क्या मिला—अंकल ने उसकी खोपड़ी पर एक टीप लगायी खींच के।

लेकिन छोटे साहब के इस बयान के लिए उनका अहसान मानते हुए मैंने बगीचे की दीवार पर बैठ कर उनके पूरे परिवार के सामने अपना पसंदीदा 'काक गीत' पेश किया, जिसे मैंने ही लिखा और स्वरों में बाँधा था। आपकी खातिर यहाँ उसका तरजुमा पेश है—

क्या खूब है कौए की तकदीर!
पंछी जो बूझे गूढ़-गंभीर।
भले कहें वो हमें अभागा,
पर कौआ भटका न भागा-
फुर्तीला जैसे कोई तीर!

हूँ मैं थोड़ा नटखट माना
चाहे कर्कश कहे ज़माना,
चिकना-चुपड़ा न मुझ सा भाई,
न ही मिले ऐसी चोंच की सफ़ाई—
इन खूबियों को अखबारों ने पहचाना!

क्या खूब है कौए की तकदीर!
बने चोर सी मेरी तस्वीर।
हम काटें, बोएँ न उगाएँ
मरने की हमारे करें दुआएँ—
रोक सके न कोई पिंजरा-ज़ंजीर!

मैंने अपनी पूरी जान डाल दी इस गीत को पेश करने में, और इन्सान लोग—

जो सारे के सारे लॉन में शाम की सुहानी हवा का मज़ा लेने के लिए जमा थे—चुपचाप मुझे गाते हुए सुनते रहे और मेरी बेहतरीन पेशकश की सराहना करते रहे।

जब मेरा गीत पूरा हो गया तो मैंने झुक कर सुनने वालों का शुक्रिया अदा किया और अपने पंखों पर चोंच फेरते हुए लोगों की वाहवाही का इंतज़ार करने लगा।

वे कुछ पल तक एक-दूसरे को देखते रहे। फिर छोटे साहब ने झुक कर एक बोतल खोलने वाली चाबी उठायी और घुमा कर मेरी ओर फेंकी।

अच्छा, अब मैं आप से पूछता हूँ!

क्या हम इन्सानों की फ़ितरत के बारे में कुछ भी कह सकते हैं? उनकी जो इतनी बुराई होती है हर तरफ़, मैं तो उन्हें उस से बचाने की कोशिश करता हूँ, और देखिए इतनी तकलीफ़ उठाने का सिला मुझे यह मिलता है।

जो भी हो, मैं बोतल खोलने वाली चाबी अपनी चोंच में दबा कर ले गया, और किस्म-किस्म की जो चीज़ें मैंने इकट्ठी कर रखी थीं, उन्हीं में उसे भी डाल दिया।

अंधेरा छाने लगा, और कुछ ही देर में घर के लोगों को बोतल खोलने वाली चाबी की ज़रूरत पड़ गयी। अब तो छोटे साहब की और भी भद्द पिट गयी।

एक दिन छोटे साहब बड़ी भारी बन्दूक लेकर घर लौटे। कई बार बन्दूक की नली मेरी तरफ़ घुमायी, और हर बार मैं झटपट किसी न किसी चीज़ की आड़ में छुप गया। लेकिन उन्होंने गोली नहीं चलायी। शायद इसलिए क्योंकि मैं उनकी बन्दूक की पहुँच में नहीं आ रहा था।

'वह तुम्हें यूँ ही धमका रहा है,' जामुन के पेड़ पर पत्तों के साये में हर खतरे से दूर बैठे-बैठे ढीला बोला। 'लगता है उसे चलानी भी नहीं आती।'

लेकिन मैं यूँ ही खतरा मोल नहीं लेना चाहता था। मुझे छोटे साहब का चेहरा देख कर समझ में आ रहा था कि उनके इरादे नेक नहीं हैं और वह इसलिए गोली नहीं चला रहे थे ताकि मैं लापरवाही बरतने लगूँ, इसलिए मैंने तय किया कि मैं उनकी बन्दूक के सामने ही नहीं पड़ूँगा।

फिर एक शाम मेरा मौसेरा भाई टोनू मेरे पास आया। माँगने आया था, बाद में लौटा देने के वादे के साथ—उसे बोतलों के नये चमचमाते ढक्कन चाहिये थे और मेरे लिए लेकर आया था एक घिसा-पिटा दांत साफ़ करने वाला ब्रश।

चोंच में दाँत साफ़ करने वाला ब्रश लिये टोनू बगीचे की दीवार पर आकर बैठा मेरा इंतज़ार कर रहा था कि तभी चकाचौंध के साथ एक ज़ोरदार धमाका हुआ। टोनू हवा में उछल गया और कई गज़ दूर एक फूलों की क्यारी में जाकर गिरा—निढाल। उसकी जान निकल चुकी थी।

'मैंने उसे मार गिराया! मैंने उसे मार गिराया! उस मरदूद कौए को मार गिराया!'

खुशी से बेकाबू छोटे साहब बन्दूक को एक ओर फेंक कर झटपट बगीचे में पहुँच गये। उन्होंने मेरे दिवंगत रिश्तेदार की लाश को उठाया और उसे लेकर बंगले में इधर से उधर भागते फिरे।

अब तक परिवार के बाकी लोग बरामदे में निकल आये थे।

'अरे, क्या उसे लिये-लिये घूम रहे हो! फ़ौरन फेंको उसे,' मेमसाहब ने कहा।

'अंकल जंगी नाच कर रहे हैं। जैसे फ़ौजी जंग जीतने के बाद करते हैं,' बच्चे ने कहा।

'कौए को मारना अशुभ होता है,' कर्नल साहब बोले।

मैंने सोचा कि अब वक्त आ गया है कि जो कुछ घट रहा है उसमें मैं भी आगे बढ़कर हिस्सा लूँ, और ज़माने को बता दूँ कि जिस कौए की जान के पीछे वे पड़े थे, वह दूसरों से अलग इकलौता तेजा अभी सही-सलामत है, और मज़े में है। यह सोच, मैं कटहल के पेड़ से निकला और हवा में गोता लगाते हुए खिड़की के रास्ते छोटे साहब के कमरे में घुस गया और एक मोज़ा चोंच में दबाकर बाहर निकल आया।

बड़ी शान के साथ अपने मरे हुए कौए को पकड़े छोटे साहब नाचते-उछलते बगीचे में बनी पगडंडी पर चले आ रहे थे, कि तभी उनकी नज़र मेरे ऊपर पड़ी। मैं अब भी उनकी खिड़की की मुंडेर पर बैठा था, चोंच में एक मोज़ा दबाये। उनका मुँह लटक गया—उनकी शक्ल बरगद की कोटर में बैठे उल्लू जैसी लग रही थी।

'तुमने दूसरे कौए को मार डाला है!' कर्नल साहब ने चिल्लाकर कहा। उनका इतना कहना था कि सारे के सारे ठहाके मार-मार कर हँसने लगे।

इससे पहले कि छोटे साहब इस झटके से उबरते, मैंने बड़े इत्मिनान से उड़ान भरी और जाकर दीवार पर बैठे ढीले के बगल में जा बैठा।

छोटे साहब बन्दूक थामे तेज़ी से बाहर आये, लेकिन अब तक इतना अंधेरा हो चुका था कि कुछ भी ठीक से नज़र नहीं आ रहा था। फिर मैंने मेमसाहब को कर्नल साहब से यह कहते सुना—'इससे पहले कि वह खुद को किसी मुसीबत में डाल ले, बेहतर होगा कि तुम उससे वह बन्दूक ले लो।' उनकी बात सुन कर्नल साहब छोटे साहब को अन्दर ले गये और उन्हें थोड़ी ब्रांडी पीने को दी।

मैंने छोटे साहब की शान में एक नया गीत रचा और अगले दिन सुबह-सुबह उनकी खिड़की के बाहर बैठ कर उन्हें सुनाया-

जानूँ बस कौए पर तेरी नज़र
तू चाहे—भून दूँ, दम घोट दूँ, दे दूँ ज़हर

तुझे सलाम, तुझे सलाम, बख़्शा मुझे
पर जिस पर बरपाया अपना कहर
था भाई मेरा, जानेगा ज़माना
याद रखना भूल न जाना।

हालाँकि मैं इस पूरे दुःखद घटनाक्रम को लेकर समझदारी के साथ आगे बढ़ रहा था—क्योंकि आखिरकार मैं उस परिवार के घर का कौआ ही था—लेकिन टोनू का जो हश्र हुआ, उसे लेकर मेरे साथी कौए बुरी तरह गुस्से में थे, और उन्होंने छोटे साहब से बदला लेने की ठान ली थी।

सारे मिलकर पूरे जोश के साथ 'कॉरवस स्प्लेंडेंस!' के नारे लगाने लगे, और यह भी भूल गये कि हम कौओं को यह वैज्ञानिक नाम इन्सानों ने ही दिया है।

जंग के जुनून में हम यह भूल जाते हैं कि हम पर दुश्मन के क्या-क्या एहसान हैं।

फिर क्या था, जब कभी छोटे साहब केवल बगीचे में निकलते, तमाम सारे कौए कर्कश आवाज़ों में गाली-गलौच करते हुए उन पर झपट्टे मार कर उनके हाथों और सिर पर वार करने लगते। इस सब से बचने के लिए वह मोटा सोला टोप पहन कर बाहर निकलने लगे, लेकिन कौए तब भी उन पर धावा बोल देते और उन्हें अन्दर भागने पर मजबूर कर देते। एक बार वह बरामदे में आकर सिगरेट जला रहे थे, कि तभी ढीला बगीचे की ओर से नीची उड़ान भरता हुआ आया और उनके होठों के बीच दबी सिगरेट छीनकर उड़ गया।

छोटे साहब ने खुद को अपने कमरे में बन्द कर लिया, और सिगरेट पर सिगरेट पीने लगे—जो कि इस बात की निशानी थी कि बेचैनी उन पर भारी पड़ रही थी।

जब देखो तब मेमसाहब घर के बाहर आतीं, और हम कौओं को उड़ा देती थीं, और, क्योंकि वह कोई दुश्मन तो थीं नहीं इसलिए हम भी उड़ कर बगीचे की दीवार पर जाकर बैठ जाते थे। आखिरकार मुझे और ढीले को, रहने के लिए न सही, पर खाने के लिए तो उन्हीं के भरोसे रहना पड़ता था। लेकिन छोटे साहब की तो बस शक्ल भर दिख जाये घर के बाहर, कि इलाके में जितने कौए होते थे, वे सारे आगबबूला होकर उन पर टूट पड़ते थे।

'ऐसा नहीं लगता था कि वे उन्हें माफ़ करने वाले हैं,' मेमसाहब ने कहा।

'हाथी कभी भूलते नहीं और कौए कभी माफ़ नहीं करते,' कर्नल साहब बोले।

'क्या आप कुछ वक्त के लिए मेरी गुलेल अपने साथ रखना चाहेंगे, चाचू?' बच्चे ने पूछा। 'हो सकता है आपको अपनी हिफ़ाज़त के लिए उसकी ज़रूरत पड़

जाये, समझ रहे हैं न!'

'चुप हो जाओ,' छोटे साहब ने कहा, और सोने चले गये।

एक दिन वह पिछवाड़े वाले दरवाज़े के रास्ते घर से बाहर निकले और सीधे गैराज की और दौड़ गये। कुछ ही देर में पुरानी खानदानी मोटरकार, जो कभी–कभी ही चलती थी, गैराज से बाहर निकली। उसे छोटे साहब चला रहे थे। उन्होंने सोचा था कि भले ही उनके लिए पैदल सैर करने निकलना खतरे से खाली न हो, लेकिन कार में घूमने तो निकल ही सकते हैं। सारी खिड़कियों के शीशे चढ़े हुए थे।

कार अभी गैराज से बाहर निकली ही थी कि कोई दर्जनभर कौए आसमान से गोता लगाकर उसकी ओर आ गये और लगातार सामने वाले शीशे के आगे पंख फड़फड़ाते हुए मँडराने लगे। छोटे साहब के लिए बाहर कुछ भी देखना मुश्किल हो गया। उन्होंने स्टीयरिंग व्हील को बायें घुमाया, दायें घुमाया और फिर गाड़ी को वापस बीच में लाने की कोशिश की, लेकिन गाड़ी रास्ते पर जाने की बजाय झाड़ियों की बाड़ पर चढ़ कर स्वीट पी की क्यारी को रौंदती आगे बढ़ी और एक आम के पेड़ के तने से टकरा कर ठहर गयी।

छोटे साहब वहीं बैठे रहे। दरवाज़ा खोलने की उनकी हिम्मत नहीं पड़ रही थी। इतने में सारा परिवार घर से निकल आया। तब कहीं उन्हें गाड़ी से निकाला गया।

'तुम ठीक तो हो न?' कर्नल साहब ने पूछा।

'मेरे घुटनों में चोट आयी है,' छोटे साहब ने जवाब दिया।

'घुटनों की परवाह मत करो,' नज़रें दौड़ाकर अपने बगीचे की बदहाली का जायज़ा लेते हुए मेमसाहब बोलीं। 'हाय, मेरी स्वीट पी की क्यारी का क्या हाल हुआ है?'

'मुझे लगता है कि तुम्हारे अंकल का दिमाग खराब हो गया है,' मैंने कर्नल साहब को अपने लाड़ले को बताते सुना।

'वह कैसे खराब होता है?' लाड़ले ने पूछा। 'क्या दिमाग भी कार की तरह खराब हो जाता है?'

'बिलकुल वैसे तो नहीं...लेकिन तुम कह सकते हो कि सोचने–समझने की ताकत चली जाती है।'

फिर तो यह हाल हो गया कि छोटे साहब अपने कमरे से बाहर निकलने और खाना खाने तक के लिए मना करने लगे। सारा परिवार उनकी फ़िक्र में डूब गया। फ़िक्र मुझे भी थी। मानो या न मानो, हम कौए उन कुछ जीवों में से हैं जो सचमुच हमेशा इन्सानी कौम की खैर मनाते हैं।

'इसे कुछ वक्त के लिए आराम की ज़रूरत है,' कर्नल साहब ने ताना मारते

हुए कहा। 'ताकि इसे कुछ न करने से आराम मिल सके।'

'इन्हें स्विट्ज़रलैंड भेज दीजिए,' लाड़ले ने सुझाया।

'वह तो हमारी हैसियत से बाहर की बात है। लेकिन हम इसे सैर के लिए पहाड़ों पर कहीं घुमाने ले जा सकते हैं।'

सैर के लिए सबसे नज़दीक की पहाड़ी जगह, सड़क के रास्ते इन्सानों की पहुँच से कोई पचास मील दूर थी, जबकि कौओं के लिए कुल दस मील की उड़ान। गर्मी के मौसम में बहुत लोग वहाँ जाया करते थे। कौओं को अलबत्ता वहाँ ज़्यादा अच्छा नहीं लगता था।

एक तो वह काफ़ी साफ़-सुथरी जगह थी, और लोगों ने अपने मकान दूर-दूर बना रखे थे। कूड़े-कचरे में से काम की चीज़ें ढूँढ निकालने के मौके वहाँ कम ही थे। इसके अलावा वहाँ ठंड भी ज़्यादा पड़ती थी, और पेड़ भी ऐसे नहीं थे जिनमें सहूलियत से रहा जा सके। मेरे एक दोस्त ने चीड़ के पेड़ पर एक रात गुज़ारने के बाद मुझे बताया था कि वह चीड़ की सींकें चुभने और साँय-साँय करती हवा के थपेड़ों की वजह से रातभर सो नहीं सका था।

'चलो हम सभी चलते हैं सैर के लिए,' मेमसाहब ने कहा। 'हम बोर्डिंग हाउस में एक हफ़्ते रह कर आएँगे। हम सब का मन बहल जाएगा।'

कुछ दिनों बाद घर में ताले लगा कर सारा परिवार उसी पुरानी कार में बैठ कर पहाड़ों की सैर के लिए निकल गया।

अब तो वहाँ सिर्फ़ मेरा ही राज था।

घर का कुत्ता भी साथ गया था, और माली सारा दिन दो पेड़ों के बीच बँधे जाल के हैमक में पड़ा सोया करता था। मुझे परेशान करने के लिए वहाँ कोई भी नहीं बचा था।

'अब तो यहाँ हमारे सिवा और कोई भी नहीं रहा,' मैंने ढीले से कहा।

'हाँ, लेकिन इसमें अच्छा क्या है?' सब के चले जाने के बाद न तो कोई हमारी ओर कुछ डालने वाला है, और न ही हम किसी से कुछ छीन कर ले जा सकते हैं!'

'हमें पड़ोस के मकान की ओर रुख करना होगा।'

'अच्छा! ताकि दूसरे कौओं को हमें वहाँ से खदेड़ने का मौका मिले? वह कोई हमारा इलाका तो है नहीं। हम उनकी मदद करने या उनसे मदद माँगने के लिए तो वहाँ जा सकते हैं, लेकिन हमें उनके टुकड़ों पर चोंच मारने का कोई हक नहीं है। यह कोई क्रिकेट खेल थोड़े ही है, समझे!'

हम बाज़ार या रेलवे स्टेशन पर भी जा कर किस्मत आज़मा सकते थे, लेकिन

ऐसी जगहों पर आपसी होड़ बड़ी ज़बर्दस्त होती है। स्टेशन पर रहने वाले कौए गुंडे होते हैं। और बाज़ार वाले दादागिरी से बाज़ नहीं आते। मैं और ढीला दोनों ही कुछ ज़्यादा ही नाजुक मिज़ाज हो चुके थे। बदमाश-लफ़ंगों के सामने हम नहीं ठहर पाते।

मैंने कहा—'अब हमें अहसास हो रहा है कि हम किस कदर इन्सानों के सहारे हो गये हैं।'

'हम फिर से जंगल में रहने भी तो जा सकते हैं,' ढीला बोला।

'न बाबा न! बड़ी मेहनत-मशक्कत करनी पड़ेगी। भूख मिटाने के लिए जंगली बेर खाने पड़ेंगे। इसके अलावा जंगल के कौए तो हमें अपने पास फटकने भी नहीं देंगे। जब से हम इन्सानों के साथ रहने लगे हैं, परिंदों की दुनिया में हमारा दर्ज़ा अछूतों जैसा हो गया है। इसका मतलब यह हुआ कि हम करीब-करीब इन्सान ही हो गये हैं। तुम कह सकते हो कि हमारे अन्दर उनकी सारी बुराइयाँ हैं, लेकिन उनकी कोई भी अच्छी बात नहीं है हमारे अन्दर। बस, सोच-समझ का फेर है, बंधु!'

'जैसे कौओं के अंडे खाने की बजाय मुर्गियों के अंडे खाना। यह तो हुई उनके फ़ायदे की एक बात। और जब तुम यहाँ पेड़ों पर से आम टपकने का इंतज़ार कर रहे होगे तब तक मैं यह देखने के लिए निकल पड़ता हूँ कि हमारे अपने इन्सान कहाँ हैं।'

ढीले की चोंच खुली की खुली रह गयी। वह ऐसा लग रहा था—बिल्कुल एक भुखखड़ कौआ, और क्या!

'अब यह न कहना कि तुम उनकी तलाश में पहाड़ों तक चले जाओगे। तुम्हें तो यह तक पता नहीं है कि वे लोग ठहरे कहा हैं।'

'मुझे पता लगाते देर नहीं लगेगी,' मैंने कहा, और उड़ चला पहाड़ों की ओर।

आपको यह जानकर ताज्जुब होगा कि एक अच्छा जासूस बनना कितना मामूली काम है बशर्ते आप थोड़ी समझ-बूझ से काम लें। इसमें ज़रा भी शक नहीं कि अगर इलेरी क्वीन को उड़ना आता होता तो उन्हें एक मामले की तह तक जाने के लिए पंद्रह अध्याय लिखने और अपने पिता की मदद लेने की ज़रूरत नहीं होती।

पहाड़ों की उस सैरगाह के ऊपर से उड़ान भरते हुए मुझे यह पता लगते ज़्यादा देर नहीं लगी कि मेरे लोगों की मोटर कार कहाँ खड़ी है। वह क्लाइम्बर्स रेस्ट नाम की सैलानियों के ठहरने की एक जगह पर खड़ी थी। वहाँ मैंने किसी को भी पहाड़ पर चढ़ते नहीं देखा, लेकिन अपने पसन्दीदा इन्सान को वहाँ के बगीचे में आरामकुर्सी पर ऊँघते देख लिया।

मैं एक रंग-बिरंगे छाते पर जाकर बैठ गया और छोटे साहब के जागने का इंतज़ार करने लगा। मुझे लगा कि उन्हें नींद से जगाना मेरे लिए अच्छा नहीं होगा, इसलिए

मैं सब्र साध कर छज्जे पर बैठ कर उनका इंतज़ार करने लगा, एक आँख से उन्हें ताकता रहा और दूसरी आँख से उस घर पर नज़र रखे रहा जहाँ सब ठहरे थे। वह अचानक कुलबुलाए, जैसे उन्होंने कोई बुरा सपना देखा हो। फिर उन्होंने अपनी आँखें खोलीं। जागने के बाद उनकी नज़र शायद सबसे पहले मुझ पर पड़ी थी।

'गुड मॉर्निंग,' मैंने अपने काँव-काँव वाले अन्दाज़ में पुकारा—आखिर मैं ठहरा तेजा, जो दूसरे की भूल को माफ़ करने और भुला देने में विश्वास करता है!

उन्होंने एक झटके में आरामकुर्सी छोड़ दी और पूरे ज़ोर से चीखते हुए कमरों की ओर भाग खड़े हुए।

मुझे लगा कि मुझे वहाँ देख कर उनकी खुशी का ठिकाना नहीं रहा होगा। देखा जाये तो इन्सान भी बड़े अजीब होते हैं। एक दिन वह आपसे नफ़रत कर रहे होते हैं, और दूसरे दिन प्यार।

खैर, छोटे साहब 'वह कौआ यहाँ भी आ गया है! ...कहीं भी मेरा पीछा नहीं छोड़ रहा है!' चिल्लाते हुए उस मकान में यहाँ से वहाँ भागते फिरे।

घर के लोगों के साथ और दूसरे लोग भी यह देखने के लिए अपने कमरों से बाहर निकल आये कि यह सारा हो-हल्ला किस बात पर हो रहा है, और तब मैंने सोचा कि अब मुझे यहाँ से नदारद हो जाना चाहिए। इसलिए मैं वहाँ से उड़ कर देवदार के एक पेड़ की चोटी पर जा कर चुपचाप, बिना हिले-डुले बैठा रहा।

'कौआ, कौन-सा कौआ?' कर्नल साहब ने कहा।

'हमारा कौआ!' छोटे साहब बोले। 'वही जो मेरे पीछे पड़ा है। मैंने कुछ ही देर पहले उसे सपने में देखा था, और जैसे ही मैंने आँखें खोलीं, वह वहीं बगीचे में तने छाते पर मौजूद था!'

'अब तो वहाँ कोई नहीं है,' मेमसाहब बोलीं। 'तब शायद तुम ठीक से जागे नहीं होगे।'

'इन्हें फिर से अजीब-अजीब चीज़ें दिखाई देने लगी हैं,' लाड़ला बोला।

'चीज़ें दिखाई नहीं देतीं, उनके होने का भ्रम हो जाता है,' कर्नल साहब ने लाड़ले की बात को साफ़ करते हुए कहा।

'अब देखो इधर,' मेमसाहब बोलीं। 'तुम्हें खुद को काबू में रखना होगा। अगर तुम ऐसा नहीं करोगे तो होश-ओ-हवास गँवा बैठोगे।'

'मैं कह रहा हूँ न कि वही कौआ है!' छोटे साहब ने सुबकते हुए कहा। 'मैं जहाँ जाता हूँ, वहीं चला आता है।'

'उसे अंकल से लगाव हो गया है,' लाड़ले ने कहा। 'और ऐसा लगता है कि अंकल कौओं के बिना रह भी नहीं सकते।'

छोटे साहब ने खूँखार नज़रें तरेरते हुए उसकी ओर देखा।

'यही बात है!' छोटे साहब ने बौखला कर कहा। 'मैं उनके बिना नहीं रह सकता। यही तो मेरी मुसीबत का हल है। मुझे कौओं से कोई नफ़रत नहीं है, बल्कि मैं तो उनसे प्यार ही करता हूँ!'

वहाँ मौजूद सारे के सारे छोटे साहब को घेर कर खड़े हो गये और एकटक उन्हें घूरते रहे।

'अब मैं बिल्कुल ठीक महसूस कर रहा हूँ,' वह आगे बोले। 'जो तुम पहले करते रहे हो, उसका ठीक उलटा करने लगो तो इससे क्या फ़र्क पड़ता है।' और कौओं की तरह आवाज़ें निकालने के साथ, अपने हाथों को पंखों की तरह फैलाकर ऊपर-नीचे करते हुए वह बगीचे में इधर-उधर घूमते फिरे।

'अब वह खुद को कौआ समझने लगे हैं,' लाड़ला बोला। 'क्या वह अब भी भ्रम में जी रहे हैं?'

'बिल्कुल ठीक कहा,' मेमसाहब ने फ़रमाया, 'इन्हें अपने बारे में कुछ ज़्यादा ही गलतफ़हमी है।'

इसके बाद परिवारवालों ने तय किया कि अब पहाड़ पर और ज़्यादा ठहरने से कोई फ़ायदा नहीं, क्योंकि छोटे साहब अब आराम करके पूरी तरह ठीक हो चुके थे। अगर सिर्फ़ उन्हें ही लगता था कि वह ठीक हो गये हैं, तो भी ठीक था, क्योंकि आखिरकार यही सबसे ज़रूरी है कि अपने बारे में कोई खुद कैसा महसूस करता है। अगर आप अच्छा महसूस कर रहे हों, तो फिर आपके साथ गड़बड़ क्या हो सकती है?

सभी के बंगले में वापस पहुँचने के साथ ही छोटे साहब हर रोज़ सुबह होते ही घास पर नंगे पाँव उछल-कूद करने लगते थे, और साथ में कौओं के लिए खाने की चीज़ें बिखेरते रहते थे। पाव-रोटी, चपाती, पके हुए चावल, बैंगन की सब्ज़ी और मेमसाहब के हाथों की घर की बनी मिठाई—आप जिस चीज़ के बारे में सोच सकते हैं, वह हमें मिलती थी!

मैं और ढीला सुबह-सवेरे मिलने वाली इन खाने की चीज़ों का मज़ा लेने के लिए सबसे पहले पहुँचते थे, और दूसरे कौए भी जल्दी ही हमारा साथ देने लॉन में आ जाते थे। हमें भी कोई फ़र्क नहीं पड़ता था, छोटे साहब इतनी चीज़ें लाते थे कि किसी के लिए कमी नहीं पड़ती थी।

'हमें किसी न किसी तरह उन्हें सम्मानित करना चाहिए,' ढीला बोला।

'हाँ, क्यों नहीं?' मैंने कहा। 'सैंकड़ों साल पहले एक और भी ऐसे शख़्स हुए थे जो परिंदों को दाना डालते थे। वह जहाँ-जहाँ जाते परिंदे उनके पीछे-पीछे

वहाँ चले जाते थे।'

'बिल्कुल सही बात है। लोगों ने उन्हें संत मान लिया, लेकिन जहाँ तक मुझे मालूम है, वह भी कौओं को नहीं खिलाते थे। कम से कम उनकी जो तस्वीरें मिलती हैं, उनमें कौए कहीं नहीं नज़र आते। सिर्फ़ गौरैया, रॉबिन और वैगटेल्स देखने को मिलती हैं।'

'ओए, छिटंकी! और यह हमारे वाले इन्सान ने, यानी छोटे साहब ने अपनी ज़िन्दगी सिर्फ़ और सिर्फ़ कौओं पर न्यौछावर कर रखी है। ओए ढीले, तुझे इस बात का अहसास है?'

'क्यों नहीं! हमें उनको कौओं का ध्यान रखने वाला संत बना देना चाहिए। आप सब की क्या राय है बंधुओ?'

'काँव, काँव, काँव!' सारे कौओं ने एक आवाज़ में हामी भरी।

'संत कॉरवस!' ढीला बोला। उसी वक्त छोटे साहब खाने की ढेर सारी अच्छी-अच्छी चीज़ें लिये घर से बाहर निकले।

'कॉरवस, कॉरवस, कॉरवस!' हम सब ने ज़ोर से पुकारा।

'और वह कितने अच्छे लग रहे थे। एक कौआ उनके हाथ से खा रहा था। दूसरा उनके कंधे पर बैठा था। और उनके इर्द-गिर्द कोई दर्जन-भर कौए थे, जिन्होंने उन्हें ऐसे घेर रखा था जैसे महान लोगों को उनके चाहने वाले घेरे रहते हैं।

कौओं के पीछे हाथ धोकर पड़े रहने वाले से उनके हिमायती तक, हैवानियत से नेकदिली तक। और कभी-कभी इस सब का ठीक उल्टा—कुछ भी हो सकता है—इन्सानों के बारे में किसी के लिए कुछ कहना मुश्किल है!

सहजता के लिए मूल अंग्रेज़ी कहानी में कुछ पात्रों के नाम बदल दिये गये हैं—अनुवादक

शुतुरमुर्ग और दादाजी का मुकाबला

भारतीय रेल की नौकरी से पहले दादाजी ने कुछ समय तक ईस्ट अफ्रीकन रेलवेज़ के लिए काम किया था, और शुतुरमुर्ग से उनके आमने-सामने का वाकया इसी दौरान का है। अक्सर सुनी-सुनायी जाने वाली मेरे दादाजी की इस कहानी से मेरे बचपन में बार-बार नयी जान आ जाती थी, और यहाँ मैं यह कहानी, जितना मुझे याद है, उन्हीं की ज़बानी पेश कर रहा हूँ:

मैं एक नयी रेलवे लाइन बिछाने के काम में लगा था, जब बड़ी बुरी मौत मरते-मरते बचा। मैं एक छोटी-सी शहरी बसावट में रहता था, लेकिन काम के लिए मुझे कोई बारह मील दूर जाना पड़ता था। हालाँकि जहाँ काम चल रहा था, वहाँ मेरे रहने के लिए तम्बू का इंतज़ाम था, लेकिन अक्सर मुझे घोड़े पर सवार होकर शहर जाना पड़ता था।

एक बार मेरे घोड़े के साथ एक हादसा हो गया, लेकिन किसी ने मुझे अपनी गाड़ी से 'लिफ़्ट' दे कर शहर पहुँचा दिया। मैं आस लगाये था कि लौटते वक्त भी ऐसे ही कोई मुझ पर मेहरबानी कर देगा। लेकिन ऐसा होना नहीं था, और अगली सुबह मैंने मन बनाया कि मैं पैदल ही निकल पड़ूँगा, और पहाड़ियों पर से छोटा वाला रास्ता पकड़ लूँगा तो छह मील कम चलना पड़ेगा।

इस छोटे वाले रास्ते से जाने के लिए एक शुतुरमुर्ग फ़ार्म या 'कैम्प' से होकर गुज़रना ज़रूरी था। प्रजनन के मौसम में इस रास्ते से जाना खतरनाक था, खास कर पैदल, क्योंकि इस दौरान नर शुतुरमुर्ग बेहद खतरनाक हो जाते हैं।

लेकिन शुतुरमुर्ग के तौर-तरीकों से वाकिफ़ होने की वजह से मुझे मालूम था कि अगर किसी शुतुरमुर्ग ने मुझ पर हमला करने की कोशिश की, तो मेरा कुत्ता ही उसे खदेड़ देगा। हालाँकि बात अजीब-सी लगती है, लेकिन बड़े से बड़ा शुतुरमुर्ग (कुछ तो नौ फ़ीट तक बड़े हो जाते हैं) भी एक छोटे से कुत्ते को देख कर घुड़दौड़ वाले घोड़े की तेज़ी से भाग जाते हैं। और इस तरह, अपने कुत्ते के साथ मैं काफ़ी

हद तक खुद को खतरों से दूर समझ रहा था।

शुतुरमुर्ग फ़ार्म पर पहुँचते ही मैं तारों की बाड़ के अन्दर घुस गया और अच्छी तरह आँखें खोलकर कँटीली झाड़ियों के बीच से निकलता चला जा रहा था, और कई बार कुछ दूरी पर दाना चुगते शुतुरमुर्ग भी दिखाई देते थे।

मैं फार्म की बाड़ के अन्दर करीब आधा मील गया था कि एक खरहा कहीं से निकल कर भागा और मेरा कुत्ता उसके पीछे दौड़ पड़ा। मैंने उसे वापस बुलाने की कोशिश की, जबकि मुझे पता था कि ऐसा करना बेकार ही था, क्योंकि खरहे का पीछा करने का उसे जुनून था।

कुत्ते के भौंकने की आवाज़ थी, या मेरा पुकारना, मुझे नहीं पता, लेकिन मैं जिस बात से बचने की फ़िराक में था, वही हो गयी। शुतुरमुर्ग बेचैन हो गये और तेज़ी से इधर-उधर भागने लगे। अचानक मैंने करीब सौ गज़ दूर एक झुरमुट से एक बड़े से नर शुतुरमुर्ग को निकलते देखा। वह कुछ पल तक बिना हिले-डुले खड़ा टकटकी लगाकर मुझे देखता रहा, फिर अपने पंख फ़ैलाकर पूँछ खड़ी करके मेरी तरफ़ दौड़ पड़ा।

यह मानते हुए कि साहस में समझदारी का हिस्सा ज़्यादा होता है (कम से कम इस मौके पर), मैं वापस मुड़ा और बाड़ की तरफ़ दौड़ पड़ा। लेकिन दौड़ में शुतुरमुर्ग के साथ बराबरी तो की नहीं जा सकती थी। शुतुरमुर्ग के एक बार में सोलह या बीस फ़ीट की दूरी तय करने से मेरे पैरों से दो-तीन फ़ीट की दूरी नपने की क्या बराबरी? बस एक ही उम्मीद थी—शुतुरमुर्ग की पहुँच में आने तक किसी झाड़ी की आड़ में रहना और किसी तरह उसके हमले से बचते रहना। उसे धोखा देकर बचते रहने के सिवा मेरे पास कोई और चारा नहीं था।

अपना रास्ता थोड़ा बदलते हुए मैं सबसे पास वाले झाड़ियों के झुरमुट की तरफ़ लपका, तेज़ी से साँसें लेता, मैं सोच रहा था कि मेरा पीछा कर रहा शुतुरमुर्ग अब पहुँचा कि तब। वह विशालकाय पक्षी अगले ही पल मेरे सामने था, और फिर एक अजीब लड़ाई शुरू हुई। मैं उसकी टाँग के जानलेवा हमले से बचने के लिए लगातार इसी कोशिश में था कि उसके सामने न पड़ूँ। शुतुरमुर्ग सामने की तरफ़ लात मारता है, और वह भी इतने ज़ोर से कि उसके छेनी जैसे पैने पंजे अगर चुभ जाएँ तो फिर सिर से पाँव तक सारे शरीर को चीर सकते हैं।

उखड़ी हुई साँस और भरी लाचारी के साथ एक झाड़ी के चक्कर लगाते हुए, जिसकी चौड़ाई करीब बारह फ़ीट और ऊँचाई छह फ़ीट थी, मैं कहीं से मदद मिलने के लिए दुआएँ किये जा रहा था। तेज़ी से मेरी ताकत चुकती जा रही थी, और मुझे समझ में आ गया कि इस लड़ाई को ज़्यादा देर तक जारी नहीं रखा जा सकता।

थकान के मारे मैं बस ज़मीन पर गिरने को था। जैसे उसे मेरी हालत का अन्दाज़ा हो गया हो, गुस्साये हुए पक्षी ने अचानक दोगुनी तेज़ी से मुझ पर हमला बोल दिया। किसी तरह मैं एक ओर एक कदम हट कर बचा। यह कैसे हुआ मुझे नहीं पता, लेकिन अगले पल मैं उसके एक डैने को, उसके शरीर के पास वाले हिस्से से कस कर पकड़े लटका था।

अब डरने की बारी उस पक्षी की थी। वह एक ही जगह खड़े-खड़े इतनी तेज़ी से घूमने लगा कि मेरे पाँव हवा में ऊपर को उठ कर लहराने लगे। इस दौरान शुतुरमुर्ग लगातार अपनी चोंच को ज़ोर के झटके और आवाज़ के साथ बार-बार खोलता और बन्द करता रहा।

ज़रा मेरी हालत के बारे में सोचिए, जब मैं पूरी ताकत से उसके डैने को पकड़ कर उस पर लटका था, और वह गोल-गोल घूमे जा रहा था, जैसे मैं कोई बेजान चीज़ हूँ! जल्दी ही खिंचाव की वजह से मेरी बाहों में बुरी तरह दर्द होने लगा, और लगातार चक्कर खाने से मेरा सिर घूमने लगा था। लेकिन मुझे पता था कि अगर मैंने अपनी पकड़ ज़रा भी ढीली की, तो मेरी खैर नहीं। गुस्से से बौखलाया हुआ वह पक्षी जल्दी ही मुझे अपने पैरों तले रौंद कर मार डालेगा।

हम गोल-गोल घूमते रहे। ऐसा लग रहा था कि मेरा दुश्मन कभी थकने वाला नहीं है। लेकिन मुझे पता था कि इस हाल में मैं और ज़्यादा देर नहीं रह सकता।

अचानक पक्षी ने उलटी ओर घूमना शुरू कर दिया! इस अचानक बदली चाल का असर यह हुआ कि शुतुरमुर्ग पर मेरी पकड़ ही ढीली नहीं हुई, बल्कि मैं ज़मीन पर चित जा गिरा। एक काँटेदार झाड़ी के नीचे मैं ढेर हो गया। अगले ही पल, इससे पहले कि मुझे हालात का जायज़ा लेने का मौका मिल पाता, शुतुरमुर्ग मेरे बगल में था। मुझे लगा कि आखिरी समय आ गया है। बिना कुछ सोचे-समझे मैंने अपने चेहरे को बचाने के लिए हाथों से मुँह ढक लिया, लेकिन मैं यह देख कर हैरान रह गया कि शुतुरमुर्ग ने मुझ पर हमला नहीं किया।

मैंने चेहरे पर से हाथ हटाया, तो देखा कि शुतुरमुर्ग सामने खड़ा था, एक पाँव ऊपर को उठाए, मुझे चीर डालने के लिए! मैं हिल भी नहीं सका। क्या शुतुरमुर्ग मेरी तकलीफ़ का मज़ा लेने के लिए मेरे साथ वैसा खेल खेलने जा रहा था जैसा बिल्ली चूहे के साथ खेलती है?

मैं एकटक उसे देखे जा रहा था, कि अचानक उसने बड़ी तेज़ी से अपना सिर बायीं ओर घुमाया। अगले पल वह हड़बड़ा कर पीछे हटा, फिर घूमा और जितनी तेज़ी से दौड़ सकता था, दौड़कर वहाँ से भाग गया। मैं सन्न रह गया। मुझे कुछ समझ में नहीं आया कि यह सब कैसे हुआ।

लेकिन जल्दी ही मुझे पता चल गया, और बेहद खुशी भी हुई, क्योंकि उसी समय मुझे अपनी ज़िम्मेदारी से मुँह मोड़ने वाले बिगड़ैल कुत्ते के भौंकने की आवाज़ सुनायी दी। अगले पल वह मेरे चारों ओर उछल-उछल कर चक्कर लगा रहा था, और मेरे मुँह और हाथों को चाट रहा था।

कहने की ज़रूरत नहीं है, मैंने भी उसका जी भर कर लाड़ किया! और फिर मैंने इस बात का पूरा ध्यान रखा कि जब तक मैं शुतुरमुर्ग फ़ार्म पार नहीं कर लेता, तब तक वह मेरे साथ-साथ ही चलता रहे।

सुरंग में बाघ

अंधेरे में टिंबू की नींद टूटी तो वह सोचने लगा कि हर रात की तरह उसके पिता काम पर निकलने को तैयार हैं या नहीं।

उस रात आसमान में चाँद नहीं था, और उस जगह के इर्द-गिर्द फैले जंगल की शांति बीच-बीच में झींगुर की तीखी आवाज़ से भंग होती थी। कभी-कभी कहीं दूर से खोखले काठ पर कठफोड़वे की ठक-ठक की आवाज़ मंद हवा के साथ चली आती थी। या फिर अपने पसंदीदा पौधे की जड़ को खोद निकालने में जुटे जंगली सुअर का घुरघुराना सुनायी देता था।

चौकीदार बलदेव जाग रहा था। उसने धीरे से अपने शरीर को ताना और जिस भारी लोई को उसने अपने शरीर पर अर्थी की तरह ओढ़ रखा था, उसे धीरे-धीरे हटाया। आधी रात के करीब का वक्त था और ठंडी हवा में उसकी कंपकंपी छूट गयी। घने जंगल के बीच टीन और लकड़ी का झोपड़ीनुमा साया बस नाम का ही स्टेशन था, क्योंकि अगर वहाँ ट्रेन रुकती भी थीं, तो सिर्फ़ सुरंग से पहले पड़ने वाले सपाट जगह तक ले जाने वाले तीखे घुमाव पर आगे बढ़ने से पहले बस कुछ सेकेंड के लिए। ज़्यादातर ट्रेनें उस सपाट जगह की ओर बढ़ने से पहले घुमाव पर महज़ धीमी हो जाती थीं।

बलदेव की ज़िम्मेदारी थी कि वह रेलगाड़ियों को इस बात का संकेत दे कि सुरंग में रास्ता साफ़ है या नहीं, और हाथ से चलने वाला उसका सिग्नल ठीक सुरंग के मुँह पर था। रात को यह ध्यान रखना भी उसकी ज़िम्मेदारी थी कि सिग्नल में लगा बत्ती वाला लैम्प जलता रहे, और लंबी दूरी वाली डाक गाड़ी बिना किसी अड़चन के निकल जाये।

'क्या मैं भी आपके साथ चलूँ, बाबा?' अधजगे से टिंबू ने सोयी-सोयी सी आवाज़ में पूछा। वह अब भी 'हट' के एक कोने में गुड़मुड़ियाया हुआ पड़ा था।

'नहीं, आज रात ज़्यादा ठंड है। तुम मत उठो।'

टिंबू बारह साल का था, और हर रोज़ अपने पिता के पास स्टेशन पर नहीं सोता था, क्योंकि उसे घर के कामकाज में भी हाथ बँटाना पड़ता था, जहाँ उसकी माँ और छोटी बहन आमतौर पर अकेले होते थे। स्टेशन से करीब तीन मील दूर, जंगल के एक सिरे पर बसे आदिवासियों के गाँव में वे रहते थे। उनके छोटे से खेत में बामुश्किल गुज़ारे भर का धान होता था, और बलदेव खुद को खुशनसीब मानता था कि उसके पास सिग्नल की देखरेख करने वाले खलासी की नौकरी थी।

बलदेव अब भी उनींदा था। उसने अंधेरे में ही अपने लैम्प को टटोला, फिर माचिस तलाशने लगा। जैसे ही रोशनी हुई, वह 'हट' में से निकला, दरवाज़े को भेड़ा और अपने रोज़ के रास्ते पर चल पड़ा। टिंबू की फिर से आँख लग गयी।

बलदेव सोचने लगा था कि सिग्नल पर लगा लैम्प अब भी जल रहा होगा या नहीं। अपनी लोई को कस कर लपेटे हुए वह आगे को डग भरता रहा, कभी पटरियों के साथ-साथ, तो कभी रोड़ी पर। वह जल्दी से 'हट' में अपने गुनगुने बिस्तर में पहुँचना चाहता था।

रेल की पटरियों को बिल्कुल करीब से घेर कर खड़ी पहाड़ियों की वजह से वह जगह और भी डरावनी-सी लगती थी। रेल की पटरी से सटी पहाड़ी की खड़ी चट्टानी दीवार को पीछे छोड़, पहाड़ियों के बीच की उस समतल जगह में पहुँचने पर बलदेव के मन में उन जंगली जानवरों का खयाल आया जिनका उससे वहाँ आमना-सामना हो सकता था। सुरंग वाले बाघ के कई किस्से उसने सुने थे, जो कि आदमखोर था, और जिसके बारे में कहा-सुना जाता था कि वह सुरंग के आसपास ही रहता है। लेकिन बलदेव को इन कहानियों पर ज़्यादा भरोसा नहीं था, क्योंकि महीने भर पहले इस जगह आने के बाद से उसने बाघ को देखना तो दूर, उसकी आवाज़ भी नहीं सुनी थी।

हाँ, उस जगह तेंदुए ज़रूर थे, और कुछ ही दिन पहले गाँव वालों ने एक को भालों और कुल्हाड़ियों से मार गिराया था। खुद बलदेव ने भी कई बार तेंदुए की अपने साथी को पुकारने की आवाज़ें सुनी थीं, लेकिन वह सुरंग या स्टेशन के शेड के आसपास कभी नहीं आते थे।

बलदेव पूरे भरोसे के साथ चलता चला जा रहा था, क्योंकि वह खुद आदिवासी था, और जंगल के तौर-तरीकों को बखूबी समझता था। अपने बाप-दादाओं की तरह वह भी एक छोटी-सी कुल्हाड़ी साथ रखता था, जो देखने में भले ही मामूली सी लगती थी, लेकिन चलाने पर खतरनाक हथियार थी। उस कुल्हाड़ी के तीन या चार तेज़ वारों में वह किसी पेड़ को इतनी सफ़ाई से काट सकता था जैसे उसे आरी से काटा गया हो, और उस कुल्हाड़ी को जंगली जानवरों पर चलाने में अपनी महारत

पर उसे गुमान था। एक बार उसने इसी कुल्हाड़ी से एक छोटे से जंगली सुअर को मार गिराया था, और पूरे परिवार ने तीन दिन तक उसके माँस की दावत उड़ायी थी। कुल्हाड़ी का फल तपे हुए लोहे का था, आगे से पतला-सा, लेकिन उस पर कुछ मारो तो घंटी-सी की आवाज़ होती थी, जिसे उसके पिता ने खुद कोयले की आग पर तपा-तपा कर बनाया था।

यह कुल्हाड़ी जैसे उसका ही एक हिस्सा थी, और जहाँ भी वह जाता था, चाहे वह सात मील दूर हाट जाना हो, या कबीले के किसी नाच में हिस्सा लेने, कुल्हाड़ी हमेशा उसके हाथ में होती थी। एकाध बार तो स्टेशन पर आने वाले किसी अधिकारी ने उसकी कुल्हाड़ी के अच्छे दाम भी लगाये, लेकिन कुल्हाड़ी किसी और को देने का बलदेव का कोई इरादा नहीं था।

पहाड़ियों से घिरी उस खुली जगह में पटरियों पर तीखा मोड़ था, जिस पर आगे बढ़ते ही सुरंग का काला और डरावना मुँह नज़र आता था। सिग्नल की बत्ती बुझी हुई थी। बलदेव ज़ंजीर खींच कर लैम्प नीचे उतारने को हुआ। अगर लैम्प में तेल खत्म हो गया होगा तो उसे और तेल लाने के लिए 'हट' तक जाना होगा। डाक गाड़ी को आने में पाँच मिनट बाकी थे।

एक बार फिर उसके हाथ माचिस तलाशने लगे। लेकिन अचानक ही वह थम गया और उसके कान खड़े हो गये। डरे हुए हिरन की पुकार के साथ ही किसी के कूदने से झाड़ियों के कुचलने की आवाज़ हुई तो बलदेव हड़बड़ाया। लैम्प में थोड़ा-सा तेल था, और पल भर के ठहराव के बाद उसने फिर से लैम्प जला दिया और उसे ज़ंजीर से सिग्नल पर अपनी जगह चढ़ा दिया। इतना करने के बाद वह अपना लैम्प हिलाता हुआ तेज़ कदमों से सुरंग में घुस गया। लैम्प के डोलने से गुफ़ा की धुएँ से काली दीवारों पर साये नाच रहे थे। यह देखने के बाद कि गुफ़ा के अन्दर रेल का रास्ता साफ़ है, वह वापस गुफ़ा के मुँह पर आ गया और डाक गाड़ी का इंतज़ार करने लगा।

गाड़ी लेट थी। गुड़मुड़िया कर बैठे-बैठे ऊँघते हुए वह भूल गया कि वह है कहाँ, और उसकी आँख लग गयी।

उधर 'हट' में धरती के काँपने से ट्रेन आने का पता चल गया। दूर से आती घड़-घड़ की आवाज़ से लड़के की आँखें खुल गयीं, और वह आँखें मल कर नींद को दूर भगाता बैठ गया।

'पिता जी, लैम्प जलाने का समय हो गया है,' वह बुदबुदाया, और फिर उसे समझ में आया कि उसके पिता तो पहले ही जा चुके हैं। वह फिर लेट गया। लेकिन वह अब पूरी तरह जाग चुका था, और ट्रेन के निकल जाने और अपने पिता के

लौटने पर उनके कदमों की आहट का इंतज़ार करने लगा।

गुफ़ा के मुँह के पास उस खुली जगह के एक ओर ऊँचाई से गुर्राने की धीमी आवाज़ सुनायी दी, तो एक पल में ही बलदेव जाग गया। वह चौकन्ना हो गया। सिर्फ़ बाघ ही ऐसी आवाज़ निकाल सकता था।

बलदेव के पास छुपने की कोई जगह नहीं थी, लेकिन उसने अपनी कुल्हाड़ी को कस कर पकड़ रखा था। यह समझने की कोशिश में, कि वह किस तरफ़ से आ रहा है, उसका शरीर तन गया था। कुछ देर तक सिर्फ़ सन्नाटा छाया रहा, यहाँ तक कि जंगल में आमतौर पर सुनायी देने वाली आवाज़ें भी जैसे पूरी तरह बन्द हो गयी थीं। फिर 'धम्म' से कूदने की आवाज़ और छोटे-छोटे पत्थरों के भरभरा कर गिरने से पता चल गया कि बाघ खुले में कूद पड़ा था।

बलदेव, हर आहट पर इतना गौर कर रहा था, जितना उसने पहले कभी नहीं किया था—अन्दाज़ा लगाने की कोशिश कर रहा था कि वह सुरंग की ओर जा रहा है या दूसरी ओर जा रहा है—'हट' की ओर जिसमें टिंबू अकेला सोया होगा। उसे ज़्यादा सोचने का मौका ही नहीं मिला। एक मिनट नहीं बीता होगा कि उसे बड़े से डीलडौल वाला बाघ अपनी ओर आता दिखायी दिया। सिग्नल के लैम्प की रोशनी में उसकी आँखें हरी-हरी चमक रही थीं। वहाँ से भागने की कोशिश करना ही बेकार था, क्योंकि उस अंधेरे में बाघ ज़्यादा फ़ुर्ती से काम ले सकता था, और झटपट पीछे से आकर बलदेव को धर दबोच सकता था। बलदेव सिग्नल के खम्बे से सट कर खड़ा हो गया और तेज़ी से अपनी ओर आते उस बलशाली बाघ को देखने लगा। बाघ को इन्सान के तौर-तरीकों का बखूबी अन्दाज़ा था क्योंकि वह बरसों से उनका शिकार कर रहा था। वह तेज़ी से दौड़ कर ज़ोर-से गुर्राया और अपने आगे वाले दाहिने पंजे से झपट्टा मारा। उसका अन्दाज़ा था कि वह सामना करने की हिमाकत कर रहे इस छोटे-से कद-काठी वाले को एक ही झपट्टे में चित कर देगा।

लेकिन बलदेव हमले के लिए तैयार था। एक शानदार छलांग मार कर उसने पंजे के झपट्टे से खुद को बचाया और अपनी कुल्हाड़ी से बाघ के कंधे पर वार किया। बाघ दहाड़ा और उसकी ओर बढ़ा। बलदेव ने फिर निशाना साध कर कुल्हाड़ी से वार किया, लेकिन इस बार बाघ घूम गया और कुल्हाड़ी बाघ के कंधे में धंस गयी। उसका अगला पाँव अलग होते-होते बचा लेकिन कुल्हाड़ी वहीं हड्डी में फँसी रह गयी, और बलदेव का हथियार उसके हाथ से छूट जाने से मामला बिगड़ गया।

दर्द से कराहते बाघ ने अब बलदेव पर छलांग लगा दी, उसे ज़मीन पर गिरा दिया, और फिर उसके शरीर को फाड़ने लगा। कुछ ही मिनट में सब कुछ खत्म

हो गया। बलदेव को बस अपनी पीठ पर ऊपर से नीचे तक बेतहाशा दर्द का अहसास हुआ, और फिर उसकी आँखों के सामने अंधेरा छा गया और रात ने हमेशा के लिए उसे समेट लिया।

बाघ उसे छोड़ कर हट गया और बैठ कर अपने पाँव के घाव को चाटता रहा, और बीच-बीच में दर्द से दहाड़ मारता रहा। उसे ज़मीन हिलाने वाली धीमी घड़घड़ाहट और फिर लगातार चढ़ाई पर गाड़ी खींचते इंजन की छक-छक का पता भी नहीं चला। डाक गाड़ी उसी की ओर चली आ रही थी। खुली जगह के आगे पेड़ों के बीच से जब ट्रेन आगे बढ़ रही थी, तब उसकी भट्ठी की आग की रोशनी दिखाई देने लगी थी, और उसके धुएँ के साथ निकलने वाले लाल सुर्ख अंगारे जंगल के ऊपर दीवाली की आतिशबाज़ी की तरह गिर रहे थे।

जैसे ही ट्रेन उस खुली जगह में पहुँची, इंजन ने एक बार सीटी दी, तेज़ और कानों को भेद देने वाली। बाघ ने अपना सिर उठाया, और धीरे से खड़ा हो गया। उसने खुद को मुसीबत में फँसा पाया, उस आदमी की तरह। खुली जगह तक भाग कर जाना नामुमकिन था। सुरंग के अन्दर वह घायल पैर से जितनी तेज़ दौड़ सकता था दौड़ा। और फिर अंगारों की एक झड़ी के साथ गरजती हुई ट्रेन मुँह बाये सुरंग में घुस गयी। बन्द-सी जगह में कान फाड़ देने वाला शोर था, लेकिन जब गाड़ी सुरंग के दूसरी ओर से बाहर खुले में निकल गयी तो जंगल में एक बार फिर शांति लौट आयी।

अगले स्टेशन पर ड्राइवर ने गाड़ी धीमी की, और इंजन में पानी भरने के लिए गाड़ी को रोका। वह अपनी टाँगें सीधी करने के लिए उतरा और हेडलाइट (आगे वाली बत्ती) का मुआयना करने के लिए इंजन के आगे गया। उसे ऐसा हैरान कर देने वाला नज़ारा देखने को मिला जैसा उसने पहले कभी नहीं देखा था—इंजन के आगे लगे जाल जैसे 'काउ-गार्ड' के ठीक ऊपर बाघ के शरीर का बड़ा हिस्सा फँसा हुआ था, जो इंजन से दो हिस्सों में कट गया था।

अगले स्टेशन पर अच्छी-खासी हलचल मच गयी थी और लोग एक-दूसरे से यह पता लगाने में लगे थे कि यह सब कैसे हुआ। लेकिन सुरंग के दूसरे सिरे के पास की खुली जगह में, अपने पिता की लाश के पास बैठे लड़के के सुबकने के सिवा और कोई आवाज़ नहीं थी। अंधेरे से डरे बिना, वह काफ़ी देर तक वहीं बैठा रहा। सुबह के हल्के उजाले के साथ, दिन वाले चौकीदार के आने तक, वह अपने पिता की लाश की सियार और लकड़बग्घों से रखवाली करता रहा।

टिंबू, उसकी बहन और माँ ने पूरे दो दिन शोक मनाया, लेकिन ज़िन्दगी कहीं ठहरती तो है नहीं। रोज़ी-रोज़गार के लिए भी तो कुछ करना पड़ता है। और अब

तो सारी ज़िम्मेदारी टिंबू पर आ गयी थी। तीन दिन बाद वह फिर सुरंग से पहले वाली उस खुली जगह डाक गाड़ी को सिग्नल देने के लिए लैम्प जला रहा था।

वह रेलगाड़ी का इंतज़ार करते हुए अंधेरे में बैठ गया और दबी आवाज़ में गुनगुनाने लगा। उसे किसी बात का डर नहीं था। उसके पिता ने बाघ को मार दिया था। जंगल के देवता खुश थे। और इसके अलावा, उसके पास कुल्हाड़ी थी—अपने पिता की कुल्हाड़ी, और वह जानता था कि उसे कैसे इस्तेमाल किया जाता है।

छोटे-बड़े जानवर प्यारे

भारत में परवरिश के दौरान भाई-बहनों की बजाय मेरे साथी थे किस्म-किस्म के पालतू जीव-जन्तु जिनमें एक बन्दर, एक कछुआ, एक अजगर और एक राज धनेश शामिल थे। घर में इतने जंगली जीव मेरे दादाजी की वजह से थे। क्योंकि घर उनका खुद का था, इसलिए परिवार के दूसरे सदस्य उन्हें इतनी तरह के पालतू जानवर रखने से रोक नहीं सकते थे, लेकिन उनके इस शौक के खिलाफ़ जो कहना चाहते थे, वह कहने से बाज़ नहीं आते थे। क्योंकि घर में लोगों के नाम पर औरतें ज़्यादा थीं—मेरी दादी, बुआएँ जो आती-जाती रहती थीं, और कभी-कभी उनके ससुराल वाले (मेरे माता-पिता उन दिनों बर्मा में थे)। दादाजी और मुझे इन सब से निपटने के लिए बहुत चौकन्ना रहना पड़ता था, बड़ी होशियारी से काम लेना पड़ता था। पालतू जानवरों के मुद्दे पर मेरी और दादाजी की खूब पटती थी, और जब कभी दादी किसी सफ़ेद चूहे या गिलहरी से छुटकारा पाने का मन बना लेती थीं, तब मैं उसे कटहल के पेड़ के मोखले में छुपा देता था, लेकिन मोटे तौर पर देखा जाये तो दादाजी के जानवरों के शौक को दादी सह जाती थीं बल्कि उन्हें तो दादाजी के कुछ पालतू जानवरों से लगाव भी हो गया था, जबकि बुआएँ उन्हें बिल्कुल बरदाश्त नहीं करती थीं।

दादाजी का घर और उनके जीव-जन्तुओं का जमावड़ा देहरा में था, और मुझे अब भी याद है कि मैं बग्गी में बैठकर उनके पास जाया करता था। हालाँकि उन दिनों मोटर कारें भी थीं—क्योंकि यह बहुत ज़्यादा पुरानी बात है—लेकिन हिमालय की तलहटी की निचली पहाड़ियों में ताँगे से बड़े मज़े में काम चल जाता था, और शहर में भी ताँगा ज़्यादातर दूरियाँ उतनी ही तेज़ी से तय कर लेता था। बल्कि बरसात के दिनों में तेज़ बहाव वाली छोटी-सी टोंस नदी को पार करने में कार से बेहतर साबित होता था।

बारिश के मौसम में, जब नदी का बहाव भी तेज़ होता था और पानी भी गहरा

होता था, तब धातु की रस्सी तान कर बनायी गयी रोप-वे के ज़रिये खुद दम लगा कर उसं रस्से से लटककर खुद को ठेलते हुए नदी पार करनी पड़ती थी लेकिन गर्मी के दिनों में घोड़ा छपा-छप करता चलता था, और उसके पीछे जुती गाड़ी के पहिये पहाड़ से आ रहे साफ़ पानी को मथते हुए नदी के पार निकल जाते थे। अगर घोड़े को नदी पार करने में कोई दिक्कत होती, तो हम अपने जूते-चप्पल उतार पैंट-पायजामा-घाघरे को ऊँचा उठाकर पानी में उतर जाते और पानी में चलते हुए दूसरे किनारे पर पहुँच जाते।

इस सदी के शुरू में जब दादाजी पहली बार देहरा में रहने गये, तब वहाँ पहुँचने का इकलौता साधन था रात को चलने वाली डाक गाड़ी। डाक गाड़ियों में जोते जाने वाले घोड़ों के बारे में उन्होंने मुझे बताया था कि वे बड़े बिगड़ैल होते थे, और हमेशा पीछे घूमकर गाड़ी में सवार लोगों के पास घुसने की कोशिश करते थे। जब गाड़ीवान अच्छी तरह चाबुक चलाने के साथ उनकी तीन-चार पुश्तों को तबियत से गरिया नहीं लेता था, तब तक वे आगे बढ़ने का नाम नहीं लेते थे लेकिन एक बार जो चल पड़ें, तो फिर रुकते भी नहीं थे। अपने पड़ाव पर पहुँचने तक वे सरपट दौड़ते थे, जहाँ घोड़े बदले जाते थे, और उस समय गाड़ीवान बिगुल बजाया करते थे।

सफ़र में एक पड़ाव ऐसा भी आता था जब ढोल-ताशे बजाये जाते थे, और रात के समय मशाल जलाकर चला जाता था ताकि जंगली हाथी दूर रहें, क्योंकि कभी-कभी डाक गाड़ियों के इस बेढंगे से काफ़िले को देखकर हाथी नाराज़ हो जाते थे, और बिगुल के जवाब में चिंघाड़ कर चुनौती दे डालते थे, जिससे घोड़े घबरा जाते थे।

दादाजी को सज-धज कर कहीं जाना कतई नापसन्द था, और उन्हें यही अच्छा लगता था कि दूसरे चाहें तो खरीददारी करने या सिनेमा देखने चले जायें—हैरल्ड लॉयड और एडी कैंटर की फ़िल्में खूब लगा करती थीं उन दिनों देहरा के छोटे से सिनेमाघर में—ताकि वह घर में अकेले रह जाएँ और अपने पालतू जानवरों को खिलाएँ-पिलाएँ और बगीचे के चुटुर-पुटुर काम निपटाएँ। कितने सारे जानवर तो थे, जिन्हें खिलाना होता था, जिनमें कुछ समय के लिए दो ग्रेट डेन कुत्ते और शामिल हो गये थे और उनकी भूख शान्त होने का नाम ही नहीं लेती थी, और इसी वजह से उन्हें एक ज़्यादा रईस परिवार को दे देना पड़ा।

दोनों ग्रेट डेन बड़े ही भले थे, और मैं उनमें से एक की पीठ पर सवार होकर बगीचे में घूमा करता था। बड़ी कद-काठी के बावजूद उनके कदम ज़रा भी नहीं डगमगाते थे और वे कभी लोगों या चीज़ों से नहीं टकराते थे। टोटो, जो कि एक छोटा-सा बन्दर था, वह कहीं ज़्यादा तोड़-फोड़ मचाता रहता था।

दादाजी एक ताँगेवाले से टोटो क़ो पाँच रुपये में खरीद लाये थे। ताँगेवाला उस लाल मुँह वाले बन्दर को घोड़े के चारे के नांद पर बाँधे रखता था, और वहाँ बँधा टोटो ऐसा बेचारा-सा लगता था—जैसे उसे अपने किसी काम के न होने का अहसास सालता हो। दादाजी ने फ़ौरन उसे अपने जीव-जन्तु दल में शामिल करने का फ़ैसला कर डाला।

टोटो वास्तव में बड़ा ही सलोना-सा, छोटा-सा बन्दर था। बाहर को निकली भौंहों के नीचे उसकी आँखों में हमेशा शरारत की कनी चमकती रहती थी, और वह जब देखो तब खुशी से खींस निपोर देता था, तो उसके मोती जैसे दाँत देखकर ऐंग्लो-इंडियन महिलाओं की डर के मारे जान निकलने लगती थी। उसके हाथ दादाजी की अकेली पसन्दीदा अदाकारा तलुल्लाह बैंकहेड जैसे तो नहीं थे, बल्कि ऐसे झुर्रियोंदार और सूखे-सिकुड़े से थे जैसे धूप में कई साल तक पकाया हुआ अचार। लेकिन उसकी उँगलियों में हमेशा हरकत रहती थी, और उन्हें चलाये बिना उसे चैन नहीं पड़ता था। उसकी पूँछ तमाम हरकतें करते हुए संतुलन बनाये रखने में बखूबी काम आने के साथ उसकी खूबसूरती में भी चार चाँद लगाती थी—दादाजी का दावा था कि पूँछ होने से किसी का भी हुस्न खुद-ब-खुद बढ़ जाता है। टोटो अपनी पूँछ की बदौलत पेड़ों की डालों पर बेखटके झूल जाया करता था और जिस शीशी-मर्तबान में हाथ न घुसे उसमें अपनी पूँछ डालकर अन्दर की चीज़ का ज़ायका ले सकता था।

दूसरे रिश्तेदारों का खयाल रखते हुए, दादाजी जब कभी किसी नये जानवर या परिंदे को घर लाते थे, दादी उनका विरोध करती थीं, इसलिए कुछ समय के लिए हमने टोटो की मौजूदगी का उन्हें पता नहीं लगने दिया और उसे दादी की नज़रों से बचा कर अपने कमरे की दीवार में बनी एक छोटी-सी अलमारी में रखा। लेकिन वहाँ कुछ ही घंटों में उसने दादी के पसन्दीदा वॉल पेपर और मेरे स्कूल की वर्दी के ब्लेज़र को निपटा दिया। तब उसे दो-एक दिनों के लिए घुड़साल में भेज दिया गया। लेकिन उसी बीच दादाजी को अपनी रेलवे की पेंशन लेने के लिए पास के शहर सहारनपुर जाना था, और टोटो को दिक्कत का सामना न करना पड़े यह ध्यान में रखते हुए दादाजी ने उसे अपने साथ ले जाने का फ़ैसला किया।

बदकिस्मती से, मुझे दादाजी के साथ इस सफ़र पर जाने का मौका नहीं मिला, लेकिन उन्होंने इसके बारे में मुझे बाद में सब कुछ बताया।

टोटो को एक कैनवस के बैग में रखा गया, और उसकी डोरियाँ कस देने के बाद टोटो के लिए उसमें से निकलने का कोई रास्ता नहीं बचता था, और उसका कैनवस इतना मज़बूत था कि वह उसे अपने दाँतों से काट कर बाहर नहीं निकल

सकता था। पहले-पहल उसने बैग के अन्दर इस तरह हरकतें करनी शुरू कीं, कि थैला ज़मीन पर लुढ़कता-पुढ़कता और बीच-बीच में ज़मीन से उछल पड़ता और देहरादून के रेलवे प्लेटफ़ॉर्म पर उसके इस तमाशे को हैरत से देखने वालों का एक छोटा-सा मजमा लग गया।

सहारनपुर तक टोटो बैग में ही बना रहा, लेकिन जब स्टेशन से बाहर जाने के लिए दादाजी घूमने वाले गेट से बाहर निकलते समय टिकट कलेक्टर को दिखाने के लिए अपना टिकट निकाल रहे थे, तभी जिस जगह बैग का मुँह बन्द करने वाली डोरी बँधी थी, वहाँ से अपना हाथ बाहर निकालने में टोटो कामयाब हो गया। उसने डोरी खींच कर ढीली कर दी, और फिर थोड़ी जगह बनाकर अपना सिर बाहर निकाल लिया।

बेचारा टिकट कलेक्टर भौचक्का रह गया। लेकिन होशियारी से काम लेते हुए दादाजी से बोला—'सर, आप कुत्ते को साथ लेकर सफ़र कर रहे थे? आपको इसका जो खर्च बनता है, वह चुकाना होगा।' उसकी इस बात पर दादाजी को बड़ी खीज आयी।

दादाजी को और कुछ नहीं सूझा तो उन्होंने यह साबित करने के लिए टोटो को बैग में से निकाल लिया कि वह कुत्ता नहीं है, बल्कि चौपाया जानवर भी नहीं है। इससे टिकट कलेक्टर बुरी तरह चिढ़ गया, और टोटो का भाड़ा कुत्ते के बराबर किराये के हिसाब से तीन रुपये चार आने वसूलने पर अड़ गया। तब दादाजी ने उसे जानबूझ कर चिढ़ाने के लिए अपनी जेब से एक जीता-जागता कछुआ निकाल लिया और उससे बोले, 'इसके लिए मैं तुम्हें क्या दूँ, क्योंकि तुम तो सारे जानवरों के पैसे लेते हो?'

टिकट कलेक्टर हड़बड़ाकर एक-दो कदम पीछे हट गया, और फिर होशियारी से आगे बढ़कर कछुए को ऐसे गौर से देखने लगा जैसे वह कोई बहुत बड़ा जानकार हो, फिर कुछ पल बाद उसने ऐलान किया—'इसका कोई टिकट नहीं लगेगा, सर। क्योंकि कीड़ों का कोई किराया नहीं लगता।'

बाद में हमें पता चला कि टोटो को खाली समय में चूहे पकड़ने में बड़ा मज़ा आता है। तब टोटो को घर में रखने के लिए दादी को मनाना हमारे लिए आसान हो गया। अस्तबल में चूहे-चुहियाँ रात को अपने बिलों से घोड़े के गिराये मकई के दाने खाने के लिए निकलते, तो उन्हें टोटो के सामने से गुज़रने की चुनौती का सामना करना पड़ता था। उसे मालूम था कि चूहे निकलेंगे, और वह सोने का नाटक करते हुए एक आँख की कनखियों से चूहों पर नज़र रखता था। चूहा झटपट दौड़ लगाता था, लेकिन उसकी सारी कोशिशें बेकार साबित हो जाती थीं—टोटो बिल्ली

की तरह उसे धर दबोचता था। दादी ने तय कर लिया कि वह उसे एक रात के लिए रसोई के भंडार-घर में बाँधकर उसके इस हुनर का फ़ायदा उठाएँगी, जहाँ चूहों के एक छापामार दस्ते ने हमारे खाने की चीज़ों पर कहर ढा रखा था।

टोटो को अस्तबल में पुआल के आरामदेह बिस्तर से हटाकर रसोई के भंडार-घर में जैम-मुरब्बे के मर्तबान वाली अलमारी के नीचे बाँध दिया गया। टोटो के लिए वह बड़ी कठिन रात थी, और वह सोच रहा होगा कि उसने ऐसा क्या कर दिया, जिसकी सज़ा के तौर पर उसे ऐसा बर्ताव झेलना पड़ा। चूहे रात भर सारे घर में धमाचौकड़ी मचाते रहे, जबकि वह नींद लेने की फ़िराक में सूप रखने की कूंडी में गुड़मुड़िया कर पड़ा रहा—जैसा कम से कम कोई बिल्ली तो कतई नहीं कर सकती थी। पौ फटने पर चूहे वापस अपने बिलों में जा घुसे और टोटो जागा, खुद को यहाँ-वहाँ खुजलाया और सूप वाली कूंडी में से निकल कर खाने के लिए कुछ ढूँढने लगा। जैम के मर्तबानों पर उसका ध्यान गया, और ज़ोर लगाकर उनके ढक्कन खोलने में टोटो को देर नहीं लगी। बहुत सँजो कर रखे दादी के जैम—बेहद कम समय में सफ़ाचट हो गये। जब दादी ने यह देखने के लिए रसोई के भंडार-घर का दरवाज़ा खोला कि कितने चूहे टोटो के हाथ लगे, तब मैं भी वहीं मौजूद था। बारिश के देवता इन्द्र किसी तूफ़ान की तैयारी करते समय भी इतना गुस्सा नहीं करते होंगे, और दादी ने टोटो को जैसे कोसा—वैसे बोल महारानी विक्टोरिया के ज़माने की तमीज़ और तहज़ीब वाले माहौल में पली-बढ़ी दादी के मुँह से सुनकर मैं हैरान रह गया।

बाद में बन्दर पर दादी की कृपा बहाल हो गयी। सर्दियों के दिन थे। दादी ने उसे नहाने के लिए एक बड़ा तसला भर कर गर्म पानी देना शुरू किया। नहाने से पहले, टोटो होशियारी बरतते हुए पहले पानी में अपनी उंगलियाँ डालकर यह देखता था कि पानी ज़्यादा गर्म तो नहीं है। फिर वह पहले एक पैर, फिर दूसरा पैर तसले में डालकर उसमें बैठ जाता था। उसने मुझे भी इसी तरह टब में नहाते देखा था। तसले में बैठने के बाद वह हाथ या पैर से साबुन पकड़ कर अपने सारे बदन पर मलता था। जब पानी ठंडा होने लगता तो वह झटपट उसमें से निकल आग के पास जा पहुँचता था, और अपने शरीर को सुखाता था। और इस बीच अगर कोई उसे देखकर हँस देता था, तो उसे बहुत ज़्यादा ठेस पहुँचती थी, और वह उसी समय नहाने का सिलसिला बन्द कर देता था।

एक दिन टोटो बस बाल-बाल बचा, वरना वह खुद को ही उबाल डालता।

रसोई में चाय बनाने के लिए पानी से भरी एक बड़ी केतली आँच पर चढ़ा दी गयी थी, और चन्द मिनटों के लिए रसोई में कोई रोकने-टोकने वाला नहीं था।

टोटो ने केतली का ढक्कन खोला और जब उसने पाया कि केतली का पानी गुनगुना है, तो नहाने के इरादे से केतली में उतर गया। सिर्फ़ उसका सिर केतली के बाहर था। कुछ देर तो उसे बड़ा मज़ा आया, लेकिन जब पानी ज़्यादा गर्म होने लगा, तो टोटो ने उचक कर थोड़ा शरीर और बाहर निकाला। लेकिन बाहर सर्दी लगी, तो वह फिर अन्दर हो गया। बाहर की बेहद सर्द हवा को बर्दाश्त करने की हिम्मत न जुटा पाने की वजह से टोटो कई बार अन्दर-बाहर कर चुका था कि तभी दादी वहाँ पहुँच गयीं, वरना उस दिन तो वह केतली में ही ज़िन्दा उबल जाता।

अगर दिमाग का कोई खास हिस्सा होता है जिसमें सिर्फ़ शरारत सूझती है, तो टोटो के दिमाग का वह हिस्सा ज़रूर कुछ ज़्यादा विकसित रहा होगा। वह हमेशा जो भी चीज़ हाथ लगे, उसकी चिंदी-चिंदी करके छोड़ता था, और जब कभी मेरी बुआ उसके करीब होतीं, तो वह उनके कपड़ों में कहीं न कहीं सुराख करने की फ़िराक में रहता था। कई बुआएँ थीं, जो अक्सर मेरे दादा-दादी के पास कुछ दिन बिताने के लिए आ जाया करती थीं, लेकिन जब तक टोटो रहा वे एक-दो दिन से ज़्यादा नहीं ठहरती थीं, जिससे मेरे दादा-दादी बड़े दुःखी हो जाते थे।

दादी के हाथों अक्सर चपत खाने के बावजूद टोटो को उनसे कुछ ज़्यादा ही लगाव हो गया था। जब वह उसे छूट देतीं, तो टोटो उनकी गोद में चुपचाप लेट जाता, जबकि ज़्यादातर दूसरे लोगों पर लटकने-झटकने से वह बाज़ नहीं आता था।

एक साल से कुछ ज़्यादा समय तक टोटो हमारे साथ रहा, लेकिन अगले जाड़े में कुछ ज़्यादा नहाने के चक्कर में उसे निमोनिया हो गया। दादी ने उसे फ़लालेन में लपेट कर रखा और दादाजी ने उसके लिये चिकिन सूप और आइरिश स्टू की खुराक बाँधी, लेकिन टोटो ठीक नहीं हो सका। उसे बगीचे में दफ़नाया गया, उसके पसन्दीदा आम के पेड़ के तले।

गनीमत है दादाजी टोटो के स्वर्ग सिधारने के बाद ही पालने के इरादे से अजगर को घर लाये, वरना उसकी मौत बीमार पड़कर इतने सीधे-सादे ढंग से न होती। छोटे बन्दरों को अजगर बड़े चाव से खाते हैं।

दादी ज़्यादातर जानवरों और परिंदों को झेल लेती थीं, लेकिन सांप-गिरगिट-मगरमच्छ परिवार के रेंगने वाले जीवों पर आकर उनकी लक्ष्मण रेखा खिंच जाती थी। बकौल उनके, ऐसे जीवों को देखते ही उनका खून जमने लगता था। यहाँ तक कि उनकी वजह से एक सजीले-सलोने से गिरगिट को भी दर-बदर कर देना पड़ा था। दादाजी को समझना चाहिए था कि अजगर को घर में रखने की इजाज़त मिलना बड़ा मुश्किल था। कोई चार फ़ीट का अजगर का बच्चा था वह। दादाजी ने उसे

एक सपेरे से छह रुपये में खरीद लिया, और बड़ी शान से अपनी गर्दन में डाल कर बाज़ार में लोगों पर रौब जमाते हुए घर आये। दादी तो बस दादाजी के गले में अजगर देख कर बेहोश होने को आयीं। उनकी चीख निकल गयी।

'तुम्हारा दम घोट देगा ये! फ़ौरन फेंको इसको!'

'बेतुकी बातें करती हो,' दादाजी बोले। 'छोटा-सा बच्चा ही तो है। जल्दी ही हमारे साथ रहने का आदी हो जाएगा।'

'क्या, वाकई में?' दादी बोलीं। 'लेकिन इसकी आदी होने का मेरा कोई इरादा नहीं है। तुम्हें अच्छी तरह पता है कि कल तुम्हारी चचेरी बहन मेबेल आ रही है हमारे घर। जिस पल उसे पता चलेगा न कि हमारे घर में साँप है, वह उसी पल चली जाएगी।'

'तब तो हमें उसके आते ही इसे दिखाना पड़ेगा,' दादाजी बोले, क्योंकि हर चीज़ में मीन-मेख निकालने वाली मेबेल आंटी का आना उन्हें भी उतना ही अखरता था जितना मुझे, बल्कि मुझसे भी ज़्यादा।

'तुम ऐसी कोई हरकत नहीं करोगे, समझे?' दादी बोलीं।

'देखो मैं इसे बगीचे में खुला तो छोड़ नहीं सकता,' दादाजी ने बड़ी मसूमियत के साथ कहा। 'वहाँ से यह मुर्गियों के बाड़े में भी जा सकता है, और तब हम क्या करेंगे?'

'बातें बढ़ाने में तो तुम माहिर हो!' दादी कुड़कुड़ाईं। 'इसे गुसलखाने में बन्द कर दो और बाज़ार जाकर उस आदमी को ढूँढो जिससे तुमने इसे लिया है। उसे साथ लेकर आओ, ताकि वही इसे वापस ले जाये।'

दादी के रुआब में डरा-सहमा सा मैं सब कुछ देखता-सुनता रहा, और मेरी मौजूदगी में बेचारे दादाजी ने अजगर को ले जाकर गुसलखाने में रखे ऊँचे किनारों वाले एक टीन के टब में छोड़ा। और खुद तेज़ कदमों से चल पड़े बाज़ार की ओर, सपेरे को ढूँढने, जबकि बेचैन दादी बरामदे में इधर से उधर चक्कर लगाती रहीं। जब दादाजी मुँह लटकाये से बाज़ार से लौटे तो हम समझ गये कि उन्हें साँप वाला नहीं मिला।

'भलाई इसी में है कि तुम खुद ही इसे कहीं छोड़ आओ,' दादी ने ऐसे अन्दाज़ में कहा जिससे साफ़ था कि वह टस से मस होने वाली नहीं थीं। 'इसे नदी के उस पार वाले जंगल में छोड़ आओ।'

'ठीक है, लेकिन पहले इसे कुछ खिलाने तो दो,' दादाजी ने कहा, और एक मुर्गा लेकर आगे बढ़े, जिसके पंख उन्होंने पहले ही नोच कर साफ़ कर दिये थे। आगे-आगे दादाजी, उनके पीछे कतार में, मैं और मेरे पीछे दादी, और फ़ौरन सब

कुछ जान लेने के लिए उतावले खानसामा और माली।

दादाजी ने एक झटके में दरवाज़ा खोला, और गुसलखाने में कदम रखा। मैं उनकी टाँगों के बीच से झाँक रहा था, जबकि दूसरे सारे पीछे थे। हमें अजगर कहीं नहीं दिखा।

'चला गया,' दादाजी ने ऐलान किया, 'उसे भूख लग रही होगी।'

'मैं तो मनाऊँगा कि उसे ज़्यादा ज़ोर की भूख न लगी हो,' मैंने कहा।

'हमसे खिड़की खुली छूट गयी थी,' दादाजी झेंपते हुए बोले।

सारे घर में, रसोई में, बगीचे में, अस्तबल में और मुर्गीखाने में अच्छी तरह ढूँढा गया, लेकिन अजगर कहीं नहीं मिला।

'अब तक तो बहुत दूर निकल चुका होगा,' दादाजी ने तसल्ली देते हुए कहा।

'मैं भी यही उम्मीद करती हूँ,' दादी बोलीं, जो अब बेचैनी और चैन के बीच झूल रही थीं।

अगले ही दिन मेबेल आंटी हमारे यहाँ तीन हफ़्ते बिताने के लिए आ गयीं, और उनके आने के बाद के दो-तीन दिन तक मैं और दादाजी कहीं न कहीं इस बात को लेकर कशमकश में रहे कि कहीं अजगर अचानक न नज़र आ जाये, लेकिन जब तीन दिन तक वह नहीं दिखा तो हमें भरोसा हो गया—अच्छा हुआ चला गया।

और फिर शाम से कुछ पहले बगीचे में से मेबेल आंटी के चीखने की आवाज़ आयी। अगले ही पल वह हड़बड़ाई हुई खुद बरामदे में मौजूद थीं, और उनके चेहरे पर ऐसे हवाइयाँ उड़ रही थीं, जैसे किसी भूत-प्रेत से आमना-सामना हो गया हो।

'अमरूद के पेड़ पर है!' वह हाँफते हुए बोलीं, 'मैंने एक अमरूद की तरफ़ हाथ बढ़ाया ही था कि मैंने देखा वह मुझे घूर रहा था। ऐसे देख रहा था जैसे मुझे खा जाएगा।'

'घबराओ नहीं, मेबेल,' दादी ने उन्हें तसल्ली देते हुए कहा, और उन पर यू-डि-कोलोन छिड़का। शांत होकर बताओ कि तुमने क्या देखा?'

'साँप!' मेबेल आंटी सुबकते हुए बोलीं। 'बहुत बड़ा अजगर है। यही कोई बीस फ़ीट का होगा! अमरूद के पेड़ में। उसकी आँखें बेहद डरावनी हैं, और मुझे अजीब से ढंग से देख रहा था...।'

दादा और दादी ने एक-दूसरे की ओर देखा और आँखों ही आँखों में एक दूसरे की बात समझ गये। दादाजी फिर झेंपते हुए छाता उठाकर चलते हुए बोले—'मैं जाता हूँ... उसे मार डालूँगा।' लेकिन जब वह अमरूद के पेड़ तक पहुँचे, अजगर वहाँ से जा चुका था।

'मेबेल आंटी से डर कर भाग गया होगा,' मैंने कहा।

'चुप!' दादाजी ने मुझे डपटा, 'आंटी के लिए इस तरह नहीं कहते।' लेकिन उनकी आँखों में हँसी झलक रही थी।

इस घटना के बाद अजगर कई बार प्रकट हुआ, और अक्सर अजीब-अजीब जगह। मेबेल आंटी ने ज़ब उसे गद्दी के नीचे से उनकी ओर चाहत भरी नज़रों से ताकते हुए देखा, तो उन्हें फिर चीख-पुकार का दौरा पड़ा। उन्होंने अपना सामान बाँधा और जल्दी से अजगर को ढूँढ निकालने के लिए दादी हमारे पीछे पड़ गयीं।

अगली सुबह मैंने अजगर को ड्रेसिंग टेबल के आईने के सामने कुंडली मारकर बैठे-बैठे अपनी ही सूरत निहारते हुए देखा। मैं दादाजी को बुलाने के लिए गया, लेकिन जब तक हम वहाँ पहुँचे, वह वहाँ से कहीं और जा चुका था। कुछ समय बाद उसे फिर बगीचे में देखा गया। उसके बाद फिर उसे ड्रेसिंग टेबल के आईने के सामने खुद की शक्ल निहारते हुए पाया। ऐसा लगता था जैसे वह अपनी ही सूरत पर रीझ गया हो। दादाजी का मानना था कि उस पर हर कोई इतना ध्यान क्या देने लगा, कि वह खुद पर मगरूर हो गया।

'वह मेबेल आंटी की खातिर बेहतर दिखने की कोशिश कर रहा है,' मैंने कहा। यह कहते ही मुझे लगा कि मैंने ऐसा क्यों कहा, क्योंकि अगले ही पल दादी की चपत लगी मेरे सिर पर।

'चलो, अब हमें उसकी कमज़ोरी पता लग चुकी है,' दादाजी बोले।

'तो तुम भी मज़ाक करने की कोशिश कर रहे हो?' दादी ने दादाजी को घूरते हुए पूछा।

'मैं तो सिर्फ़ यह कहना चाहता था कि उसे खुद पर कुछ ज़्यादा ही घमंड होने लगा था,' दादाजी ने हड़बड़ा कर सफ़ाई दी, 'अब उसे पकड़ना आसान हो जाएगा।'

उन्होंने एक बड़े से पिंजरे में एक तरफ़ आईना लगाकर तैयार किया। पिंजरे में उन्होंने मुर्गे की मुलायम बोटियाँ और खाने की दूसरी बढ़िया चीज़ें रखीं और उसके दरवाज़े पर ऐसा इंतज़ाम किया कि उसमें घुसने के बाद जानवर बाहर न निकल सके। जब तक हमारा यह पिंजरा बन कर तैयार हो सका, उससे पहले ही मेबेल आंटी जा चुकी थीं, लेकिन हमें अजगर को पकड़ने की मुहिम जारी रखनी थी, क्योंकि हम उसे घर भर में कहीं भी घूमते रहने के लिए नहीं छोड़ सकते थे।

कुछ दिन तक कुछ भी नहीं हुआ, और फिर, एक दिन जब मैं स्कूल जा रहा था तो मैंने अजगर को पिंजरे में कुंडली मारकर बैठे देखा। खाने की सारी चीज़ें वह साफ़ कर चुका था, और आईने के सामने आराम फ़रमा रहा था—उसके चेहरे पर एक किस्म की मुस्कान जैसी झलक रही थी, ज़रा सोचिये कैसा लग रहा होगा!

मैंने होशियारी से पिंजरे का दरवाज़ा बन्द कर दिया, लेकिन उसने ध्यान नहीं दिया— उसका ध्यान तो आईने पर था और वह उसमें अपनी छवि निहारते हुए निहाल हुआ जा रहा था! दादाजी और माली ने मिलकर पिंजरे को घोड़ा-गाड़ी में लादा और नदी के उस पार जाने का रास्ता पकड़ा। जंगल में पहुँच, उन्होंने उसका दरवाज़ा खोलकर पिंजरे को वहीं छोड़ दिया।

'उसने बाहर निकलने की कोशिश भी नहीं की,' दादाजी ने बाद में बताया। 'और उसमें से आईना हटाने का मेरा मन नहीं हुआ। मैंने पहली बार किसी साँप को प्यार में डूबते देखा था।'

जब कभी हम घर के पिछवाड़े वाले बरसाती पोखर पर जाते थे, दादाजी प्राचीन रोमन कवि वर्जिल की एक रचना की अपनी पसन्दीदा पंक्ति ज़रूर दोहराते थे— जिसका मतलब था—'और कीचड़ में मेंढकों ने गाया वही पुराना गीत...।' पोखर में न कीचड़ की कमी थी, और न मेंढकों की, बल्कि कभी-कभी एकाध भैंस भी मिल जाया करती थी वहाँ। दरअसल, एक बार दादाजी कहीं से काँच के मर्तबान में बन्द करके कई मेंढक घर ले आये थे। वह मर्तबान को खिड़की की मुंडेर पर रख कर भूल गये। सुबह चार बजे अचानक ज़ोर की डरावनी आवाज़ें गूँजने लगीं, जिससे सारे घर में जगार मच गयी। सोने वाले कपड़ों में ही दादी के साथ-साथ घबराये हुए कई कुनबे वाले बरामदे में जमा हो गये। जैसे ही उन्हें पता चला कि वह डरावनी आवाज़ें दादाजी के लाये मेंढक निकाल रहे थे, उनका सारा डर गुस्से में बदल गया। पौ फटते देख मेंढकों ने एक सुर में अपना भोर का राग छेड़ दिया था।

दादी तो मेंढकों को मर्तबान समेत खिड़की से बाहर फेंक देना चाहती थीं, लेकिन दादाजी ने कहा कि अगर वह मर्तबान को अच्छी तरह हिला देंगे, तो मेंढक शान्त रहेंगे। उन्हें मजबूरी में जागना पड़ा ताकि जब कभी मेंढक अपना गीत छेड़ने को हों, तो उन्हें मर्तबान हिला कर शान्त कर दिया जाये। भला हुआ जो दूसरे दिन, मर्तबान में क्या था, यह देखने के लिए एक नौकर ने ढक्कन खोल दिया। अन्दर कई बड़े-बड़े मेंढक देखकर वह ऐसा हड़बड़ाया कि बिना ढक्कन ढके ही वहाँ से भाग खड़ा हुआ। मेंढक कूद-कूद कर बाहर आ गये, और मेरा अन्दाज़ा है, खुद रास्ता ढूँढकर पोखर तक पहुँच गये।

पोखर के किनारों और उसके कम गहराई वाले हिस्सों को जानने के लिए, अकेले ही पोखर पर जाने की मेरी भी आदत पड़ गयी। कुमुदनी के फूल तोड़ने के लिए मैं जूते उतार कर घुटनों तक गहरे गंदले से पानी में घुस जाता था।

एक दिन मैंने देखा कि पोखर में पहले से ही भैंसों ने कब्ज़ा जमा रखा था। मुझसे उम्र में थोड़ा बड़ा एक लड़का उनका रखवाला था, जो पोखर के बीच में

तैर रहा था। तैरने के बाद किनारे पर आने की बजाय उसने अपनी एक भैंस की पीठ पर चढ़कर अपने उघारे साँवले हाथ-पैरों को फैलाया और उसकी दमकती गीली खाल पर बैठ कर गाना गाने लगा।

जब उसने देखा कि पोखर के किनारे से मैं उसी को देख रखा हूँ, तो वह मुस्कुरा दिया। धूप से काले पड़े उसके साँवले चेहरे पर उसके सफ़ेद दाँत अलग से चमचमा रहे थे। उसने मुझे अपने साथ तैरने का न्यौता दे डाला। मैंने उसे बताया कि मुझे तैरना नहीं आता, तो उसने मुझे तैरना सिखाने की पेशकश कर डाली। पहले तो मैं हिचकिचाया, क्योंकि मुझे याद था कि गाँव के बच्चों के साथ घुलने-मिलने को लेकर दादी का नज़रिया सख़्त और दकियानूसी था, लेकिन फिर मैंने सोचा कि दादाजी भी तो कभी-कभी चुपचाप कहीं हुक्का गुड़गुड़ा लिया करते थे—वह ज़रूरत पड़ने पर किसी भी मुश्किल से मुझे निकाल लेंगे। मैंने उस लड़के के बुलावे पर पानी में उतरने का दिलेरी भरा कदम उठा ही लिया। लेकिन जब यह कदम उठाया तो समझ में आया कि यह कदम इतना दिलेरी भरा भी नहीं था।

उसने भैंस की पीठ से पानी में छलाँग लगायी, और तैर कर मेरे पास आ गया। और मैं कपड़े उतार कर तैयार था ही, जैसे-जैसे वह कहता गया, वैसा-वैसा ही मैं करता गया। कुछ ही पलों में कुमुदनी के फूलों के बीच पहुँचकर हाथ-पैर चला रहा था। उसका नाम रामू था, और उसने मुझसे वादा किया कि वह मुझे हर रोज़ दोपहर को तैरना सिखाएगा। और इस तरह, दोपहर को, जब सब सो रहे होते थे, आमतौर पर तब हम मिलते थे। जल्दी ही मैं रामू के साथ पोखर के मटमैले पानी में समुद्र के बीच किसी टापू की तरह खड़ी खा-पीकर मस्त भैंस की पीठ पर बैठने के लिए तैर कर पोखर पार करना सीख गया।

कभी-कभी हम भैंसों से दौड़ लगवाते थे। दौड़ का मुकाबला होता था हमारे बीच—एक भैंस पर रामू, और एक पर मैं। लेकिन भैंस ठहरीं आलसी जीव, एक आरामदेह जगह छोड़कर दूसरी आरामदेह जगह की तलाश में लगी रहती थीं, और जब उनका खेलकूद का मन नहीं होता था, तो वे हमें लिए-लिए ही पोखर की कीचड़ और काई में जाकर उसमें लोट जाती थीं। हरे और मटमैले के बीच के तमाम रंगों में रंगा मैं, दबे पाँव घर में घुसता था, और साफ़ कपड़े पहनने से पहले नल के नीचे नहा लेता था।

एक दोपहर मुझे और रामू को पोखर के किनारे एक कछुआ मिला, जो एक छोटे-से गड्ढे में बैठा था, जिसमें उसने कई अंडे दिये हुए थे। अंडे रामू ने रख लिये रात के खाने के लिए, और कछुआ मैंने दादाजी को दे दिया, जो कि उनके लिए किसी तोहफ़े से कम नहीं था। कछुए उनकी कमज़ोरी थे, और उसे अपने जीव-

जन्तुओं के जमावड़े में शामिल करके उन्हें खुशी हुई। उन्होंने उसे एक बड़ा-सा टब दे दिया, जिसके बीच में पत्थरों का टापू भी उन्होंने बना दिया था। लेकिन कछुआ हमेशा टब से निकल कर सारे घर में घूमा करता था। क्योंकि ऐसा लगता था कि वह अपना खयाल खुद रखने के लिए काफ़ी है, हम भी उसकी ज़िन्दगी में दखल नहीं देते थे। अगर कुत्तों में से कोई उसे ज़्यादा परेशान करता था तो वह अपने पैर और सिर अपने खोल के अन्दर कर लेता था, और इस तरह अपने ढंग से उनकी बदमाशी भरी हरकतों का जवाब देता था।

रामू के परिवार वाले बंधुआ मज़दूरी करते थे और उसने स्कूल का मुँह नहीं देखा था, लेकिन उसे कहावतें और पौराणिक कहानियाँ खूब आती थीं, और इसके साथ ही जानवरों और परिंदों के बारे में भी उसकी जानकारी बहुत अच्छी थी।

जब पीपल के पेड़ पर बैठे नीलकंठ ने झपट्टा मारा और एक टिड्डे को पकड़ कर ले गया, तब रामू बोला, 'कई चिड़ियाँ ऐसी होती हैं जिनके दर्शन होने पर पुण्य मिलता है।' उसने मुझे बताया कि नीलकंठ का यह नाम भगवान शिव के नाम पर पड़ा, जिनका गला नीला होने के कारण उन्हें नीलकंठ भी कहा जाता है। उसने बताया कि उन्होंने मानव जाति की रक्षा के लिए सारे संसार का विनाश करने लायक हलाहल विष पी लिया था, लेकिन उसे गले के नीचे नहीं गटका जिससे उनका गला नीला पड़ गया था।

एक गिलहरी को पीपल के तने से उतर कर भागते हुए देखा, तो मैंने रामू से पूछा—'क्या गिलहरी भी पवित्र होती हैं?'

'बिलकुल, एक गिलहरी ने भगवान राम की मदद की थी, और उन्होंने उसकी पीठ पर हाथ फेरा था। तब से सिर से लेकर पूँछ तक गिलहरियों की पीठ पर चार काली धारियाँ होने लगीं। भगवान राम का रंग बहुत सांवला था न!'

रामू और दादाजी, दोनों का यही मानना था कि हमें जीव-जन्तुओं पर दया करनी चाहिए और उनके अंधाधुंध शिकार का सिलसिला बन्द करना चाहिए।

'यह बिल्कुल ज़रूरी है कि हम उनका आदर करें,' दादाजी बोले, 'हमें मानना चाहिए कि उनके भी कुछ अधिकार हैं।' जहाँ देखो वहाँ चिड़ियों और जानवरों का जीना दूभर हो रहा है, क्योंकि हम उन्हें और उनके जंगलों को खत्म करने में लगे हैं। उन्हें रहने की नयी जगह ढूँढनी पड़ रही हैं, क्योंकि पेड़ गायब होते जा रहे हैं।'

यह बात देहरा के आसपास के जंगलों पर खासतौर से सही बैठती है, क्योंकि वहाँ से बाघ, चीतल और फ़ेज़ेंट पक्षी खत्म होने शुरू हो गये हैं।

रामू के साथ मैंने गर्मी की कई लम्बी दोपहरें पोखर पर बितायीं। हालाँकि मेरे देहरा छोड़ने के बाद से हम कभी नहीं मिले, लेकिन मैं अब भी अपनेपन से

उसे याद करता हूँ। वह पढ़-लिख नहीं सकता था, इसलिए हम एक-दूसरे से चिट्ठी-पत्री के ज़रिये जुड़े नहीं रह सके। और फिर, न उसके घरवालों को हमारी दोस्ती का पता था, और न ही मेरे घरवालों को। सिर्फ़ भैंसें और मेंढक ही हमारे हमराज़ थे। उन्होंने हमें अपनी दुनिया, कीचड़ में रची-बसी लेकिन आनंददायी दुनिया के हिस्से के तौर पर कुबूल किया हुआ था। जब मैं देहरा से गया, उन्हें और रामू को ज़रूर लगा होगा कि मैं फिर लौटकर आऊँगा, परिंदों की तरह।

बाज की नज़र

बड़ी ऊँची, कानों को चुभने वाली आवाज़ थी वह, जैसे कोई कुत्ता चिल्लाया हो। आसपास फैली घास के बीच उगी स्ट्रॉबेरी तोड़ना बन्द कर ऊपर आसमान की ओर देखा। उसके पास कुत्ता था—रखवाली करने वाला झबरा कुत्ता मोटू, लेकिन मोटू गुर्राता और भौंकता था, पर ऐसे चिल्लाता नहीं था। वह अजीब-सी आवाज़ आसमान से आयी थी, और जय ने पहले भी वह आवाज़ सुनी थी। जैसे ही उसकी समझ में आया कि आवाज़ कहाँ से आयी थी, वह झट से खड़ा हो गया, अपने कुत्ते को बुलाया, भेड़ों को पुकारा और उन्हें घर की ओर चलने के लिए हाँक दिया। मोटू दौड़ा-दौड़ा उसकी ओर आया—खेलने को तैयार।

'अभी नहीं, मोटू!' जय बोला। 'हमें जल्दी से भेड़ों को घर ले जाना है।' उसने फिर आसमान की ओर देखा।

इस बार उसने देख लिया, धूप से चौंधियाते आसमान में काला धब्बा जैसा, जो पहाड़ के ऊपर गोल-गोल चक्कर काटते हुए लगातार बड़ा होता जा रहा था—एक सुनहरा बाज—हिमालय की ऊँचाइयों पर झपट्टा मार कर अपने शिकार को धर दबोचने को तैयार—आसमान का बादशाह।

ज़मीन पर चुगते किसी पक्षी को उसने देख लिया है या किसी बिज्जू पर उसकी नज़र है? या फिर वह किसी मेमने के पीछे पड़ा है? जय के किसी मेमने को कभी बाज नहीं ले गया था, लेकिन उसे दूसरे चरवाहे सुनहरे बाज के बारे में बताते थे, जो उनके जानवरों का शिकार कर ले जाता था।

भेड़ें पहाड़ की ढलान पर कुछ दूर घाटी की ओर चली गयी थीं, और जय यह देखने के लिए उनकी ओर भागा कि कहीं कोई मेमना बाकी सब भेड़ों से दूर तो नहीं चला गया है।

मोटू बेतहाशा भौंकते हुए इधर-उधर दौड़ रहा था। भेड़ों को साथ लेकर चलने में वह कोई बहुत अच्छा नहीं था। वह अक्सर उनसे टकरा जाता था, और भेड़ ढलान

पर लुढ़कती चली जाती थीं, लेकिन इतने बड़े भालू जैसे कुत्ते को देख कर तेंदुए और भेड़िये दूर रहते थे।

जय मेमने गिन रहा था, और मेमने अपनी-अपनी माँ के नज़दीक सिमट कर ज़ोर-ज़ोर से मिमियाने लगे थे। एक-दो-तीन-चार...

एक पाँचवाँ और होना चाहिए था। जय को ढलान पर वह कहीं नज़र नहीं आया। उसने ऊपर तुंगनाथ के मंदिर की तरफ़ जाने वाले पथरीले रास्ते की ओर देखा। सुनहरा बाज चट्टानों के ऊपर चक्कर लगा रहा था।

पल भर के लिए वह पक्षी नज़रों से ओझल हुआ, और फिर चट्टानों की आड़ से ऊपर को उड़ान भरता नज़र आया, एक छोटे से जानवर को अपने खौफ़नाक पंजों में दबाए।

'अरे, वह मेमने को ले गया!' जय चिल्लाया, और चढ़ाई पर तेज़ी से चढ़ने लगा। मोटू उसके आगे-आगे दौड़ा जा रहा था, उस बड़े से पक्षी पर गुस्से से भौंकते हुए, जो तुंगनाथ के मंदिर से भी ऊँचाई पर उगे हुए देवदार के बौने रह गये पेड़ों के पार चट्टानों के बीच अपने घोंसले की ओर उड़ा चला जा रहा था।

जय और मोटू नज़रों से ओझल होते बाज को गुस्से और लाचारी से ताकने के सिवा और कुछ नहीं कर सकते थे। बाज के एक झपट्टे में ही मेमने की जान निकल गयी थी। ऐसा लग रहा था कि झुंड में और किसी को पता ही नहीं चला कि क्या हुआ। भेड़ें अब भी पहाड़ी ढलान पर उगी रसीली मीठी घास चर रही थीं।

'अच्छा होता हम इन्हें पहले ही घर हाँक ले जाते, मोटू,' जय बोला। और लड़के के एक इशारे पर वह बड़ा-सा कुत्ता ढलान पर दौड़ पड़ा, भेड़ों को घर ले जाने के खेल में लग गया, जिसमें उसे बड़ा मज़ा आता था। वह भेड़ों का पीछा करने लगा, और भेड़ें इधर-उधर भागने लगीं, और जय को उन्हें इकट्ठा करने के लिए यहाँ-वहाँ दौड़ना पड़ा। आखिरकार, भेड़ों ने घर की राह पकड़ी।

'एक अच्छा मेमना चला गया,' उदास जय खुद से कह उठा। 'न जाने दादाजी क्या कहेंगे।'

दादाजी बोले—'कोई बात नहीं। एक न एक दिन तो यह होना ही था। बाज काफ़ी समय से भेड़ों पर नज़र गड़ाये था।'

दादी, जिन्हें दुनियादारी की समझ ज़्यादा थी, बोलीं—'मेमना तीन सौ रुपये में बिक जाता। अब आगे से तुम्हें ज़्यादा होशियार रहना होगा, जय। पहाड़ पर जब भेड़ों का ध्यान रखने की ज़रूरत होती है, तब सो मत जाया करो, और न ही कहानी की किताबें पढ़ा करो।'

'आज दिन में तो मैं कुछ भी नहीं पढ़ रहा था,' जय ने सच ही कहा, लेकिन

वह यह बताना भूल गया कि वह स्ट्रॉबेरी इकट्ठी कर रहा था।

'पढ़ना तो उसके लिए अच्छा ही है,' दादाजी ने कहा। बदकिस्मती से वह खुद कभी स्कूल नहीं जा पाये थे। उनके ज़माने में पहाड़ों में स्कूल ही नहीं हुआ करते थे। अब हर गाँव में एक स्कूल था।

'रात को पढ़ने के लिए काफ़ी समय होता है,' दादी बोलीं। वह अपने गाँव माकू के एक कमरे के उस छोटे से स्कूल को ज़्यादा कुछ नहीं समझती थीं।

'देखो, अक्तूबर की छुट्टियाँ चल रही हैं,' दादाजी ने कहा। 'वरना यह यहाँ होता ही नहीं भेड़ों की देखभाल में हमारा हाथ बँटाने के लिए। इसी महीने के आखिर तक बर्फ़ पड़ जाएगी, और फिर हम अपनी रेहड़ के साथ यहाँ से चल पड़ेंगे। तब तुम्हें पढ़ने के लिए खूब वक्त मिलेगा, जय।'

माकू में, जहाँ घाटी में मौसम ऊँचे पहाड़ के मुकाबले गर्म था, जय के माता-पिता कुछ संकरे सीढ़ीनुमा खेतों में जौ, ज्वार और आलू उगा लिया करते थे। गर्मी के महीनों में घर के बुज़ुर्ग भेड़ों को चराने के लिए तुंगनाथ के आसपास के चारागाहों में लाया करते थे। जिस रास्ते से तीर्थयात्री तुंगनाथ के प्राचीन मंदिर जाते थे, उस रास्ते से थोड़ा-सा हट कर ही वह छोटी-सी पत्थर की कुटिया थी जिसमें वे ठहरते थे। समुद्र तल से 12,000 फ़ीट की ऊँचाई पर, हिमालय की ऊँची चोटियों से घिरा यह हिन्दुओं का सबसे ऊँचा तीर्थस्थान था।

अगले दिन जय और मोटू ने बहुत होशियारी बरती। उन्होंने भेड़ों को पल भर के लिए भी आँखों से ओझल नहीं होने दिया। और न ही उन्हें सुनहरा बाज दिखाई दिया। 'कहीं उसने फिर हमला किया तो?' जय सोच रहा था। 'मैं उसे कैसे रोकूँगा?'

जय या उसके कुत्ते का इतने बड़े, दमदार चोंच और पंजों वाले बाज से क्या मुकाबला—उसके चार इंच लंबे घुमावदार पंजे उसका सबसे खतरनाक हथियार थे। जब वह अपने पंख फैलाता था, तब एक पंख के सिरे से दूसरे पंख के सिरे तक की दूरी आठ फ़ीट से ज़्यादा थी।

बाज उस दिन नहीं आया क्योंकि उसने जम कर खाया हुआ था, और अपने ठिकाने पर आराम कर रहा था। जिस चट्टान पर उसने घर बनाया हुआ था, उसके आसपास पुरानी हड्डियाँ बिखरी हुई थीं, जो कभी फ़ीज़ेंट, हिम मुर्गी, बिज्जू और यहाँ तक कि लोमड़ी जैसे जानवरों की थीं। बाज की एक संगिनी भी थी, लेकिन यह उनके अंडे-बच्चे देने का समय नहीं था, इसलिए वह अपनी अलग खोज यात्रा पर निकली हुई थी।

सुनहरा बाज अपनी चट्टानों के सिरे पर बैठा घाटी के आर-पार देख रहा था।

उसकी तेज़, न झपकने वाली आँखों से कुछ भी छुपा नहीं था। वह अनोखी पीली-नारंगी-सी आँखें सौ मीटर से भी ज़्यादा की दूरी पर नीचे एक चूहे या छोटे से खरहे जैसे जानवर को भी देख सकती थीं।

पहाड़ पर और भी बाज थे, लेकिन आमतौर पर वे अपने-अपने इलाके में रहा करते थे। और जो कुछ ज़्यादा ही दबंग होते थे, सिर्फ़ वही मेमनों का शिकार करते थे, क्योंकि भेड़ों की रखवाली के लिए हमेशा इन्सान और कुत्ते रहते थे।

बाज अपने ठिकाने से उड़ा और बिना अपने जानदार पंख फड़फड़ाए तुंगनाथ के मंदिर वाली चोटी का चक्कर लगाते हुए शानदार उड़ान भरी।

सलेटी रंग के ग्रेनाइट पत्थर की पटियों से बना प्राचीन मंदिर उसे नीचे दिखाई दे रहा था। संकरी पगडंडी पर तीर्थयात्री रेंगते हुए साँप-सी कतार बना कर खड़ी चढ़ाई चढ़ रहे थे। चोटी के नीचे चारागाह में भेड़ें चैन से घास चर रही थीं। उन्हें बाज का पता नहीं था। फिर उस विशाल पक्षी का साया धूप से नहाये पहाड़ी ढलान पर तेज़ी से फिसलता चला गया।

बाज ने भेड़ों के साथ एक लड़के और उसके कुत्ते को देखा, लेकिन उसे उनका कोई डर नहीं था। उसकी नज़र तो उस मेमने पर थी जो घास चरने में जुटी दूसरी भेड़ों से कुछ फ़ीट हट कर फुदक रहा था।

जय ने बाज को तब तक नहीं देखा जब तक कि वह कोई सौ फ़ीट की दूरी पर नंगी चट्टानों पर नहीं मँडराने लगा। उसके उड़ने से कोई आवाज़ नहीं हो रही थी, क्योंकि वह पंख नहीं फड़फड़ा रहा था। वह तो गोता लगाकर झपट्टा मारने के लिए पहले ही तैयारी कर चुका था। वह सीधे मेमने की ओर बढ़ा।

मोटू ने समय रहते बाज को देख लिया। दबी-सी आवाज़ में गुर्राते हुए वह तेज़ी से आगे को झपटा और बाज के मेमने पर झपट्टा मारने के समय ही लपक कर मेमने के बगल में जा पहुँचा।

एक ज़ोरदार टकराव हुआ। पंख बिखर कर उड़ने लगे। बाज गुस्से से चिल्लाया। मेमना ढलान पर लुढ़कता हुआ नीचे को गया, और जब उसके पुट्ठों पर बड़ी-सी चोंच से वार किया, तो मोटू दर्द से कराह उठा।

इस टकराव से विशाल बाज, जो कुछ भौचक्का-सा रह गया था, कुछ लड़खड़ाता-सा, अपने शक्तिशाली डैने फड़फड़ाते हुए उड़ गया।

मोटू ने मेमने की जान बचा ली थी। वह डर गया था, लेकिन उसे कोई नुकसान नहीं पहुँचा था। ज़ोर-ज़ोर से मिमियाते हुए वह दौड़ कर बाकी भेड़ों के पास पहुँचा और फिर सारी भेड़ें मिमियाने लगीं। जय दौड़ कर मोटू के पास पहुँचा, जो अब ज़मीन पर पड़ा रिरिया रहा था। बाज का कहीं नामोनिशां नहीं था।

उसने झटपट अपनी कमीज़ और बनियान उतारी, और फिर बनियान को कुत्ते के घाव पर बाँध दिया, और उस पर अपनी बेल्ट कस दी ताकि वह अपनी जगह पर बनी रहे।

मोटू से खड़ा नहीं हुआ जा रहा था, और वह इतना भारी था कि उसे उठा कर ले जाना जय के बस की बात नहीं थी। जय अपने कुत्ते को अकेले छोड़ कर नहीं जाना चाहता था, क्योंकि उसे डर था कि कहीं बाज उस पर हमला करने के लिए फिर से न आ जाये।

वह खड़ा हो गया, और अपने दोनों हाथों को मुँह के दोनों ओर लगा कर अपने दादा को पुकारने लगा।

'दादा, दादा!' उसने आवाज़ लगायी। और जब उसके दादा जी ने उसकी पुकार सुनी तो वह हड़बड़ाए हुए पहाड़ की ढलान पर चले आये। एक दूसरा चरवाहा भी उनके पीछे-पीछे चला आया, और दोनों ने मिल कर मोटू को उठा लिया और उसे घर ले गये।

मोटू का ज़ख़्म गहरा था, लेकिन दादीजी ने उसे साफ़ करके उस पर जड़ी-बूटियों का लेप लगा दिया। फिर उन्होंने गाजर की पतली-पतली पट्टियाँ काट कर उसके घाव पर रखीं—जो एक पुराना पहाड़ी इलाज है—और उसके पाँव पर पट्टी बाँध दी। लेकिन मोटू को फिर से दौड़ने-भागने लायक होने में कुछ समय तो लगना ही था। लेकिन शायद तब तक बर्फ़ पड़नी शुरू हो जाएगी, और ऊँचे पहाड़ की चारागाह को छोड़ नीचे घाटी में लौट जाने का समय आ जाएगा। इस बीच भेड़ों को चरने के लिए तो ले ही जाना होगा, और दादाजी ने तय किया कि अब बाकी दिन जय के साथ वह खुद जाएँगे।

उन्हें सुनहरा बाज अगले दो-तीन दिन नहीं दिखाई दिया, और फिर जब दिखा, तो वह दूसरे पहाड़ों के ऊपर उड़ान भर रहा था। शायद उसे शिकार के लिए कोई दूसरी जगह मिल गयी थी, या फिर भेड़ों का कोई और झुंड। 'क्या तुम्हें बाज से डर लगता हैं?' दादाजी ने जय से पूछा।

'पहले तो मैं नहीं डरता था,' जय ने कहा। 'जब तक उसने मोटू को घायल नहीं किया था, तब तक मुझे नहीं मालूम था कि वह कितना खतरनाक हो सकता है। लेकिन उसे भी तो चोट लगी। मोटू सीधे उससे भिड़ गया।'

'शायद वह अब कभी हमें तंग नहीं करेगा,' दादाजी ने गहरी सोच में डूब कर कहा। 'पक्षियों के पंख बड़े नाजुक होते हैं, और बड़ी आसानी से उनमें चोट लगती है—चाहे बाज के हों।'

'जय को उनकी बात पर पूरा यकीन नहीं था। उसने बाज को दो बार हमला

करते देखा था, और उसे यही लगता था कि वह किसी से नहीं डरता। जब तक वह जय की मौजूदगी से खौफ़ नहीं खाता, तब तक वह उसकी भेड़ों के झुंड से दूरी बना कर नहीं रहने वाला था।

अगले दिन दादाजी की तबीयत कुछ ठीक नहीं लग रही थी—उन्हें हल्का-सा बुखार था, और वह बिस्तर पर ही पड़े रहे। मोटू जोश-जोश में तीन टाँगों से इधर-उधर कूदता फिर रहा था—जिस पैर में चोट लगी थी, उसमें अब भी काफ़ी तकलीफ़ थी।

'भेड़ों को ज़्यादा दूर मत ले जाना,' दादी ने कहा। 'घर के आसपास ही चरने देना उन्हें।'

'लेकिन यहाँ आसपास में घास नहीं बची है,' जय बोला।

'मैं नहीं चाहती कि जब तक वह बाज इस इलाके में है तब तक तुम कहीं दूर जाओ।'

'इसे वह डंडा दे दो,' दादाजी ने खाट पर लेटे-लेटे कहा। दादी ने कमरे के कोने से डंडा उठा कर जय को दे दिया।

जंगली चेरी के पेड़ की डाल से बना हुआ पुराना डंडा था वह, जिसे दादाजी अक्सर लेकर घूमा करते थे। उसकी लकड़ी पुरानी पड़ने से पक्की हो गयी थी, और डंडा मज़बूत और लंबा था। ज़मीन से जय के कंधों तक पहुँचता था।

'इसे खोना नहीं,' दादाजी ने कहा। 'यह डंडा बहुत साल पहले मुझे एक घुमन्तु विद्वान ने दिया था जो तीर्थयात्रा के लिए तुंगनाथ के मंदिर में आया था। मैंने सोचा था कि जब तुम बड़े हो जाओगे तब तुम्हे दूँगा, लेकिन मुझे लगता है कि यह डंडा तुम्हें सौंपने का सही समय यही है। अगर बाज तुम्हारे पास आये, तो डंडे को सिर के ऊपर घुमाने लगना। ऐसा करने से बाज तुम्हारे पास आने की हिम्मत नहीं करेगा!'

पहाड़ों पर बादल घुमड़ने लगे थे, और तुंगनाथ का मंदिर धुंध की मोटी चादर से घिर कर दिखना बन्द हो गया था। सर्दियाँ आने को थीं, और तीर्थयात्रियों की गिनती बहुत कम रह गयी थी। चरवाहे भी हरे-भरे ढलानों को छोड़ निचले इलाकों में अपने गाँवों को लौटने लगे थे। जल्दी ही इस ऊँचाइयों पर तेंदुओं, और भालुओं, और सुनहरे बाजों के सिवा और कोई नहीं होगा।

जय चेरी की लकड़ी के डंडे से भेड़ों को हाँक-हाँक कर बुग्याल की हरी घास तक ले गया। मोटू की जगह डंडे से काम चलाना पड़ रहा था। और भेड़ों को भी जैसे बौखलाहट में भौंकते-भागते मोटू के मुकाबले डंडे की बात ज़्यादा समझ में आ रही थी।

अचानक ठंड बढ़ने और बर्फ़ पड़ने के आसार देखते हुए दादी ने ज़ोर देकर

जय को एक तिब्बती व्यापारी से खरीदा हुआ मोटा-सा ऊनी कोट और ऊँचे जूते पहनाये। जूते पहनने की उसकी आदत नहीं थी क्योंकि वह आमतौर पर सैंडल पहनता था, और उस दिन उसे पहाड़ पर जल्दी-जल्दी चढ़ने-उतरने में कुछ मुश्किल हुई। सारी भेड़ों को एक साथ रखना थका देने वाला काम था। कुछ कौए काँव-काँव करने लगे तो जय को लगा कि बाज कहीं आसपास हो सकता है, लेकिन धुंध की वजह से उसे ज़्यादा दूर तक दिखाई नहीं दे रहा था।

कुछ समय बाद धुंध छंट गयी और जय को मंदिर और उसके पीछे बर्फ़ से ढकी ऊँची चोटियाँ दिखने लगीं। उसे सुनहरा बाज भी दिखाई दिया, जो ऊपर काफ़ी ऊँचाई पर चक्कर काट रहा था। जय ने भेड़ों को ज़रा भी दूर नहीं जाने दिया। उसकी एक आँख बाज पर, तो दूसरी आँख बेचैन भेड़ों पर टिकी रही।

फिर उस बड़े से बाज ने आसमान से नीचे को गोता लगाया और नीचे को उड़ने लगा। पहले उसने मंदिर के चक्कर काटे, और फिर ऐसे गायब हो गया जैसे वह वहाँ से चला गया हो। जय को लग रहा था कि हो न हो, वह जल्दी ही लौट आयेगा। और कुछ ही देर में वह पहाड़ के दूसरी ओर से आ गया। इस बार वह और भी नीचे उड़ रहा था। उसके डैने फैले और ऊपर को उठे थे, और पैरों के पंजे आगे को कर, वह नज़रें अपने शिकार—अचानक दूसरी भेड़ों और जय से दूर ढलान पर कुछ नीचे को चले गये एक छोटे से मेमने पर गड़ाये था।

अब वह और भी नीचे उड़ रहा था, ज़मीन से बस कुछ फ़ीट की ऊँचाई पर, और जय को पूरी तरह नज़रअन्दाज़ करते हुए।

वह जय के बिल्कुल बगल से उड़ता हुआ गया तो जय को हवा का तेज़ झोंका झकझोर गया, और तभी जय ने अपना डंडा आगे कर दिया और बाज को उसकी चपेट में आकर ज़ोरदार चोट लगी।

शिकार बाज के पंजों में आते-आते रह गया, और छोटा-सा मेमना फुदकता हुआ वहाँ से चला गया।

जय को यह देख कर बड़ी हैरानी हुई कि डंडा लगने के बाद भी बाज वहाँ से चला नहीं गया, बल्कि वह पहाड़ी के ढलान पर ही उतर गया, और बैठा-बैठा जय को घूरता रहा, जैसे प्रजा में से किसी का फेंका कंकड़ लगने के बाद कोई राजा गुस्ताखी करने वाले को घूर रहा हो।

सुनहरा बाज देखने में करीब्-करीब जय के कद का लग रहा था। उसने पंख अब भी फैला रखे थे। उसकी खौफ़नाक आँखें जय को जैसे बेंधे जा रही थीं।

पहले तो जय को लगा कि वह मुँह फेर ले और वहाँ से भाग जाये। लेकिन चेरी के पेड़ का वह डंडा अब भी उसके हाथ में था, और अब उसे भरोसा हो गया

था कि डंडे में ताकत तो है। उसने देखा कि बाज मेमने पर झपट्टा मारने के लिए फिर से उड़ान भरने को तैयार है। वहाँ से भागने की बजाय उसने डंडे को अपने सिर से ऊपर उठा कर आगे की ओर दौड़ लगा दी।

बाज उड़ कर ज़मीन से कुछ फ़ीट ऊपर उठा और अपने बड़े-बड़े पंजों से उस पर झपटा।

जय की किस्मत अच्छी थी कि उसका जैकेट काफ़ी मोटा था, और वह बाज के पंजों से बच गया। लेकिन उसके पैने नाखून की चपेट में आकर एक बाँह चिर कर अलग हो गयी। उसी समय बाज का फैला हुआ पंख भारी डंडे से टकराया। दर्द और गुस्से से बाज की तीखी चीख निकल गयी। फिर वह घूमा और चोट की वजह से ज़ोर देकर मुश्किल से अपने डैने ऊपर-नीचे करता वहाँ से उड़ गया।

जय ने अब भी अपने हाथ में डंडे को पूरी मज़बूती से पकड़ रखा था, क्योंकि उसे लग रहा था कि बाज फिर हमला करेगा। उसने अपने फटे जैकेट पर नज़र भी नहीं डाली। उधर सुनहरा बाज कुछ दूर एक चट्टान पर उतर गया था, और ऐसा लग रहा था जैसे उसे फिर हमला करने के लिए लौटने की कोई जल्दी नहीं थी।

जय ने भेड़ों को घर की तरफ़ हाँकना शुरू किया। घने और काले बादल घिर आये थे, और तभी मौसम की पहली बर्फ़बारी होने लगी थी—तिनका-तिनका करके।

जय को एक खरहा पहाड़ी पर कुलाँचे मारता दिखाई दिया। जय से वह करीब पचास फ़ीट दूर था, तभी जय ने बाज को एक ओर झुके रहते हुए उसकी तरफ़ बढ़ते देखा।

'इसे तो बड़ी बुरी चोट लगी है,' जय ने सोचा। 'चलो आज के खाने के लिए तो इसे कुछ मिला।' राहत महसूस करने के साथ उसके मन में उस विशाल पक्षी के लिए एक चाहत भी उमड़ पड़ी थी।

खरहे ने बाज को देख लिया था, और देखते ही छुपता-छुपाता वह बहुत पास-पास उगी झाड़ियों की तरफ़ दौड़ गया। जय नहीं जान पाया कि उस दिन बाज खरहे का शिकार कर पाया या नहीं, क्योंकि तेज़ बारिश के साथ बर्फ़ पड़ने का सिलसिला ज़ोर पकड़ने लगा था, और लगातार खराब होते उस तूफ़ानी मौसम में बाज और खरहा दोनों ही गुम हो गये।

जय के पीछे चलती भेड़ें मिमियाने लगी थीं। एक मेमना थका-थका सा लग रहा था। जय उसे उठाने के लिए झुका। तभी उसे कुछ भिनभिनाने की सी आवाज़ सुनायी दी, जो लगातार तेज़ होती जा रही थी। इससे पहले कि वह आँख उठा कर

उसकी ओर देख पाता, बड़ा-सा एक डैना उसके कंधे से टकराया, और वह गिर कर ढलान पर कलाबाज़ी खा गया। मेमने के साथ वह बेरी की कँटीली झाड़ी से टकराकर ठहरा।

झाड़ी की वजह से उनकी जान बची। जय ने देखा कि बाज, काफ़ी नीचे को उड़ता, फिर से उसी ओर उड़ा चला आ रहा था। वह दूसरा बाज था! एक से छुटकारा मिला, तो दूसरा आ गया। उतना ही बड़ा और निडर। शायद पहले वाले बाज का ही साथी होगा।

जय का डंडा खो गया था, और अब इस दूसरे बाज का मुकाबला करने के लिए उसके हाथ में कुछ नहीं था इसलिए वह मेमने को अपनी ओट में लिए झाड़ी के नीचे दुबक गया। इसके साथ ही उसने ज़ोर-ज़ोर से आवाज़ लगाना शुरू कर दिया—बाज को डराने और मदद को लोगों को बुलाने के लिए। अब बाज के लिए उन तक पहुँचना आसान नहीं था। लेकिन बाकी सारी भेड़ें पहाड़ी पर खुले में थीं। उसे लगा कि अब बाज उनमें से किसी पर हमला बोलेगा।

जब बाज आसमान में एक चक्कर मार कर वापस उस जगह पहुँचा, तभी जय को बेतहाशा भौंकने की आवाज़ सुनाई दी। बाज भी फ़ौरन दूर हट कर आसमान की ऊँचाइयों की ओर उठने लगा।

भौंकने की आवाज़ मोटू की थी। जय की पुकार सुन उसे समझ में आ गया था कि कुछ गड़बड़ है, और वह तीन टाँगों से लंगड़ाता हुआ घर से बाहर निकल आया था, जंग के लिए तैयार। उसके पीछे-पीछे एक और चरवाहा चला आ रहा था। और सबसे बढ़कर, दादी माँ बाजों को डरा कर भगाने के लिए दो कड़ाही आपस में टकराती, चिल्लाती चली आ रही थीं। भौंकने, बर्तनों के टकराने और चिल्लाने की आवाज़ों से डर कर बाज वहाँ से चले गये। भेड़ें भी इधर-उधर बिखर गयी थीं, और उन्हें एक जगह इकट्ठा करने में काफ़ी समय लग गया। तब तक भारी बर्फ़बारी होने लगी थी।

'कल ही हम सब को माकू चले जाना चाहिए,' जय की मदद के लिए आया चरवाहा बोला।

'हाँ, अब समय आ गया है जब हमें जाना ही चाहिए,' दादी ने कहा। 'जय, अब तुम अपनी कहानी की किताबें फिर से पढ़ सकोगे।'

'अब तो मेरे पास सुनाने के लिए अपनी ही एक कहानी है!' जय ने कहा।

जब तीनों मकान पर पहुँचे, और जय ने दादाजी को देखा, तो वह बोल पड़ा—'अरे, मैं आपका डंडा तो वहीं भूल आया!'

लेकिन मोटू ने डंडा उठा लिया था। अपने दाँतो में उसे दबाकर वह साथ ले

आया था और अब मकान की दहलीज पर उसे लेकर बैठा था। उसे लगा था कि चेरी की लकड़ी उसके जबड़ों को फ़ायदा पहुँचाएगी, और अगर दादी ने समय पर पहुँच कर डंडा उससे छीन नहीं लिया होता, तो वह चबा जाता।

दादाजी अपनी खाट पर बैठे-बैठे बोले—'कोई बात नहीं। डंडे से फ़र्क नहीं पड़ता। फ़र्क इससे पड़ता है कि वह किसके हाथ में है।'

जानवर का भरोसा

पहली बार चीता मैंने तब देखा जब मैं पहाड़ की तलहटी में बहने वाली धारा को पार कर रहा था।

घाटी इतनी गहरी थी कि दिन में भी ज़्यादातर समय वहाँ छाया रहती थी। इसी वजह से बहुत से जानवरों और परिंदों की दिन में भी अपने छुपने की जगह से बाहर निकलने की हिम्मत पड़ जाती थी। उस तरफ़ बहुत कम लोग जाया करते थे—सिर्फ़ आसपास के गाँवों के दूधिये और सूखे पेड़ों को जलाकर कोयला बनाने वाले।

इसीलिए वह घाटी जंगली जानवरों के लिए स्वर्ग जैसी थी। उत्तर भारत की मशहूर पहाड़ी सैरगाह मसूरी के आसपास ऐसे कुदरती इलाके गिने-चुने ही बचे थे।

मेरे कॉटेज से शुरू होने वाली ढलान पर बांज, चिनार और बुरांस का जंगल था। पेड़ों के बीच से होकर एक संकरी पगडंडी आगे वाली पहाड़ी की पीठ तक जाती थी जहाँ दूर तक लाल अंबाड़ा कुदरती तौर पर उगता था। और उसके आगे फिर खड़ी ढलान थी, जिस पर जंगली रसभरी और कई किस्म की बेलें और पतले-पतले बांस एक-दूसरे में उलझे रहते थे।

पहाड़ी के नीचे पहुँचने के बाद यह रास्ता जिधर से होकर जाता था, वहाँ किनारे-किनारे घास और उसे घेरे जंगली गुलाब के झाड़ थे। ताज्जुब की बात है कि 5,000 फ़ीट से लेकर 8,000 फ़ीट की ऊँचाई पर उगने वाले पेड़-पौधे इंग्लैंड के देहाती इलाकों में उगने वाले पेड़-पौधों से बहुत मेल खाते हैं।

समय के साथ पीले पड़ गये गोल पत्थरों और कंकड़ों की तलछट पर फुदकती हुई आगे बढ़ती धारा सोंग नदी में मिलने से पहले पगडंडी से बिल्कुल सटकर बहती थी, और आगे जाकर सोंग नदी गंगा में मिल जाती थी।

जब मुझे पहली बार इस धारा के बारे में पता चला, अप्रैल का महीना चल रहा था, और जंगली गुलाब के खिलने का मौसम था। छोटे-छोटे सफ़ेद गुलाब—गुच्छे के गुच्छे।

मैं तकरीबन रोज़ाना दो या तीन घंटे लिखने के बाद धारा तक टहलने जाता था। मैं बहुत लम्बे समय तक शहरों में रह चुका था, और अब खुद को...अपने तन-मन को तरोताज़ा करने वापस पहाड़ों में लौट आया था। एक बार बस आप पहाड़ों में रह लें, कितने भी समय के लिए, तो पहाड़ आपको अपना बना लेते हैं, और फिर आपको अपनी ओर ऐसे खींचते हैं कि आपको बार-बार आना पड़ता है।

करीब हर सुबह, और कभी-कभी तो दिन में भी मुझे कांकड़ की पुकार सुनायी दे जाती थी। और शाम के समय जब मैं जंगल से होकर गुज़रता तो अक्सर झुंड बनाकर घूमते-चुगते फ़ीज़ेंट यानी फुकरांस पक्षी घबराकर नीचे घाटी की ओर उड़ जाते—पंख फैलाकर, लेकिन बिना फड़फड़ाए। मैंने बिज्जू देखे, एक बार लाल लोमड़ी भी देखी, और भालू के पैरों के निशान भी पगडंडी पर पहचान लिये।

क्योंकि मैं किसी चीज़ की तलाश में, वहाँ से कुछ लेने तो जंगल में आता नहीं था, इसलिए जानवर और परिंदे मेरे आने-जाने को लेकर बेपरवाह हो गये। हो सकता है मेरे कदमों की आहट पहचानने लगे हों, क्योंकि कुछ समय बाद जब मैं उधर से गुज़रता तो जैसे किसी को कोई फ़र्क ही नहीं पड़ता था।

जहाँ पहले मेरे उधर से गुज़रने पर लंगूर बुरांस की डालियों पर इधर से उधर छलांगें लगाने लगते थे, वहीं अब बस डाल पर बैठे-बैठे बांज की नर्म मुलायम कोपलें खाते गौर से मुझे ताकते रहते थे।

जब बड़े लंगूर गुनगुनी धूप का मज़ा लेते हुए एक-दूसरे के बालों से तिनके चुनकर सफ़ाई किया करते थे, तब उनके बच्चे शरारती लड़कों की तरह छीना-झपटी करते हुए आपस में जूझा करते थे। लेकिन एक शाम जब मैं उधर से गुज़र रहा था, पेड़ों में बैठे लंगूर कुछ आवाज़ें कर रहे थे। मुझे समझ में आ गया कि इनके बीच जो हलचल मची है वह मेरी वजह से नहीं है।

जैसे ही मैंने धारा को पार करके दूसरी तरफ़ की पहाड़ी पर चढ़ना शुरू किया, लंगूरों का घुरघुराना और चकचकाना बढ़ गया, जैसे कि वे मुझे आगे किसी नज़र न आने वाले खतरे के बारे में आगाह कर रहे हों। तभी खड़ी पहाड़ी की ढलान पर कंकड़ों की झड़ी लग गयी। ऊपर से गिरने वाले ये कंकड़ कहाँ से आ रहे हैं, ये देखने के लिए ज्यों ही मैंने सिर उठाया, तो ऊपर, करीब बीस फ़ीट ऊपर एक चट्टान पर ठहरा नज़र आया गहरा सुनहरा-सा गठीला चीता। वह मेरी तरफ़ नहीं देख रहा था, लेकिन उसका सिर कुछ आगे को इस तरह तना हुआ था जैसे घाटी की ओर किसी को ताक रहा हो। लेकिन उसे किसी तरह मेरी मौजूदगी का अहसास हो गया था, तभी उसने गर्दन घुमाकर मेरी ओर देखा।

मुझे वहाँ देख कर वह कुछ हैरान था, और जब हिम्मत बाँधने के लिए मैंने

ज़ोर से ताली बजायी, तो वह ज़रा भी आहट किये बिना छलांग मारकर झुरमुट में जा घुसा, और पेड़ों के गहरे सायों में गुम हो गया।

मेरी वजह से उसकी शिकार करने की कोशिश में अड़चन पड़ गयी थी। लेकिन कुछ ही देर में मुझे कांकड़ की ऐसी पुकार सुनाई दी और फिर वह पेड़ों के बीच से कुलांचे मारकर भागा। शिकार अब भी जारी था।

बिल्ली परिवार के दूसरे जानवरों की तरह चीते भी भारत में खत्म होने की कगार पर हैं, इसलिए मसूरी के इतना करीब भी कोई चीता हो सकता है, यह जानकर मुझे हैरत हुई। शायद आसपास की पहाड़ियों पर जो जंगलों का सफ़ाया हुआ है उसकी वजह से हिरन मसूरी की हरी-भरी वादी में चले आये होंगे, और ज़ाहिर है, चीता भी उनके पीछे-पीछे चला आया होगा।

उस दिन के बाद कई हफ़्तों तक मुझे चीता नज़र नहीं आया। यह बात और है कि चीते के आसपास ही कहीं होने का अहसास कई बार हुआ। एक सूखी खाँसी जैसी खँखार से पता चलता था। कई बार तो मुझे बिल्कुल पक्के तौर पर लगता था कि कोई मेरे पीछे चल रहा है।

एक बार जब मुझे घर पहुँचने में देर हो गयी, तो रास्ते में जंगल के एक खुले से इलाके में दौड़-भाग मचाते साही के परिवार ने मुझे चौंका दिया। घबराहट में मैंने इधर-उधर नज़रें दौड़ाईं तो देखा कि झुरमुट में से दो चमकीली आँखें मुझे घूर रही थीं। मैं वहीं थम गया, और मेरा ज़ोर से धड़कता दिल पसलियों से टकराता रहा। फिर वह आँखें चक्कर काटती हुई इधर-उधर चल पड़ीं, तब मेरी समझ में आया कि वह जुगनू थे।

मई और जून के महीनों में जब पहाड़ भूरे-भूरे हो जाते और तमाम हरियाली सूख जाती, तब भी धारा के आसपास हरियाली और ठंडक रहती, जहाँ फर्न, और कई किस्म के दूसरे पौधे और घास पनपते रहते थे।

धारा के बहने की दिशा में आगे चलकर एक छोटा-सा तालाब था जिसमें मैं नहा सकता था, और एक गुफ़ा भी जिसकी छत में से पानी टपकता रहता था। गुफ़ा की छत वाली चट्टान में पड़ी दरारों में से रोशनी की किरणें अन्दर आतीं तो टपकता हुआ पानी रुपहला और सुनहरा नज़र आता।

उसने मुझे हरियाले चारागाहों में ठहरने का मौका दिया; उसने मुझे पानी के कुंड तक का रास्ता दिखाया। यीशु के शिष्य डेविड ने भी ज़रूर ऐसी ही कोई जन्नत जैसी जगह खोज ली होगी, तभी उन्होंने ईसाइयों के धर्मग्रंथ *बाइबिल* में यह शब्द लिखे होंगे। शायद मैं भी कुछ अच्छी बातें लिख सकूँगा। हिल स्टेशन पर आने वाले सैलानी अभी हरियाली और जंगली जीवों की इस कुदरती पनाहगाह तक नहीं पहुँचे

थे। मुझे अपने अन्दर कहीं ऐसा लगने लगा था जैसे इस जगह पर मेरा हक है, जैसे यह मेरी जागीर हो।

मेरे अलावा धारा पर इस जगह पर आने वाला एक और प्राणी थी—चितकबरी फ़ोर्कटेल, जिसे इस इलाके के लोग 'धोबी चिड़िया' के नाम से पुकारते थे—शायद ज़्यादातर समय पानी के आसपास बिताने की वजह से। वह मेरे बिल्कुल पास पहुँच जाने पर भी अपनी जगह से नहीं उड़ती थी, लेकिन अगर मैं वहाँ ज़्यादा देर ठहरता था तो बेचैन होकर एक चट्टान से दूसरी चट्टान पर फुदकती और शिकायती लहज़े में तीखी आवाज़ें निकालती फिरती।

उस दिन सारी दोपहरी मैं उसका घोंसला ढूँढ़ता रहा। मुझे पूरा यकीन था कि उसके घोंसले में बच्चे होंगे, क्योंकि मैंने उसे अपनी चोंच में एक कीड़ा दबाकर जाते हुए देखा था। दिक्कत यह थी कि जब वह ऊपर की तरफ़ यानी जिधर से धारा आ रही थी, उधर की तरफ़ जाती तो मैं उसका तेज़ी से पीछा नहीं कर पाता था क्योंकि चट्टानें पैनी थीं और वहाँ फिसलन भी काफ़ी थी।

आखिरकार मैंने खुद को फ़र्न की शाखों से सजाया और धीरे-धीरे धारा के बहाव से उलटी दिशा में आगे बढ़ता गया। फिर जिस जगह जाकर अक्सर फ़ोर्कटेल आँखों से ओझल हो जाया करती थी, मैं वहाँ एक पेड़ के खोखले तने में घुस कर छुप गया। मैं उस चिड़िया को किसी तरह लूटना नहीं चाहता था—सिर्फ़ उसका घोंसला देखना चाहता था।

उकड़ू बैठकर मुझे सिर्फ़ उस धारा के बहाव का छोटा-सा हिस्सा और घाटी के दोनों ओर का नज़ारा दिखाई दे रहा था, लेकिन उसे धोखा देने की कोशिश के बावजूद मैं उस पक्षी की निगाहों से बच नहीं पाया था, और वह लगातार अपने आशियाने के इतने नज़दीक मेरी मौजूदगी के खिलाफ़ ज़ोरदार आवाज़ उठाती रही।

मैंने अपने रहे-सहे सब्र को समेटा और करीब दस मिनट तक बिल्कुल बुत की तरह बिना हिले-डुले बैठा रहा। फ़ोकटेल शांत हो गयी। नज़रों से दूर, दिल से काफ़ूर! लेकिन वह कहाँ गुम हो गयी ? मुझे पक्के तौर पर यह महसूस हो रहा था कि वह घाटी के खड़े किनारों में, शायद बिलकुल करीब में ही कहीं, अपने घोंसले की रखवाली कर रही होगी।

मैंने सोचा कि मैं उसे चौंका दूँगा और अचानक खड़ा हो गया। लेकिन मुझे अपने घोंसले की रखवाली करती फ़ोर्कटेल के बजाय दौड़कर दूर भागता तेंदुआ दिखा जिसकी चौंकने से गुर्राहट निकल गयी थी! बस दो छलाँगों में ही वह धारा पार कर जंगल में समा गया।

चीते को देखकर मैं खुद भी कोई कम नहीं चौंका था, और इस चौंकने का

असर यह हुआ कि फ़ोर्कटेल और उसके घोंसले की ओर से सारा ध्यान ही हट गया। तो क्या चीता फिर से मेरे पीछे लग गया था? नहीं, ऐसा नहीं हो सकता— इस बात को मैंने खुद ही नकार दिया। सिर्फ़ आदमखोर चीता ही इन्सानों का पीछा करते हैं, और जहाँ तक मैं जानता हूँ, मसूरी के आसपास आदमखोर चीता कभी नहीं रहा।

बरसात के मौसम में हमारी, यानी मेरी और फ़ोर्कटेल की धारा अपने रास्ते में पड़ने वाली झाड़ियों और यहाँ तक कि छोटे-मोटे पेड़ों को बहा ले जाने वाली वेगवान नदी बन गयी, और कलकल की सरगम की जगह बहाव की खौफ़नाक गरज का शोर छा गया। तब मैंने अक्सर वहाँ जाने का सिलसिला छोड़ दिया क्योंकि अब बहुत बढ़ चुकी घास में जोंक भरी रहती थीं।

एक दिन मुझे हिरन मरा पड़ा मिला जिसका बस थोड़ा सा हिस्सा ही खाया हुआ था। मुझे हैरत इस बात पर हुई कि चीते ने अपना बाकी बचा शिकार ऐसे ही कैसे छोड़ दिया था, उसे कहीं छुपाया क्यों नहीं था। लेकिन ज़रा दिमाग दौड़ाते ही मुझे समझ में आ गया कि ज़रूर खाते समय उसके साथ किसी तरह की छेड़छाड़ या अड़चन पैदा हुई होगी।

फिर चढ़ाई चढ़ते हुए मैंने बांज के झुरमुट में शिकारियों के एक दल को सुस्ताते देखा। उन्होंने मुझसे पूछा कि कहीं मैंने चीता तो नहीं देखा। मैंने मना कर दिया। उनमें से एक ने कहा कि उन्हें मालूम है कि जंगल में चीता घूम रहा है।

उन्होंने यह भी बताया कि दिल्ली में चीते की खाल एक हज़ार रुपये से भी ज़्यादा की बिकती है। हालाँकि जंगली जानवरों की खाल वगैरह की खरीद-फ़रोख़्त गैर-कानूनी थी, लेकिन उनकी बातों से मेरी समझ में आ गया था कि कहीं न कहीं कोई न कोई रास्ते भी ज़रूर निकल आते होंगे। इस जानकारी के लिए मैंने उनका शुक्रिया अदा किया और आगे अपनी राह चल पड़ा। लेकिन मैं कुछ घबराहट और बेचैनी-सी महसूस कर रहा था।

शिकारियों ने चीते के खाये हुए कांकड़ की लाश देख ली थी और उन्होंने चीते के पंजों के निशान भी देख लिए थे, और उसके बाद से वे जब देखो तब जंगल में आने लगे। तकरीबन हरेक शाम मुझे गोलियाँ दागने की आवाज़ें सुनायी देने लगीं, क्योंकि उन्हें तो जो दिखाई दे जाए वे उसी को निशाना बनाने के लिए तैयार रहते थे।

'चीता घूम रहा है,' शिकारी मुझे हिदायत देते। 'बन्दूक लेकर चला करो।'

'मेरे पास बन्दूक है ही नहीं,' मैंने बताया।

जब से जंगल में शिकारियों के कदम पड़े थे, तब से पक्षी कम नज़र आ

रहे थे, और लंगूर तक न जाने कहाँ चले गये थे। लाल लोमड़ी तो फिर दिखी ही नहीं, और जो बिज्जू बिलकुल निडर होकर घूमा करते थे, वे मुझे आता देखते ही दुबक जाते। लगता है जानवरों के लिए सारे इन्सानों की गंध एक जैसी ही होती होगी।

बारिश का मौसम बीता और अक्तूबर का महीना आ गया। अब मैं भीनी-भीनी महक वाली हरी घास में धूप सेंकने लेट सकता था, और देर तक बांज की पत्तियों के बीच से झाँकते धुले हुए नीले आसमान के आँखों को चौंधियाने वाले टुकड़ों को निहार सकता था। और मैं पत्ते-पत्ते, बूटे-बूटे के लिए, किसी चीज़ की रगड़ लगते ही फैल जाने वाली पुदीने और तिपतिया घास की गंध के लिए ईश्वर को धन्यवाद देता, और कुदरत का शुक्रिया अदा करता, घास और हवा तथा आकाश के नीलेपन के छूने से होने वाले मधुर अहसास के लिए।

इन्सानों के बारे में तो मैं कुछ सोचता ही नहीं था। उनके प्रति मेरा रवैया कुछ वैसा ही था जैसा जंगल के बाशिंदों का। इन्सान भरोसेमंद नहीं होते हैं, कुछ नहीं पता कब क्या कर बैठें, इसलिए जितना हो सके उनसे दूर ही रहा जाए, इसी में भलाई है।

घाटी के दूसरी ओर परी टिब्बा की चढ़ाई थी। परी टिब्बा यानी परियों वाला पहाड़। उजाड़-सा पड़ा, छोटे-छोटे झाड़-झंखाड़ से भरी पहाड़ी जिस पर कोई नहीं रहता था।

कहा जाता है कि पिछली सदी में अंग्रेज़ों ने इस पहाड़ी पर रहने के लिए घर बनाने की कोशिश की थी, लेकिन वहाँ अक्सर बिजली गिरती थी—न जाने क्यों—यह उस जगह की अपनी खासियत थी या उसमें जमा किसी खनिज की फ़ितरत इसकी वजह थी, लेकिन एक के बाद एक करके कई मकानों पर बिजली गिरने के बाद अंग्रेज़ उस पहाड़ी को छोड़ पड़ोस वाली पहाड़ी पर चले गये, जहाँ आज एक पूरा शहर बसा हुआ है।

पहाड़ी लोगों के लिए वह परी टिब्बा है, जहाँ उन दो बदनसीब प्रेमियों की आत्माएँ रहती हैं जो तूफ़ान में फँसकर उस जगह जान से हाथ धो बैठे थे। जबकि कुछ लोग इसी परी टिब्बा को 'बर्न्ट हिल' यानी जली पहाड़ी के नाम से जानते थे, क्योंकि उस पर उगे पेड़ या तो बिजली गिरने से जले हुए थे या फिर ठीक से बढ़े ही नहीं थे।

एक दिन धारा पार करने के बाद मैं परी टिब्बा की चोटी तक जाने के इरादे से चढ़ाई चढ़ने लगा। यह बेहद कठिन था, क्योंकि वहाँ तक पहुँचने के लिए कोई पगडंडी वगैरह नहीं थी और मुझे खड़ी चढ़ाई चढ़ने के लिए झाड़ियों के जड़-तने

और हाथ आने वाले पत्थरों को पकड़-पकड़ कर चढ़ाई चढ़नी थी—और यह खड़ी चढ़ाई पर पौधे-पत्थर कितनी मज़बूती से अपनी जगह जमे हैं इसका कोई अन्दाज़ा नहीं होता था—वह कभी भी हाथ में आ सकते थे।

किसी तरह मैं परी टिब्बे के ऊपर पहुँच ही गया, जहाँ चोटी की जगह पठार जैसी समतल जगह थी और वहाँ चीड़ के कुछ पेड़ खड़े थे। उनकी ऊपरी शाखाएँ हवा के बहाव के साथ सुर में सुर मिला कर धीरे-धीरे गुनगुना रही थीं। वहाँ मैंने वे खंडहर देखे, जो ज़रूर उन मकानों के होंगे जो शुरुआत में इस इलाके में बसने आये लोगों ने बनाये होंगे, और अब उनकी जगह बस मलबे के छोटे-छोटे कुछ ढेरों से ज़्यादा कुछ नहीं बचा था, और उन पर भी खरपतवार—तीनपतिया, ककरौंधा और बिछूटीपाता छा गये थे। जब मैं बिना छत वाले इन खंडहरों के बीच घूम रहा था, तब मुझे चारों तरफ़ सिर्फ़ सन्नाटे से घिरे होने का अहसास हुआ—न कोई जानवर, न परिंदे—बिल्कुल सुनसान बियाबान।

सन्नाटा ऐसा था कि लग रहा था वही मेरे कानों में गूँज रहा है। लेकिन वहाँ और भी कुछ था जिसकी मौजूदगी का अहसास मुझ पर हावी होता जा रहा था, और वह थी बिल्ली परिवार के जीवों से आने वाली महक।

मैं वहीं एक जगह ठहर गया और ध्यान से हर ओर देखा। वहाँ कोई भी नहीं था मेरे सिवा। न तो कोई सूखे पत्ते हिलने की सरसराहट थी और न ही कोई कंकड़ अपनी जगह से सरकने की आहट। ज़्यादातर खंडहर सिर्फ़ आसमान से पटी बहुत कम ऊँचाई वाली दीवारों की शक्ल में थे, लेकिन एक सड़ कर गली हुई लकड़ी की शहतीरें टूटने से ऐसी जगह बन रही थी जैसे खान में जाने वाली सुरंग हो, और यह अंधेरी गुफ़ा पाताल तक जाने के रास्ते जैसी लग रही थी।

जब मैं उसके मुहाने पर पहुँचा तो वहाँ मांसाहारी जानवर की महक सबसे ज़्यादा महसूस हो रही थी। मैं वहीं ठहर गया और सोचने लगा कि कहीं मैं चीते की माँद की चौखट पर तो नहीं आ पहुँचा हूँ और यह भी सोचता रहा कि हो सकता है कि रात को शिकार करने के बाद चीता वहीं आराम कर रहा हो।

हो सकता है, वह अंधेरे में घात लगाये बैठा मुझे ताक रहा हो, पहचान रहा हो, जान गया हो कि यह तो वही शख़्स है जो जंगल में बिना हथियार लिये अकेला घूमता है।

मुझे अच्छा लगता है जब मैं सोचता हूँ कि वह वहीं होगा, और वह मुझे पहचान गया होगा और उसने मेरे वहाँ जाने को इस तरह लिया होगा जैसे कोई अपने दोस्त के पास जाता है—जैसे उसे मेरे वहाँ होने से कोई फ़र्क ही नहीं पड़ता।

शायद मेरी वजह से इन्सान पर उसका भरोसा पक्का हो गया था, कुछ ज़्यादा

ही भरोसा करने लगा था वह अपने आसपास आने वाले इन्सान पर—ज़रूरत से ज़्यादा लापरवाह हो गया था। लेकिन मैं वहीं ठहर गया, वहीं बाहर ठहर गया। मैं पूरे होश में था। मैं नहीं चाहता था कि चीते से मेरी नज़दीकी बढ़े, बल्कि मेरे मन में तो एक चट्टान से दूसरी चट्टान पर छलांग लगाते उसके गठीली माँस-पेशियों वाले शरीर को एक बार फिर देखने का लालच भी नहीं था। मैं तो बस यह चाहता था कि वह मेरे ऊपर विश्वास करे, और मुझे लगता है भरोसे का यह तोहफ़ा उसने मेरे नाम कर रखा था।

लेकिन चीता इतना नादान होगा कि वह एक इन्सान पर भरोसा करने के बाद वैसा ही भरोसा हर इन्सान पर करने की भूल कर बैठेगा? क्या अपने मन से डर को पूरी तरह निकाल कर—अपने मन में उसका डर, और मेरी वजह से उसके अन्दर से खुद को खतरों से बचाकर रखने का डर निकल गया था, जिससे वह पूरी तरह से असुरक्षित हो गया था?

क्योंकि अगले दिन ढोल पीटते और चिल्लाते शिकारी धारा की ओर से ऊपर बस्ती की तरफ़ आने वाले रास्ते पर चले आ रहे थे। उनके कंधों पर एक लंबा-सा बांस था और उस बांस के बीच में ऊपर पैर बाँधकर चीते के बेजान शरीर को टाँग रखा था और उसका सिर नीचे को झूल रहा था। उसके सिर और गर्दन में गोलियों के घाव थे।

'हमने तुमसे कहा था न कि चीता घूम रहा है!' उनमें से एक ने मुझे देखते ही, बहुत खुशी ज़ाहिर करते हुए चिल्लाकर कहा—'देखो कितना बढ़िया है यह?'

'हाँ,' मैंने कहा। 'बहुत सुंदर चीता था यह।'

मैं सुनसान जंगल के रास्ते घर की ओर चल दिया। बहुत सन्नाटा था। ऐसा लग रहा था जैसे सारे परिंदे और जानवर जान गये हों कि इन्सान ने उनका भरोसा तोड़ा है।

मैं खड़ी चढ़ाई वाले सुनसान रास्ते पर अकेला अपने घर की ओर चला जा रहा था, और फ़िल्म 'हाथी मेरे साथी' के गीत के बोल मेरे मन में गूँज रहे थे—

जब जानवर कोई इन्सान को मारे
कहते हैं दुनिया में वहशी उसे सारे,
एक जानवर की जान आज इन्सानों ने ली है
चुप क्यों है संसार?

गूँजे बाघ की दहाड़

गंगा के बायें किनारे पर, जहाँ वह हिमालय की निचली पहाड़ियों से बाहर निकलती है, वहाँ काफ़ी दूर तक घना जंगल है। जंगल के छोर पर गाँव हैं जिनमें जंगल से बांस काटकर गुज़ारा करने वाले और किसान बसते हैं, लेकिन वहाँ ऐसा कुछ नज़र नहीं आता कि जिससे वहाँ काम-धंधा करने वालों और तीर्थयात्रियों के वहाँ होने का पता चले। पिछले सत्तर सालों के दौरान शिकारियों ने ज़रूर इस इलाके को शिकार के लिए एक बेहतरीन जगह के तौर पर इस्तेमाल किया है। नतीजतन, अब इस इलाके में उतने जानवर नहीं रह गये हैं, जितने पहले थे। पेड़ भी धीरे-धीरे कम होते जा रहे हैं। और जैसे-जैसे जंगल पीछे सरकता जा रहा है, जानवरों के खाने और रहने की जगह भी कम होती जा रही है, जिससे कि वे हिमालय की तलहटी वाली निचली पहाड़ियों की ओर जाने को मजबूर हो रहे हैं। धीरे-धीरे उनके जीने का हक ही छिनता जा रहा है।

सिर्फ़ हाथी ही तैर कर नदी पार कर सकते हैं, और दो साल पहले जब शरणार्थियों की बस्ती बसाने के लिए जंगल के एक बड़े से हिस्से का सफ़ाया किया गया था, तब अपनी पसंदीदा खाने की चीज़ें, ताज़े-नर्म बांस की कमी पड़ने पर हाथियों का एक झुंड नदी पार कर गया था। वे हरिद्वार के बाहरी इलाके में घुस गये। एक कारखाने की दीवार तोड़ डाली, कई मकानों की टीन की छतें उखाड़ दीं, एक रेलगाड़ी के रास्ते में रुकावट पैदा की, और अपने पीछे तबाही का एक सिलसिला छोड़ते हुए तब तक आगे बढ़ते रहे जब तक कि उन्हें एक ऐसा जंगल नहीं मिल गया जहाँ तब तक इन्सानों की कोई दखलअन्दाज़ी नहीं थी।

वहाँ उन्होंने नये सिरे से ज़िन्दगी शुरू तो की, लेकिन उन्हें यह नहीं पता था कि सब कुछ कब तक ठीक चलेगा। उन्हें नहीं पता था कि कब इन्सान ट्रैक्टर, बुल्डोज़र और डायनामाइट के साथ वहाँ आ पहुँचेंगे।

एक ज़माना था जब गंगा के किनारे वाले जंगल में तीस या चालीस बाघों

के लिए खाने और रहने का ठिकाना हुआ करता था, लेकिन अपने घरों में उनकी खाल सजाकर शान बघारने के लिए इन्सान ने चुन-चुन कर उन सब को गोलियों का शिकार बना डाला। और अब, जंगल में बस एक बूढ़ा बाघ बचा था। कई शिकारियों ने उसे मारने की कोशिश की थी, लेकिन वह एक समझदार और चालाक बाघ था जो इन्सान के तौर-तरीकों को खूब समझता था, और इसीलिए अब तक जान लेने की तमाम कोशिशों के बावजूद वह बच जाता था।

हालाँकि बाघ की जवानी के दिन बीत चुके थे, लेकिन उसकी शान में ज़रा भी कमी नहीं आयी थी। सुनहरी पीली खाल के नीचे उसकी माँसपेशियाँ अब भी फड़कती थीं, और ऊँची-ऊँची घास के बीच वह ऐसी शान से चलता था जैसे उसे मालूम हो कि वह इलाके का राजा है, भले ही उसकी प्रजा के नाम पर गिनती के जानवर बचे हों। उसका बड़ा-सा सिर हरियाली के बीच से आगे बढ़ता रहता था, और दूर-दूर तक फैली घास के बीच कभी-कभी सिर्फ़ उसकी ऊपर को उठी पूँछ ही नज़र आती थी।

वह पानी की ओर चल पड़ा था। उस बड़े से तालाब की ओर, जो बारिश के मौसम में झील जैसा बन जाता था, लेकिन बसंत के आखिर तक सिकुड़ कर कीचड़ से भरा दलदल भर रह जाता था। जंगल में उस जगह के अलावा और कहीं पानी नहीं था, अगर आप नदी को छोड़ दें, जो कि जंगल से कई मील दूर बहती थी।

जंगल के सभी जानवर इसी जगह पानी पीने आते थे, दिन और रात के अलग-अलग प्रहर में। लंबे-लंबे सींगों वाले सांभर, नाज़ुक चीतल, बारासिंघे, लकड़बग्घे और सियार, जंगली सुअर, तेंदुए और इकलौता बाघ। हाथियों के उस इलाके से चले जाने के बाद से तालाब का पानी आमतौर पर साफ़ रहता था, और जब पास वाले गाँव की भैंसें उसमें लोटने आ जाती थीं, तब पानी खूब मटमैला हो जाता था। ये भैंसें हालाँकि जंगली नहीं थीं, फिर भी वे तेंदुओं, और यहाँ तक कि बाघ से भी डरती नहीं थीं। उन्हें मालूम था कि तेंदुए उनके बड़े-बड़े सींगों से डरते हैं, और बाघ हिरन का माँस पसन्द करता है।

एक दिन तालाब के एक किनारे पर कई सांभर मौजूद थे, लेकिन वे ज़्यादा देर वहाँ ठहरे नहीं। हवा के साथ बाघ की गंध आ रही थी, और बाघ की तेज़ गंध को पहचानने में कोई चूक नहीं होती। हिरन कुछ पल तक अपने सिर ऊँचे उठाए रहे। उनके नथुने अचानक फैल-सिकुड़ रहे थे। और अचानक ही वे जंगल की ओर दौड़ पड़े और बिखर कर पत्तों और बांस की आड़ में गुम हो गये।

जब बाघ वहाँ पहुँचा, तब पानी के आसपास कोई भी जानवर नहीं था। परिंदे ज़रूर थे। बगुले उथले पानी में टाँगें डाले खड़े रहे और मछलीखोर तीर सी तेज़ी

के साथ पानी की सतह के पास पहुँचा और अचानक उसने पानी में गोता लगा दिया। उसके पंखों का नीला और नारंगी-सुनहरा रंग चटक था। और जब वह पानी से निकला तो उसकी चोंच में एक छोटी-सी रुपहली मछली थी, जो धूप में किसी रत्न जैसी चमक रही थी। कुमुदनियों के बीच लहराते हुए जाता एक लंबा-सा भूरा साँप, जो बीच-बीच में नज़र आता था, उथले पानी में पड़े सड़ते हुए पेड़ के तने के नीचे जाकर आँखों से ओझल हो गया।

बाघ एक चट्टान के साये में इंतज़ार करता रहा। किसी अनजान आहट को पकड़ने के लिए उसके कान हिल-हिल जाते थे, क्योंकि उसे मालूम था कि वह एक ऐसी जगह है जहाँ कभी-कभी इन्सान बन्दूकें लेकर उसके लिए घात लगाते हैं, क्योंकि वह उसकी खूबसूरती--उसकी धारियों और चमड़ी की सुनहरी रंगत, बेहतरीन दाँत, मूँछों और शाही सिर के कायल हैं। वह उसके सिर में भूसा भरकर, खौफ़नाक आँखों की जगह काँच जड़ कर उसकी खाल को दीवार पर सजाना चाहते हैं ताकि वह जंगल के राजा पर अपनी जीत की शेखी बघार सकें।

उसका शिकार करने की कोशिश पहले भी की जा चुकी थी, इसलिए बाघ आमतौर पर दिन के उजाले में खुले में नहीं जाता था। लेकिन काफ़ी समय से वहाँ बन्दूक की आवाज़ नहीं गूँजी थी। और अगर शिकारी आसपास होते तो बन्दूक की आवाज़ भी ज़रूर होती (क्योंकि अगर आदमी के पास बन्दूक होती है, तो वह उसे चलाये बिना नहीं रह सकता, चाहे किसी खरगोश को निशाना बनाये या किसी दूसरे आदमी को)। इसके अलावा बाघ को प्यास भी लगी थी।

साथ ही उसे गर्मी लग रही थी। मार्च का महीना था, और गर्मी के मौसम में छायी रहने वाली धूल की धुंध समय से पहले छाने लगी थी। बिल्ली के परिवार के दूसरे जानवरों से अलग, बाघों को पानी में अच्छा लगता है। दिन गर्म हो, तो वे घंटों पानी में पड़े रहते हैं।

उसने अपने कदम बढ़ाए, और पानी में घुस गया और धीरे-धीरे पानी पीता भी रहा। खाने और पीने में उसने शायद ही कभी जल्दबाज़ी की होगी। दूसरे जानवर भले ही हड़बड़ी में अपना खाना खाएँ, लेकिन बाघ बाघ ही होता है, उसे अपनी शान का ध्यान रखना होता है, भले ही खुद उसे इसका कोई गुमान न हो।

उसने सिर को ऊँचा उठाया और अपना एक पाँव हवा में उठाए रखकर ध्यान से कुछ सुनने लगा—हवा के साथ एक अजीब-सी आवाज़ उसके कानों तक आ पहुँची थी, और अजीब आवाज़ों पर उसे शक होता था। इसलिए वह तेज़ी से झील के किनारे-किनारे फैली ऊँची घास की आड़ में चला गया, और एक छोटी-सी पहाड़ी पर चढ़ता गया, जब तक कि वह अपनी पसन्दीदा जगह, एक चट्टान पर नहीं

पहुँच गया। यह चट्टान इतनी बड़ी थी कि वहाँ उसके लिए छुपने और धूप से बचने की काफ़ी जगह थी।

झील के पास से देखने वाले को ऐसा लगता था कि चट्टान पर एक गुमड़ा-सा है जबकि वह बाघ का सिर था। जिसे वह बिल्कुल भी हिला-डुला नहीं रहा था।

उसने जो आवाज़ सुनी थी, वह एक बाँसुरी की तान थी—जो जंगल में कुछ ज़्यादा ही बारीक और बेसुरी-सी लग रही थी। वह रामू की बाँसुरी की आवाज़ थी। साँवला और दुबला-सा लड़का रामू, जो भैंस पर सवार होकर बड़े जोश से बाँसुरी बजा रहा था। श्याम, जो कि उससे थोड़ा-सा छोटा था, झुंड बनाकर चल रही बाकी भैंसों के पीछे एक दूसरी भैंस पर सवार था।

उस झुंड में करीब आठ भैंसें थीं जो रामू और श्याम नाम के दो दोस्तों के परिवारों की थीं। वे दोनों गूजर समाज के थे—जो घुमक्कड़ किस्म के लोग होते हैं, गुज़ारे के लिए भैंसें पालते हैं और दूध-मक्खन बेचते हैं। लड़के करीब बारह साल के थे, लेकिन अगर उनसे पूछा जाए तो वे अपनी उम्र बता नहीं सकते थे, क्योंकि उनके गाँव में लोगों को नहीं लगता था कि अपनी पैदाइश की तारीख जानना भी ज़रूरी है। लड़के उम्र में बाघ जितने बड़े थे, लेकिन बाघ बूढ़ा और तजुर्बेदार था, जबकि लड़के अभी उम्र के कच्चे थे।

बाघ ने उन्हें तालाब पर कई बार देखा था और उनकी मौजूदगी से उसे कोई दिक्कत नहीं थी। उसे मालूम था कि जब तक वह भैंसों को नुकसान नहीं पहुँचाता तब तक गाँव वाले भी उसे कोई नुकसान नहीं पहुँचाएँगे। एक बार जब वह इतना बूढ़ा नहीं था, तब उसने एक भैंस को मार दिया था। उसने भूख की वजह से भैंस को नहीं मारा था, बल्कि इसलिए मारा था क्योंकि वह उम्र का कच्चा था और अपनी ताकत का जायज़ा लेना चाहता था। और उसके बाद गाँव वालों ने कई दिनों तक भालों, तीर-कमानों और आगे से भरी जाने वाली बन्दूक से लैस होकर उसका पीछा किया था। अब जबकि जंगल में उतने ज़्यादा हिरन नहीं रह गये थे जैसे पहले थे, फिर भी वह भैंसों से दूर ही रहता था।

लड़कों को पता था कि जंगल में एक बाघ रहता था, क्योंकि उन्होंने उसे अक्सर दहाड़ते सुना था, लेकिन उन्हें यह अन्दाज़ा नहीं था कि वह इतने नज़दीक हो सकता है।

बाघ ने अपनी चट्टान से नीचे नज़र डाली तो आठ मोटी-तगड़ी काली-काली भैंसों को देख जैसे अपने आप से ही उसके गले की गहराई से दबी आवाज़ में आह-सी निकल गयी। लेकिन वहाँ लड़के थे, और इसके अलावा, एक भैंस को मारना आसान नहीं था।

उसने वहाँ से चले जाने का मन बनाया, तय किया कि जंगल के अन्दरूनी हिस्से में कहीं ठंडी छाँव वाली जगह तलाशेगा, जहाँ गर्म दोपहरी में आराम कर सके, और मच्छर-मक्खियों से बच सके जिनकी झील के किनारे भरमार थी। और रात को वह शिकार करेगा।

कुछ आलस, और कुछ ठिठोली के अन्दाज़ में—'आ-ऊँह!' की आवाज़ के साथ वह उठा और जंगल में चला गया।

बाघ कितनी भी नज़ाकत से दहाड़े, उसकी आवाज़ आधा मील दूर तक तो सुनायी देती ही है, और लड़के तो बमुश्किल पचास गज़ दूर थे, उन्होंने फ़ौरन ऊपर को देखा।

'वह जा रहा है!' अपनी बाँसुरी से छोटी-छोटी पहाड़ियों की तरफ़ इशारा करते हुए रामू बोला। उसे डर नहीं लग रहा था, क्योंकि उसे पता था कि इस बाघ को इन्सानों में कोई दिलचस्पी नहीं थी। 'क्या तुमने उसे देखा?'

'मैंने उसकी पूँछ देखी, और फिर वह आँखों से ओझल हो गया। बड़ा-सा बाघ है वह!

'उसे बाघ मत कहो। उसे मामा या महाराज कहो।'

'अच्छा। लेकिन क्यों?'

'क्या तुम्हें पता नहीं है कि बाघ को बाघ कहना अशुभ होता है? मेरे पिता जी हमेशा मुझे यही बताया करते थे। लेकिन अगर तुम्हें कभी बाघ मिल जाये, और तुम उसे मामा कह दो, तो वह तुम्हें बिना कोई नुकसान पहुँचाए अपने रास्ते चला जायेगा।

'मैं कोशिश करूँगा ऐसा करने की, और इस बात को याद रखूँगा,' श्याम ने कहा।

अब तक भैंसें पानी के अन्दर जा चुकी थीं, और कुछ तो कीचड़ में घुस गयी थीं। भैंसों को नर्म-मुलायम कीचड़ में अच्छा लगता है और वे घंटों उसमें पड़ी रह सकती हैं। कीचड़ जितनी पतली हो उतना अच्छा। कहीं उसकी भैंस उसे अपने साथ कीचड़ में न ले जाये, इसलिए रामू उसकी पीठ से पानी में कूद गया। घुटनों तक पानी में होकर वह पानी के बीच एक छोटे से टापू पर पहुँचा जो पानी वाली घास और कुमुदनियों से घिरा था। श्याम उसके पीछे-पीछे था।

टापू के एक हिस्से में उगी घास पर वह सपाट पेट के बल लेट गये, और अपने नंगे सांवले बदन धूप में सेंकते रहे।

दोनों में रामू ज़्यादा जानकार लड़का था, क्योंकि वह अपने पिता के साथ कई बार हरिद्वार और देहरादून तक हो आया था। श्याम कभी गाँव से बाहर भी नहीं गया था।

श्याम बोला, 'इस साल तालाब ज़्यादा नहीं भरा है।'

'इस बार जनवरी के महीने से अब तक बारिश भी तो नहीं हुई,' रामू ने कहा। 'अगर जल्दी बारिश नहीं हुई तो झील पूरी तरह सूख सकती है।'

'और तब हम क्या करेंगे?'

'हम? मुझे नहीं मालूम। गाँव में एक छोटा-सा कुआँ है, लेकिन वह भी सूख सकता है। मेरे पिता जी ने बताया था कि वह एक बार सूख चुका है, जिस साल मैं पैदा हुआ था। तब हर किसी को पानी लाने के लिए दस मील चल कर नदी तक जाना पड़ता था।'

'ऐसे में जानवरों का क्या होगा?'

'कुछ यहीं रहेंगे और मर जाएँगे। कुछ पानी के लिए नदी तक पहुँचेंगे। लेकिन अब नदी के पास बहुत ज़्यादा लोग रहने लगे हैं—मंदिर, मकान और कारख़ाने हैं—जिससे जानवर वहाँ जाने से कतराते हैं। और पेड़ भी कट गये हैं, जिससे जंगल और नदी के बीच छुपने की कोई जगह नहीं बची है। जानवर खुली जगह में जाने से डरते हैं। उन्हें इन्सान और बन्दूक का डर लगा रहता है।'

'रात को भी?'

'रात को लोग सर्चलाइट लेकर जीप में आते हैं। वे माँस के लिए हिरनों को मारते हैं और बाघ तथा तेंदुए की खालें बेच देते हैं।'

'मुझे तो पता भी नहीं था कि बाघ की खाल की भी कोई कीमत होती है।'

'उनकी खाल की कीमत हमारी चमड़ी से भी ज़्यादा होती है,' रामू ने जान-बूझ कर कहा। 'उसके छह सौ रुपये तक मिल सकते हैं। हमारी चगड़ी के लिए इतनी बड़ी रकम कौन देगा?'

'हमारे बाप देंगे।'

'सही कहा—अगर उनके पास इतना पैसा हो तो।'

'अगर मेरे पिता अपने खेत बेच दें तो उन्हें छह सौ रुपये से ज़्यादा मिल जाएँगे।'

'सच है। लेकिन अगर वह अपने खेत बेच दें, तो तुम्हारे घर में किसी को खाने को भी नहीं मिलेगा। आदमी के लिए ज़मीन उतनी ही ज़रूरी है जितना बाघ के लिए जंगल।'

'हाँ,' श्याम ने कहा। 'और इस बात से मुझे याद आ गया कि मेरी माँ ने मुझसे कुछ जड़ें घर लेकर आने के लिए कहा था।'

'मैं तुम्हारी मदद करूँगा।'

वे दोनों झील के गहरे वाले हिस्से की ओर तब तक बढ़ते गये जब तक पानी उनकी कमर तक नहीं आ गया। फिर उन्होंने कुमुदनी के पौधों को जड़ों समेत

निकालना शुरू किया। कुमुदनी के फूल सुंदर होते हैं, लेकिन गाँववालों के लिए उनकी जड़ें ज़्यादा काम की होती हैं। उन्हें पका कर एक सब्ज़ी बनायी जाती है, जिसका स्वाद भी बढ़िया होता है और उसे खाने से ताकत भी आती है। कुमुदनी के पौधे तेज़ी से फैलते हैं, और उनकी कभी कमी नहीं पड़ती। जिस साल गाँव में अकाल पड़ा था, उस साल सिर्फ़ कुमुदनी की जड़ों की बदौलत कई लोग भूखों मरने से बचे थे।

जब श्याम और रामू जड़ें इकट्ठी कर चुके, तब वे पानी से निकल आये और फिर एक-दूसरे के साथ कुश्ती लड़ते हुए वक्त उन्होंने बिताया। चिकनी मिट्टी में फिसल-फिसल कर जल्दी ही वे सिर से पाँव तक कीचड़ से सन गये।

कीचड़ साफ़ करने के लिए उन्होंने फिर से पानी में छलांग लगा दी और तैर कर दूसरी ओर अपनी भैंसों तक जा पहुँचे। फिर उछल कर उनकी पीठ पर बैठ गये, और उनकी मोटी खाल में अपनी एड़ियाँ गड़ा कर लड़कों ने झील के दूसरे सिरे तक उनकी दौड़ लगवा दी और इतना चिल्लाते शोर मचाते रहे कि वहाँ से सारे परिंदे डर कर उड़ गये, और ढाक के पेड़ों में बन्दरों ने तरह-तरह की आवाज़ों का सिलसिला छेड़ दिया।

मार्च के महीने में ढाक यानी टेसू के पेड़ चटक सिंदूरी और नारंगी फूलों से लद कर दहकने से लगते हैं।

जब भैंसों के झुंड ने आखिरकार घर की ओर कूच किया तब शाम हो चली थी और धुंधलका तेज़ी से अंधेरे में बदलने लगा था, और गाँव के बाहर ही उनके स्वागत के लिए मौजूद थे भौंकते हुए कुत्ते, गुड़गुड़ाते हुए हुक्के और गोबर के उपलों के धुएँ की घर का अहसास कराने वाली गंध।

उस रात बाघ ने शिकार किया—एक हिरन। जिस ओर से हवा चल रही थी, उसके उलटी ओर से वह आगे बढ़ा ताकि बेखबर हिरन उसे आखिरी पलों तक देख न पाये। बाघ के पंजे के एक ही वार में वह नीचे गिर गया, और फिर उस विशाल जीव ने अपने लम्बे नोकीले दाँत हिरन के गले में गड़ा दिये। कुछ ही मिनट में सब कुछ निपट गया। बाघ बेहद तेज़ और ताकतवर था, और हिरन ने बच निकलने की ज़्यादा कोशिश नहीं की।

इतने मासूम जानवर का ऐसा खूनी अंत! लेकिन आप को यह नहीं सोचना चाहिए कि जंगल में हिरन हमेशा मौत के डर में जीते हैं। एक इन्सान ही है जो अपनी कल्पना और ज़िन्दगी के बाद क्या होगा यह सोचता है और मरने से डरता है। जंगल

में कुछ और ही होता है। थोड़े-थोड़े समय बाद अचानक मौत से सामना होता है। जंगल के जानवरों को उसके बारे में सोचना नहीं पड़ता, और इसलिए उनके बीच से एक का अचानक किसी शिकारी जानवर का शिकार बनना एक आयी-गयी सी घटना होती है जिसे बचे हुए जानवर जल्दी ही भूल जाते हैं।

बाघ ने खूब जम कर खाया, अपने शिकार को खाते हुए बीच-बीच में वह खुशी से घुरघुराता हुआ अंतड़ियों को छोड़ माँस को खाता चला गया। जब उस रात उसका पेट भर गया तो उसने लाश को गिद्धों और सियारों के लिए छोड़ दिया। खाने लायक बहुत कुछ बचा रहने पर भी चालाक बूढ़ा बाघ एक बार छोड़ने के बाद कभी अपने शिकार की लाश पर नहीं लौटता था। पहले, जब वह अपने शिकार को खाने दोबारा पहुँचा था, तब अक्सर उसे रायफ़ल थामे उसका इंतज़ार करता हुआ आदमी मिला था।

पेट भर जाने के बाद बाघ जंगल के एक सिरे की ओर चल पड़ा और वहाँ पहुँच कर गुनगुनाते हुए बहती गहरी नदी के दूर तक वीरान पड़े रेतीले किनारे के पार, ऋषिकेश की टिमटिमाती रोशनियों की ओर देखता रहा, फिर अपना सिर उठाकर इन्सानों की दुनिया की अनदेखी करते हुए दहाड़ मारी।

फ़िलहाल उसका कोई साथी नहीं था। पाँच या छह साल पहले उसके साथ एक बाघिन रहती थी। खाल के लिए शिकारियों ने उसे गोली मार दी, और उसके दो बच्चों को जंगली जानवरों का कारोबार करने वालों ने पिंजरों में पकड़ लिया। एक को सर्कस वालों को बेच दिया जहाँ उसे चाबुक की फटकार पर इन्सान का मन बहलाने के लिए करतब सीखने पड़े, जबकि दूसरे को, जो ज़्यादा खुशनसीब था, उसे पहले दिल्ली के चिड़ियाघर में और बाद में अमेरिका के एक चिड़ियाघर में भेज दिया गया।

कभी-कभी जब बूढ़ा बाघ बहुत अकेलापन महसूस करता, तो ज़ोर से दहाड़ता था, और उसके दहाड़ने की आवाज़ सारे जंगल में सुनाई देती थी। गाँववाले सोचते थे कि वह गुस्से से दहाड़ रहा है, जबकि जंगल जानता था कि वह दरअसल अकेलेपन की वजह से दहाड़ रहा है।

उसकी दहाड़ के शान्त होने के बाद, वह चुपचाप खड़ा इंतज़ार करता, कि कोई उसकी दहाड़ का जवाब दे, लेकिन कोई जवाबी दहाड़ नहीं गूँजती थी। उसकी जगह बस सुनने को मिलती थी साल के पेड़ में काफ़ी ऊँचाई पर बैठे बारबेट पक्षी की तीखी पुकार।

फिर सवेरा हुआ, ओस की ताज़गी और ठंडक से सराबोर, और जंगल के बाशिंदों की ज़िन्दगी में फिर हलचल शुरू हो गयी...

जंगली चूहे की मनके जैसी छोटी-छोटी आँखें छोटी-सी भूरी मुर्गी पर टिकी थीं जो अपने दड़बे के पास उगे घास-पौधों के बीच दाना चुग रही थी। इस चूहे का परिवार बड़ा था, जिसके पेट भरने का उसे इंतज़ाम करना था, और चूहा जानता था कि मुर्गी के दड़बे में हल्के भूरे रंग के कई अंडे हैं। वह बड़े हौसले के साथ कोई घंटे भर तक इंतज़ार करता रहा, तब कहीं उसे खाने की तलाश में मुर्गी को दड़बे से दूर जाते देखना नसीब हुआ।

जैसे ही वह गयी, चूहा बिना समय गंवाये मुर्गी के दड़बे पर धावा बोलने निकल पड़ा। दबे पाँव अपने बिल से निकल कर वह झटपट पत्तों के बीच से आगे बढ़ने लगा। वह होशियार तो था, लेकिन उसे यह नहीं पता था कि खुद उसके हर कदम पर किसी की नज़र है।

भूरे नेवले का एक जोड़ा सूखी घास में इधर-उधर कुछ तलाश रहा था। दोनों को बहुत भूख लगी थी, और अंडे उनकी पसंदीदा खाने की चीज़ों में से थे। दोनों नंगी चट्टानों पर पेट के बल चुपचाप पड़े-पड़े चूहे को दबे पाँव आगे बढ़ते हुए बीच-बीच में हवा के साथ आती गंध का जायज़ा लेते ताकते रहे, जब तक कि वह उस बड़ी चट्टान के पीछे नहीं चला गया। चूहा जब दोबारा बाहर निकला, तब वह एक अंडा लुढ़काते हुए अपने बिल की ओर ले जाने की कोशिश कर रहा था।

चूहा बड़ी मुश्किल से अंडे को धकेल रहा था, कभी अपने पंजों से, तो कभी अपनी नाक से। ज़मीन ऊबड़-खाबड़ थी, और अंडा बार-बार रास्ते से इधर-उधर लुढ़क जाता था। उसने तय किया कि किसी की मदद लेनी चाहिए, इसलिए वह भागा-भागा अपनी घरवाली को बुलाने गया। ललचाने के बावजूद नेवला अब भी उस अंडे की ओर नहीं बढ़ा। उसने तब तक इंतज़ार किया जब तक कि चूहा अपनी घरवाली को साथ लेकर लौट नहीं आया। इसके बाद नेवला देखता रहा कि किस तरह चूहे ने अंडे को अपने अगले पंजों के बीच कस कर पकड़ लिया और लुढ़क कर पीठ के बल लोट गया। इसके बाद उसकी संगिनी ने उसकी पूँछ पकड़ी और उसे खींच कर अपने बिल की ओर ले जाने लगी।

पूरी तरह अंडे को ले जाने की जद्दोजहद में डूबे चूहे को पता भी नहीं चला कि कब नेवला उसके नज़दीक आ गया। जैसे ही एक पत्थर के पीछे से दोनों बिन बुलाए मेहमान सामने आये, डर के मारे दोनों चूहों की चीख निकल गयी और वे अंडे को छोड़ अपनी जान बचाने के लिए वहाँ से भागे।

नेवलों ने बिना समय गँवाये अंडे को तोड़ा और उसे चट कर गये। लेकिन कुछ ही पल पहले जिस तरह चूहे को नेवलों के करीब आने का पता नहीं चला था, ठीक वैसे ही नेवलों को नहीं मालूम पड़ा कि कब गाँव का एक लड़का एक

छोटी-सी कुल्हाड़ी और जाल लिए उनकी ओर बढ़ा चला आ रहा है।

रामू भी अंडों की तलाश में था, और जब उसने नेवलों को अंडा खाते हुए देखा, तो वह उन पर नज़र रखने के लिए बिना हिले-डुले वहीं ठहर गया, और उसकी नज़रें उस घोंसले को तलाशती रहीं जहाँ से अंडा आया था। उसे उम्मीद थी कि नेवलों के ज़रिये उसे घोंसले का पता चल जायेगा, लेकिन नेवले अंडे को चट करते ही घास-फूस में चले गये। रामू को खुद ही खोजने के लिए आगे बढ़ना पड़ा। उसे घोंसला नहीं मिला और वह जंगल में आगे चलता गया। चूहा अंडा पाने की एक और कोशिश के बारे में सोचने ही लगा था कि उसे मुर्गी वापस लौटती दिखाई दे गयी और उसकी उम्मीदों पर पानी फिर गया।

अब रामू महुए के पेड़ की ओर चला।

महुए के फूल जानवर तो खाते ही हैं, उन्हें इन्सान भी खा सकते हैं। भालुओं को खासतौर से महुए के फूल बहुत अच्छे लगते हैं, और वे अक्सर बहुत सारे फूल खा जाते हैं। उनके पेट में पहुँचने के बाद इन फूलों में खमीर उठने लगती है जिससे उन्हें नशा हो जाता है। रामू ने अक्सर भालुओं के एक जोड़े को नशे की हालत में लड़खड़ाते हुए आपस में और पेड़ों के तनों से टकराते हुए अपनी गुफ़ाओं की ओर जाते देखा था। भालुओं को पहले ही ज़्यादा दूर का ठीक से दिखाई नहीं देता, और फिर अगर वे नशे में हों तो उनके लिए कुछ भी देखना मुश्किल होता है। लेकिन उनमें सूँघने और सुनने की शक्ति इतनी अच्छी होती है कि आखिरकार वह घर तक पहुँच ही जाते हैं।

रामू ने थोड़े से महुए के फूल चुनने की सोची, और पेड़ पर चढ़ गया। महुआ जब फूलता है, तब उसके पेड़ पर पत्ते नहीं लगते। उसने सफ़ेद-सफ़ेद फूल तोड़-तोड़ कर पेड़ से नीचे गिराने शुरू किये। उसे पेड़ पर चढ़े कोई पाँच मिनट हुए होंगे कि उसे घुरघुराने-भिनभिनाने की आवाज़ सुनायी दी। रामू देखता रहा कि झाड़ियों से बाहर खुली जगह में निकल कर एक छोटा-सा भालू पेड़ के नीचे चला आया है।

छोटा भालू था वह, बच्चे से बस कुछ बड़ा। रामू उससे डरा नहीं। लेकिन यह सोच कर कि कहीं उसकी माँ आसपास न हो, कोई खतरा मोल न लेने के इरादे से, रामू बिल्कुल शान्त बैठकर, भालू आगे क्या करने वाला है यह देखने का इंतज़ार करता रहा। वह मना रहा था कि भालू भूख मिटाने के लिए महुए के पेड़ पर चढ़ने का मन न बनाये।

पहले तो उस छोटे भालू ने अपनी नाक को ज़मीन पर टिकाया और ज़मीन को सूंघते-सूंघते दीमक की बांबी तक जा पहुँचा। वहाँ वह ज़ोर-ज़ोर से अपने नथुनों से हवा निकालने लगा जिससे बांबी के चारों ओर धूल ही धूल हो गयी।

लेकिन भालू को निराशा हाथ लगी क्योंकि बांबी को दीमक पहले ही छोड़ कर जा चुकी थीं। और तब, ऐसी आवाज़ें करता हुआ जैसे वह बड़बड़ा रहा हो, भालू एक ऊँचे से अलूचे के पेड़ तक गया और उसके चिकने तने पर बेधड़क चढ़ता चला गया। वह पेड़ की सबसे ऊँची डालों में से एक पर जा बैठा। तभी उसकी नज़र रामू पर पड़ी।

उसे देखते ही भालू और भी ऊँची डाल पर चढ़ गया, और एक डाल पर पेट के बल लेट गया। वह कोई बहुत मोटी डाल नहीं थी, और डाल के दोनों ओर भालू का शरीर साफ़ दिखायी दे रहा था। भालू ने अपना सिर डाल के पीछे छुपा लिया था, और क्योंकि उसे रामू नहीं दिखायी दे रहा था, तो उसे लग रहा था कि उसे कोई नहीं देख पा रहा है। इसके बावजूद वह बेचैनी से बड़बड़ाता जा रहा था, क्योंकि भालू भी ज़्यादातर दूसरे जानवरों की तरह इन्सान से डरता है।

और जो भी हो, भालुओं के अन्दर अपने आसपास की चीज़ों के बारे में जानने की लालसा भी बहुत ज़्यादा होती है—और इसी के चलते वह खुद को अक्सर परेशानी में डाल देते हैं। धीरे-धीरे, एक-एक इंच करके भालू की नाक और मुँह का अगला हिस्सा डाल के पीछे से नज़र आने लगा। लेकिन जैसे ही आँखें दिखाई दीं, और भालू की आँखें रामू की आँखों से मिलीं, वह झटके से सिर को डाल की आड़ में करके रामू की नज़रों से छुप गया। भालू ने दो-तीन बार ऐसा किया, तो रामू को भी इसमें खूब मज़ा आने लगा। जब भालू उसे नहीं देख रहा था, तब रामू मौका देखकर पेड़ की एक निचली डाल तक उतर गया। जैसे ही भालू ने फिर से देखा और उसे रामू नज़र नहीं आया तो भालू इतना खुश हुआ कि उसने दूसरी डाल पर लगा अलूचा तोड़ने के लिए अपना अगला पंजा आगे बढ़ा दिया। उसी पल रामू की हँसी छूट गयी। भौचक्का भालू डाल से नीचे गिर गया, और कोई पंद्रह फ़ीट की ऊँचाई से कई डालों के बीच से होता हुआ धड़ाम से सूखे पत्तों के ढेर पर गिरा।

और फिर, एक ही समय में बहुत कुछ घट गया। पेड़ों के बीच उस खुली-सी जगह में भालू की माँ हमला करने के इरादे से दौड़ी चली आयी। पेड़ पर रामू को देख, वह भयानक आवाज़ें निकालते हुए अपने पिछले पैरों पर खड़ी हो गयी। अब चौंकने की बारी रामू की थी। गुस्से में आकर तबाही मचाने पर आमादा मादा भालू से ज़्यादा खतरनाक जानवर कम ही होते हैं, और रामू को पता था कि उसके अगले पंजों के एक थपेड़े से उसकी खोपड़ी खुल सकती है। लेकिन इससे पहले कि माँ भालू पेड़ तक पहुँच पाती, एक ज़ोरदार दहाड़ गूँज गयी और बूढ़ा बाघ कुलांचें मारता हुआ पेड़ों के बीच उस खुली जगह में आ गया। वह पास की झाड़ियों के

बीच सोया हुआ था। भरपेट खाना खाने के बाद बढ़िया नींद लेना उसे अच्छा लगता था। और पेड़ों के बीच उस खुली जगह में शोर-शराबा होने से उसकी नींद टूट गयी।

उसका मिज़ाज बिगड़ गया, और उसकी 'आ... ऊँह!' से उसकी नाराज़गी का साफ़ पता चल रहा था। दोनों भालू उस जगह से भाग खड़े हुए, और छोटे वाले की तो चीखें निकल रही थीं।

फिर बाघ उस खुली-सी जगह के बीचोंबीच आ गया, और ऊपर पेड़ पर डर से काँपते रामू की ओर देख कर एक बार फिर दहाड़ा।

रामू पेड़ से गिरते-गिरते बचा।

'आपका दिन अच्छा बीते, मामू!' उसने हकलाते हुए कहा। साथ में, दहशत के मारे उसने खींसें निपोर रखी थीं।

शायद बाघ के लिए यह सब असहनीय था। वह धीरे से गुर्राया और महुए के पेड़ की ओर से मुँह मोड़ कर तेज़ कदमों से जंगल में घुस गया, पूँछ को गुस्से से फटकारते हुए।

उस रात, जब रामू ने अपने माता-पिता और दादाजी को बाघ के बारे में बताया, कि किस तरह उसने उसे मादा भालू से बचाया, तो बाघों की कहानियों का सिलसिला शुरू हो गया—कुछ के भले और कुछ के बदमाश होने के बारे में। घूम-फिर कर बातचीत आदमखोर बाघों पर आ जाती थी, और दादाजी ने दो कहानियाँ सुनायीं, जिनके बारे में वह कसमें खाकर यही कहते रहे कि वे सच्ची हैं, जबकि सुनने वाले उन पर आधा-अधूरा ही भरोसा कर रहे थे।

पहली कहानी इस विश्वास के इर्द-गिर्द घूमती थी कि आदमखोर बाघ का अगला शिकार कौन होगा, यह उस शख़्स की आत्मा बताती है जिसे उसने पहले शिकार बनाया होता है। दादाजी ने बताया कि वह तीन शिकारियों को जानते थे, जो एक इन्सान की लाश के पास बनी मचान पर बैठे थे। जब बाघ आया तो वह मरा हुआ आदमी उठ बैठा और उसने मचान पर बैठे लोगों की ओर अपने दाहिने हाथ से इशारा किया। इसके बाद बाघ कहीं चला गया। लेकिन शिकारियों को पता था कि वह वापस लौटेगा। उनमें से एक आदमी इतना हिम्मती था कि वह पेड़ से उतरा और लाश का दाहिना हाथ उसके शरीर से बाँध दिया। बाद में, जब बाघ लौटा, तो वह लाश फिर उठ बैठी और इस बार बायें हाथ से मचान पर बैठे लोगों की तरफ़ इशारा किया। गुस्से से बौखलाये बाघ ने पेड़ पर छलाँग लगा दी और मचान पर बैठे उसके दुश्मनों को मार डाला।

'और एक बनिया था,' दादाजी ने दूसरी कहानी शुरू करते हुए कहा। 'जो जंगल से घिरे गाँव में रहता था। वह पास के एक गाँव में जाकर उन लोगों से वसूली करना चाहता था जो उसके कर्ज़दार थे। लेकिन सड़क घने जंगल से होकर जाती थी जिसमें एक भयानक आदमखोर बाघ रहा करता था, इसलिए उसे समझ में नहीं आ रहा था कि वह क्या करे। आखिरकार वह एक साधु के पास गया जिसने उसे दो अलग-अलग चूरन दिये। पहले वाले चूरन को खाने से वह किसी भी दूसरे बाघ से निपटने की ताकत रखने वाला एक बड़ा-सा बाघ बन सकता था, जबकि दूसरा चूरन खा कर वह फिर से बनिया बन सकता था।

ये दो चूरन साथ में रख, अपनी सलोनी-सी कम उम्र की बीवी को लेकर वह सफ़र पर निकला। वह अभी जंगल में ज़्यादा दूर नहीं गये थे कि आदमखोर उन्हें सड़क के बीच बैठा मिल गया। पहला चूरन खाने से पहले बनिये ने अपनी बीवी से कहा कि वह जहाँ है वहीं ठहरे, ताकि जब वह बाघ को मारने के बाद लौटे, तो वह उसे दूसरा वाला चूरन दे सके जिससे वह फिर से अपने पुराने रूप में आ जाये।

'देखो, बनिया ने जैसा सोचा था, वैसा ही हुआ, लेकिन सिर्फ़ एक हद तक। पहला चूरन फाँकते ही वह एक बड़ा-सा शानदार बाघ बना गया। ज़ोर की दहाड़ के साथ वह आदमखोर की ओर दौड़ा और कुछ ही देर में उसने अपने दुश्मन को मार डाला। फिर वह अपनी बीवी के पास लौटा। उसके जबड़ों से अब भी खून टपक रहा था।

'बेचारी लड़की बुरी तरह डर गयी और दूसरा वाला चूरन उसके हाथ से छूट कर ज़मीन पर बिखर गया। बनिये को इतना गुस्सा आया कि वह अपनी बीवी पर टूट पड़ा और उसे मार कर खा गया। और बाद में, इस भयंकर बाघ को दोबारा इन्सान न बन पाने की इतनी पीड़ा रही कि उसने सारे इलाके में सैंकड़ों लोगों को मार कर खाया।'

'उसने सिर्फ़ उन लोगों को बख़्शा,' दादाजी ने आँखों में चमक लिए बात आगे बढ़ाते हुए कहा, 'जो उसके कर्ज़दार थे। कोई बनिया कभी किसी कर्ज़ को डूबा हुआ नहीं मानता। और बाघ को अब भी लगता था कि एक दिन वह फिर से इन्सान बन सकेगा, और अपना बकाया वसूल कर सकेगा।'

अगले सवेरे, जब रामू अपने पिता के खेतों की सिंचाई के काम आने वाले कुएँ से लौटा, तो उसने देखा कि बच्चों के एक झुंड ने एक जीप और तीन अजनबी लोगों को घेर रखा है। उनमें से हरेक के पास एक बन्दूक थी और उनके साथ दो सामान ढोने वाले और काफ़ी सारा साज-सामान था।

उन्होंने सुना था कि इलाके में एक बाघ है, और वह उसे गोली का निशाना बनाना चाहते थे।

शिकारियों में से एक व्यक्ति दूसरों से भी कुछ ज़्यादा अलग दिखायी देता था, वह अमेरिका से यहाँ तक आया था। उसने कसम खायी थी कि वह बिना बाघ की खाल लिये इस देश से वापस नहीं जायेगा। उसके साथियों में से एक ने कहा भी कि वह बाघ की खाल दिल्ली में खरीद भी सकता है, लेकिन शिकारी ने कहा कि वह अपने लिये खुद ही शिकार करना पसन्द करता है।

उसके पास खर्च करने के लिए काफ़ी रकम थी, और ज़्यादातर गाँववालों को पैसे की बड़ी ज़रूरत रहती है, इसलिए वे जंगल में जा कर शिकारियों के लिए मचान बनाने के लिये तैयार थे। एक ऊँचे से तून या महोगनी के पेड़ की डालों के बीच एक चबूतरा जैसा बनाया गया जो इतना बड़ा था कि उस पर तीन लोग बैठ सकते थे।

वही एक रात थी जब शिकारियों ने मचान को इस्तेमाल किया। मार्च के आखिरी दिनों में भले ही दिन गर्माने लगते हैं, लेकिन रातें ठंडी ही रहती हैं। शिकारियों ने लापरवाही की और कंबल नहीं लाये, और आधी रात तक उनके दाँत किटकिटाने लगे। रामू ने उनके लिए पेड़ के तने से एक भैंस का बच्चा बाँधा, और घर चले जाने का दिखावा किया, लेकिन घर जाने की बजाय वह उसी इलाके में चक्कर काटता रहा। इस दौरान वह छोटे-छोटे पेड़ों और झाड़ियों पर फटे-पुराने कपड़ों के चीथड़े लटकाता रहा। उसे लग रहा था कि कम से कम इतना तो ज़रूरी है बाघ का कर्ज़ चुकाने के लिए। उसे मालूम था कि बूढ़े और चतुर जंगल के राजा को अगर कपड़े के चीथड़े दिखाई दे गये, तो वह ललचा कर फँसाने के लिए बाँधे गये भैंस के बच्चे से दूर रहेगा—क्योंकि जहाँ इन्सान के कपड़े होंगे वहाँ इन्सान भी होगा।

शिकारियों का रतजगा देर रात तक चला, लेकिन बाघ उनके पेड़ के पास नहीं आया। शायद उसे भूख नहीं लगी थी। या फिर उसने रामू का संदेश समझ लिया था। जो भी हो, पेड़ पर चढ़े लोगों की हिम्मत जल्दी जवाब दे गयी।

उनसे सर्दी नहीं सही जा रही थी। रम से भरा एक फ़्लास्क उनके लिए लाया गया, और बारी-बारी से तीनों को उसमें से पीने का मौका मिला। फिर क्या था, उनका मकसद बदल कर अब बाघ को खत्म करने की बजाय रम खत्म करना हो गया। पहले तो वे बिलकुल चुपचाप थे, लेकिन वे लोग जल्दी ही फुसफुसाकर बातें करने लगे। और जंगल के जानवरों के लिए इन्सान का फुसफुसा कर बातें करना भी भोंपू बजाने से कम नहीं होता।

कुछ ही देर में वे लोग मस्ती में आ गये, और ज़ोर-ज़ोर से बातें करने लगे।

और जब सुबह की पहली किरणें सरकते-सरकते सारे जंगल पर छा गयीं, और रामू अपने दोस्तों के साथ उन बड़े शिकारियों को लेने पहुँचा, तो वह मचान पर गहरी नींद में सोये हुए मिले।

पैर घसीटते हुए गाँव में घुसते समय शिकारी चिड़चिड़े और शर्मिंदा से लग रहे थे।

'इन इलाकों में शिकार के लिये कोई जानवर नहीं बचा है,' अमरीकी शिकारी बोला।

'बाघ के शिकार के लिए यह ठीक समय नहीं था,' दूसरे आदमी ने कहा।

'पता नहीं देश का क्या होगा,' तीसरा बोला।

मौसम, घटिया कारतूस, बाघों की बदली हुई फ़ितरत और जितनी रम वे पी गये, इस सब के बारे में बातें करते, खीज के साथ वह अपनी गाड़ी में बैठ कर चले गये।

गर्मी के दिन आने के साथ ही ऐसा कुछ हुआ जिससे बूढ़े बाघ की शिकार करने की आदतों में बदलाव आया जिससे गाँववाले उसके दुश्मन बन गये।

करीब दो महीने से ज़रा भी बारिश नहीं हुई थी, और जंगल में फैली ऊँची घास हवा के झोंकों के साथ लहराते, सूखे, पीले समुद्र जैसी हो गयी थी। बेघर होने के बाद यहाँ जंगल काटकर साफ़ किये इलाके में बसे कुछ लोगों की लापरवाही से जंगल में आग लग गयी थी। धीरे-धीरे आग जंगल के अन्दरूनी हिस्सों तक फैल गयी, जिसके धुएँ और जलने की चुभने वाली गंध की वजह से बाघ जंगल के बाहरी हिस्से की ओर आने पर मजबूर हो गया। जब रात हुई तब और ज़्यादा लपटें उठने लगीं और जलने की गंध भी बढ़ गयी। बाघ पीछे मुड़ा और झील की ओर चल पड़ा, क्योंकि उसे पता था कि अगर वह तैर कर पानी के बीच उस छोटे से टापू तक पहुँच जायेगा, तो फिर उसे कोई नुकसान नहीं पहुँचेगा।

अगले सवेरे वह टापू पर था, जो आग की पहुँच से दूर था। लेकिन झील के आसपास का माहौल बदल गया था। पहाड़ियों की ढलान घास के जलने से काली पड़ गयी थीं, और ज़्यादातर लंबे-लंबे बांस के झुरमुट गायब हो गये थे। हिरन और जंगली सुअर अपने छुपने की जगह खत्म हो जाने से और आगे पूरब की ओर चले गये थे।

जब आग बुझ गयी और धुआँ छँट गया, बाघ फिर से शिकार पर निकला, लेकिन उसे शिकार के लिए कोई जानवर नहीं मिला। एक जगह उसे एक खरगोश की जली हुई लाश मिली, लेकिन वह माँस उससे खाया नहीं गया। उसने झील का पानी पीया और सारा दिन सोये रहने के इरादे से एक छायादार जगह पर लेट गया।

यह सोच कर कि शायद शाम तक कुछ जानवर लौटें। अगर नहीं लौटे, तो उसे शिकार करने के लिए नया इलाका तलाशना पड़ेगा या फिर कोई नया शिकार तलाशना पड़ेगा।

बाघ ने पाँच और दिन मारने लायक जानवरों की तलाश में बिताये। तब तक उसे इतनी भूख लगने लगी थी कि वह रेंगने वाले कीड़ों और गुबरैलों की तलाश में सड़े हुए पत्तों और जले हुए पेड़ों के ठूंठों को खोदने लगा। जंगल के राजा की शान के खिलाफ़ था यह दौर। लेकिन अब भी वह इस इलाके को छोड़ कर जाने से हिचकिचा रहा था, क्योंकि पूरब की तरफ़ जो जंगल थे उन्हें लेकर उसके मन में गहरा शक और खौफ़ था—वे जंगल जिन्हें तेज़ी से इन्सान की रिहाइश वाला इलाका निगलता जा रहा था। वह उत्तर की ओर जा सकता था, ऊँचे पहाड़ों की तरफ लेकिन उसे जिस लम्बी घास की ज़रूरत थी, वह उन पहाड़ों में नहीं मिलती थी। उन ऊँचाइयों पर कोई तेंदुआ तो बड़े मज़े में रह सकता था, लेकिन बाघ को घने जंगल में कुदरती तौर पर दूसरों की नज़रों से दूर रहना सुहाता है, वह नहीं रह सकता पहाड़ों पर। वहाँ उसे हर वक्त छुपते रहना पड़ता है।

पौ फटने पर बाघ झील पर आया। अब पानी की गहराई बहुत कम हो चुकी थी और काई की एक हरी पर्त उसकी सतह पर छायी हुई थी। लेकिन पानी अब भी पीने लायक था, और बाघ ने उससे अपनी प्यास बुझायी।

वह अपनी पसन्दीदा चट्टान पर पसर गया और किसी हिरन के आने का इंतज़ार करने लगा। लेकिन कोई हिरन नहीं आया। वह उठ कर वहाँ से जाने ही वाला था कि उसे किसी जानवर के उस ओर आने की आहट मिली।

बाघ ने फ़ौरन अपनी जगह से छलांग लगायी और पेट के बल ज़मीन से सट कर बैठ गया। उसकी पीली-भूरी सी धारीदार खाल सूखी घास में खूब घुलमिल गयी थी। कोई भारी-भरकम जानवर झाड़ियों के बीच से आगे बढ़ रहा था। बाघ धैर्य के साथ इंतज़ार करता रहा।

एक भैंसा झाड़ियों से बाहर निकला और पानी तक आया।

भैंसा अकेला था।

बड़ा-सा भैंसा था वह, और उसके लम्बे घुमावदार सींग पीछे की ओर उसके कंधे तक पहुँच रहे थे। वह बड़े आराम से पानी की ओर बढ़ा चला जा रहा था, बाघ की मौजूदगी से पूरी तरह बेखबर।

बाघ उस पर हमला करने से झिझक रहा था। बहुत समय हो चुका था—कई साल पहले—उसने एक भैंस को मारा था, और तब से उसे पता था कि गाँव वाले ऐसा करना पसन्द नहीं करते। लेकिन पेट में भूख से उठते मरोड़ के आगे उसकी सारी झिझक जाती रही। दूसरे दिनों की तरह उस सुबह हवा भी नहीं चल रही थी,

सब कुछ बिल्कुल शान्त था, और बाघ की गंध भी भैंसे तक नहीं पहुँच रही थी। पास के एक पेड़ पर एक बन्दर चख-चख लगाये था, लेकिन उसकी चेतावनी की अनसुनी हो गयी।

छुप-छुप कर झील के किनारे-किनारे पेट के बल रेंगते हुए बाघ पीछे की ओर से भैंसे की ओर बढ़ रहा था।

पानी में रहने वाले परिंदे दोनों ही जानवरों की मौजूदगी के आदी थे, इसलिए उन्होंने कोई शोर नहीं मचाया।

लगातार भैंसे के करीब पहुँचते हुए बाघ ने चारों तरफ़ नज़र दौड़ा कर देख लिया कि कहीं कोई इन्सान या दूसरे भैंसे तो आसपास नहीं हैं। फिर, यह जान कर कि उसके अलावा और कोई नहीं है वहाँ, वह धीरे से आगे बढ़ा। भैंसा तालाब के किनारे उथले पानी में खड़ा पानी पी रहा था कि तभी बाघ ने एक ओर से उस पर हमला कर दिया, और उसकी जांघ में अपने दाँत गहरे गड़ा दिये।

भैंसा मुकाबला करने के लिए घूमा, लेकिन उसके दाहिने पिछले पैर की माँसपेशियाँ कट चुकी थीं, और वह सिर्फ़ कुछ ही कदम बढ़ पाया। लेकिन वह भैंसा था—पालतू जानवरों में सबसे बहादुर। वह डरा नहीं था। वह घुरघुराया, और अपने सींग बाघ की ओर घुमा कर नीचे को किये। लेकिन जंगल के राजा ने बेहद फुर्ती से काम लिया, और भैंसे का चक्कर लगा कर उसके पीछे वाले दूसरे पैर में भी दाँत गड़ा दिये।

पीछे वाले दोनों पैरों से लाचार, भैंसा ज़मीन पर गिर पड़ा। फिर बाघ ने ज़ोरदार हमला बोला, और दाँतों के साथ अपने पंजों को भी इस्तेमाल करते हुए उसने भैंसे के गले में अपने दाँत गहरे गड़ा दिये, और तब तक गड़ाये रखे जब तक कि उसके गले की मोटी वाली नस से खून का फौव्वारा नहीं छूट गया।

भैंसा आखिरी बार देर तक रंभाया, फिर दम तोड़ दिया।

कुछ देर सुस्ताने के बाद बाघ ने जल्दी-जल्दी भैंसे का माँस खाया, लेकिन कई दिनों से भूखा होने के बावजूद वह इतने बड़े भैंसे को पूरा नहीं खा पाया। कम से कम एक बार खाने लायक माँस तो अब भी बचा था। पेट भरने और शरीर में नयी जान लौटती महसूस करने के बाद बाघ उठा और झील के पानी से अपनी प्यास बुझायी। उसने भैंसे की लाश का बचा हुआ हिस्सा खींच कर झाड़ियों में छुपा दिया, ताकि उस पर गिद्धों की नज़र न पड़े। फिर सोने की जगह तलाशने निकल पड़ा।

जब उसे भूख लगती वह भैंसे का मांस खाने आ सकता था।

जब गाँव वालों को पता चला कि एक भैंसा नहीं मिल रहा है, तो वह चिंता में पड़ गये। दूसरे दिन जब रामू और श्याम यह बताने के लिए दौड़े-दौड़े घर आये

कि उन्हें झील के पास बाघ की खायी भैंसे की लाश मिली है, तब परेशान गाँव वालों को गुस्सा आया। उन्हें लगा कि बाघ ने उनके साथ चाल चली है, छल किया है। और उन्हें मालूम था कि एक बार दुधारू जानवर का स्वाद मिल जाने के बाद उन्हें मारने की उसको आदत पड़ जाएगी।

श्याम के पिता कुंदन सिंह का भैंसा था जिसे बाघ ने मारा था। वह बोले कि वह खुद बाघ से निपटेंगे।

'तुम बाघ का क्या हाल करोगे, ये बातें तो अपनी जगह हैं,' कुंदन सिंह की पत्नी बोली। 'लेकिन तुम्हें भी भैंसे को अकेले झील पर नहीं जाने देना चाहिए था।'

'वह पहले भी खुद अकेले जा चुका था,' कुंदन ने कहा। 'पहली बार बाघ ने हमारे जानवर पर हमला किया है। महाराज के अन्दर कोई असुर का वास हो गया है।'

'वह बहुत ज़्यादा भूखा होगा,' श्याम ने कहा।

'ठीक है, हम भी तो भूखे रहते हैं,' कुंदन सिंह ने कहा।

'हमारा सबसे बढ़िया भैंसा था—हमारी सारी भैंसों में अकेला भैंसा।'

'बाघ फिर हमारे किसी जानवर को धर दबोचेगा,' रामू के पिता बोले।

'अगर हम उसे ऐसा करने देंगे, तब न,' कुंदन सिंह ने कहा।

'क्या हमें शिकारियों को बुलवाना चाहिए?'

'नहीं, वे अच्छे शिकारी नहीं थे। बाघ बड़े आराम से उनसे बच निकलेगा। इसके अलावा, समय भी नहीं है। बाघ आज रात फिर भैंसे को खाने आयेगा। हमें खुद ही उसका सफ़ाया कर देना चाहिए!'

'लेकिन कैसे?'

कुंदन सिंह पल भर को अपनी मूँछों के सिरे ऐंठते हुए धीमे से मुस्कुराये, जैसे वह कोई रहस्य छुपा रहे हों, फिर बड़ी शान के साथ, अपनी खाट के नीचे से एक बड़ी पुरानी दोनाली बन्दूक निकाली।

'मेरे पिता ने यह एक अंग्रेज़ से खरीदी थी?' वह बोले।

'यह कब की बात है?'

'जब मैं पैदा हुआ था।'

'और, तुमने इसे कभी चलाया भी है?' रामू के पिता ने पूछा। बन्दूक चलने लायक है, उन्हें इस बात पर शक था।

'देखो, कुछ साल पहले मैंने इससे डाकुओं पर गोली दागी थी। तुम्हें याद है न जब डाकुओं ने हमारे गाँव पर धावा बोला था? और हमारा गाँव चुनने का कष्ट उठाने के लिए उनकी जम कर धुनाई भी हुई थी। जब वे भाग रहे थे, तब

मैंने अपनी बन्दूक से उन पर गोली दागी थी। जब तक वह गंगा नहीं पार कर गये, तब तक दौड़ते रहे!'

'यह तो ठीक है, लेकिन गोली किसी के लगी भी थी?'

'लग जाती, अगर उसी पल किसी की बकरी बीच में न आ जाती। लेकिन उस रात हमने भुने हुए गोश्त की दावत उड़ायी! तुम चिंता न करो, भैया, मुझे पता है कि यह कैसे चलती है।'

रामू के पिता और कुछ और लोगों को साथ लेकर कुंदन सिंह झील की ओर चल पड़े, जहाँ उन्होंने भैंसे की अधखायी लाश से कोई तीस फ़ीट की दूरी पर, एक बड़े पेड़ की डालों में एक नयी मचान बनायी। उन्होंने भैंसे की लाश को बिल्कुल नहीं छेड़ा, क्योंकि उन्हें मालूम था कि अगर बाघ को शक हो गया कि उसके खिलाफ़ कोई चाल चली जा रही है, तो वह पास नहीं आयेगा।

उस शाम, गोधूलि बेला में, कुंदन सिंह और रामू के पिता अपनी कच्ची मचान पर चढ़ गये—रात भर वहीं रहने के इरादे से। फिर, जैसे ही दूर पहाड़ियों के पीछे से चाँद निकला, एक दबी सी 'आ...ऊँह' और उसके बाद देर तक गुर्राने की आवाज़ सुनायी दी, जिससे दोनों चौक उठे।

कुंदन सिंह ने अपनी पुरानी बन्दूक को ज़ोर से पकड़ा, और उनके साथी डर को दूर भगाने के लिए उनके और करीब सरक आये। एक-दो मिनट तक पूरी तरह सन्नाटा छाया रहा—और इस बीच दोनों साँसें थामे सोचते रहे कि अगले पल क्या होगा—और फिर उन्हें पेड़ों के नीचे सूखे पत्तों पर दबे पाँव चलने की आवाज़ सुनायी दी।

अगले ही पल बाघ आगे बढ़ कर खिली चाँदनी में अपने शिकार के पास आ खड़ा हुआ।

पहले तो कुंदन को कुछ नहीं सूझा। वह इतने बड़े और शानदार बाघ को देख कर दंग रह गया था। रामू के पिता ने उसे कोहनी मारी, तब कुंदन ने फुर्ती के साथ बन्दूक को अपने कंधे पर टिकाया, बाघ के सिर पर निशाना साधा, और घोड़ा दबा दिया।

बिजली-सी कौंध और दो बार ज़ोर की धांय-धांय के साथ बन्दूक चली क्योंकि कुंदन ने दोनों नालियों से गोलियाँ दागी थीं। फिर एक बहुत तेज़ दहाड़ गूँजी। एक गोली बाघ के सिर से रगड़ खाती हुई निकल गयी थी।

गुस्से से भरे बाघ ने पेड़ की ओर दौड़ कर उसकी डालों तक पहुँचने की कोशिश की। किस्मत से मचान काफ़ी ऊँचाई पर थी, और बाघ वहाँ तक नहीं पहुँच सका। वह फिर से दहाड़ा और फिर कुलाँचें मारता हुआ जंगल में चला गया।

'क्या बाघ है!' कुंदन सिंह ने आँखें फाड़ते हुए कहा—उनकी बात में आधा खौफ़ था, तो आधी चाहत! 'मुझे ऐसा लग रहा है जैसे मेरा कलेजा पानी-पानी हो गया हो।'

'तुम्हारा निशाना चूक गया,' रामू के पिता ने कहा। 'तुम्हारी बन्दूक बस धमाका करने भर की है, तीर-कमान से ज़्यादा गहरा घाव होता।'

यह बात कुंदन को बुरी लगी। 'नहीं, मेरी गोली लगी है उसे,' वह बोला। 'तुमने उसकी दहाड़ सुनी, या नहीं? अगर उसके गोली न लगती तो इतने गुस्से में होता? अगर वह गोली से बुरी तरह घायल हो गया होगा, तो खुद-ब-खुद मर जायेगा।'

'और अगर उसे थोड़ी-सी चोट लगी होगी, तो वह आदमखोर हो सकता है। तब हम कहाँ जाएँगे?'

'मुझे नहीं लगता कि वह अब कभी इस ओर का रुख करेगा,' कुंदन ने कहा। 'वह इन जंगलों को छोड़ कर चला जायेगा।'

उन्होंने सूरज चढ़ने का इंतज़ार किया, फिर पेड़ से नीचे उतरे। सूखी हुई घास पर उन्हें कुछ बूँद खून दिखाई दिया, लेकिन खून की बूँदों का सिलसिला जंगल में दूर तक नहीं था, जिससे रामू के पिता को लग रहा था कि घाव बहुत छोटा ही होगा।

बन्दूक की गोली बाघ की कनपटी पर लगने की बजाय कपाल की हड्डी के निचले हिस्से में एक गहरी खरोंच मारती हुई निकल गयी थी। उसे ठीक होने में कई दिन लग गये, और इस दौरान बाघ शांत पड़ा रहा। झील की ओर सिर्फ़ तब जाता था जब अंधेरा हो जाता था और उसे बहुत प्यास लगी होती थी।

गाँववालों ने सोचा कि बाघ वहाँ से कहीं चला गया है। रामू और श्याम, और गाँव के कुछ दूसरे युवा दिन में अपनी भैंसों को तालाब पर ले जाने लगे। लेकिन वह हमेशा अपने साथ लाठियाँ और कुल्हाड़ियाँ रखते थे, और इतना ध्यान रखते थे कि कोई भैंस झुंड से अलग न जाए। साथ ही दिन का उजाला रहते-रहते वे घर लौट आते थे।

अब तक जंगल में आग से तबाही हुए कई दिन बीत चुके थे, और गर्म देशों में तबाही के बाद उसकी भरपाई भी जल्दी हो जाती है। आग बुझने के बाद, सूखा मौसम होने के बावजूद जंगल में नये सिरे से ज़िन्दगी पनपने लगी थी।

जब भैंसें कीचड़ वाले पानी में लोट रही थीं, और लड़के घास से ढके छोटे से टापू पर कुश्ती लड़ रहे थे, तब शिकार की तलाश में एक धब्बेदार बाज उनके ठीक ऊपर आसमान में उड़ रहा था। यह इस बात की पक्की निशानी थी, कि कुछ

जानवर जंगल में अपनी जगह वापस लौटने लगे हैं। उसकी पैनी आँखों को नीचे हरियाली के बीच हरकत होती दिखायी दे गयी।

बाज ने अपनी तेज़ नज़रों से जो कुछ देखा वह एक छोटा-सा खरहे का बच्चा था। छोटा-सा बालदार बच्चा, जिसके लम्बे-लम्बे गुलाबी कान उसके शरीर से सटे थे। अगर वह दो बड़े-बड़े पत्थरों के बीच न फुदक रहा होता, तो शायद वह उसकी नज़र में आने से बच जाता। बाज यह देखने के लिए कुछ देर मँडराता रहा कि कहीं उसकी माँ तो आसपास नहीं है, और इस दौरान उसकी समझ में आया कि सिर्फ़ वही नहीं है जिसकी उसके मुलायम माँस पर नज़र है। झाड़ियों के पीछे से एक दुबला-पतला जीव, ज़मीन से सटकर तेज़ी से खरहे के बच्चे की ओर बढ़ रहा था। वह एक पीली जंगली बिल्ली थी जो झुलसी हुई घास में बड़ी मुश्किल से नज़र आयी थी। बड़ी होशियारी के साथ बिल्ली ने खरहे के बच्चे का पीछा करना शुरू किया।

बिल्ली ने खरहे के बच्चे को धर दबोचा। उसकी चीख निकल गयी, लेकिन बिल्ली के बेरहम पंजों ने उसे बीच में शान्त कर दिया। चीख उसकी माँ ने सुन ली थी, जो दौड़ कर मैदान में आ गयी और बिना ज़रा भी डरे सीधे बिल्ली की ओर दौड़ी।

मादा खरहे का हमला ऐसा था जैसे उसकी तैयारी की गयी हो। वह लपक कर बिल्ली के पीछे पहुँची और वहाँ से उसके ऊपर से छलांग लगाकर दूसरी ओर ज़मीन पर गिरी। और ज़मीन पर पैर पड़ते ही उसने पिछले पैरों से पूरे ज़ोर से धूल बिल्ली के मुँह पर उछाल दी। ऐसा उसने लगातार कई बार किया।

ज़मीन से चिपकी बैठी, बौखलायी बिल्ली ने खौखियाते हुए अपने शिकार को उठाया और वहाँ से भाग निकलने की कोशिश की। लेकिन खरहे ने उसके इरादे पर पानी फेर दिया। वह बार-बार छलांग लगाकर धूल उछालती रही, जब तक कि बिल्ली बच्चे को छोड़ माँ पर हमला करने नहीं दौड़ पड़ी।

बिल्ली ने कोई दो दर्जन बार अपने पंजे फैला कर मादा खरहे पर हमला करने की कोशिश की, लेकिन वह इतनी होशियार और फुर्तीली थी कि उन खौफ़नाक पंजों की पहुँच से खुद को बाल-बाल बचाते हुए बिल्ली को बच्चे से दूर ले जाती रही—क्योंकि उसे नहीं मालूम था कि बच्चा पहले ही मर चुका है।

चितकबरे बाज ने देखा कि उसके लिए यह एक मौका है। उसने निशाना साधकर तेज़ी से रोयेंदार बच्चे पर झपट्टा मारा और देखा कि बिल्ली उसकी ओर दौड़ी चली आ रही है और मादा खरहा झाड़ियों में छुपने को भाग रही है। और फिर 'ची ई ई ई' की पुकार के साथ अपनी जीत दर्ज करते हुए वह हवा में उठता गया और चक्कर काटता अपने शिकार के साथ उड़ गया।

लड़कों ने उसकी तीखी पुकार सुनी तो सिर उठाकर देखा कि वह छोटे से रोंयेदार खरहे को अपने पंजों में कस कर जकड़े झील के ऊपर से उड़ा जा रहा था।

'बेचारा खरहा,' श्याम बोला। 'इसकी ज़िन्दगी इतनी ही थी।'

'यह तो जंगल का नियम है,' रामू ने कहा। 'बाज का भी तो परिवार है, जिसके खाने का इंतज़ाम उसे करना होता है।'

'मैं सोचता हूँ कि क्या हम वाकई जानवरों से बेहतर हैं,' श्याम ने कहा।

'शायद हम उनसे थोड़े से बेहतर हैं, कुछ मायनों में,' रामू बोला। 'दादाजी कहा करते थे—''सिर्फ़ दो बातें हैं जो इन्सान को जानवरों से बेहतर बनाती हैं, एक तो वह हँस सकता है और उसके मन में दया का भाव होता है।'' '

अगले दिन, जब लड़के जानवरों को हाँक कर घर ले जा रहे थे, एक भैंस पीछे रह गयी। रामू को तब तक इस बात का अहसास नहीं हुआ जब तक कि उसे पीछे से आती बेहद दर्द भरी रंभाने की आवाज़ सुनायी नहीं दी। उसने पीछे मुड़ कर देखा तो एक बड़ा-सा बाघ छोटे-छोटे बांस के झुरमुट में भैंस को खींचे लिये जा रहा था। उसी समय झुंड की दूसरी भैंसों को भी खतरे का अहसास हो गया और वे डर से घुरघुराते हुए जंगल के उस रास्ते पर आगे भागने लगीं। उन्हें आगे भगाने और अपने दोस्तों को खतरे से आगाह करने के लिए रामू ने मुँह के आगे हाथ लगाकर आवाज़ में उतार-चढ़ाव लाते हुए ज़ोर से पुकार लगायी।

भैंसें रंभाईं, लड़के चिल्लाये, और परिंदे चीखते-पुकारते गये पेड़ों से उड़ गये। जब भैंसों का झुंड जंगल से बाहर निकला तब भगदड़-सी मच गयी। गाँववालों को धूल के गुबार उड़ाते घरों की ओर दौड़ते बौखलाये-घबराये जानवरों के खुरों का शोर सुनायी दिया तो वे समझ गये कि कुछ गड़बड़ है।

'बाघ!' रामू चिल्लाया। 'यहीं आ गया है! उसने एक भैंस को मार दिया है।'

'अब उसे हमारा कोई डर नहीं रहा,' श्याम ने कहा।

'तुमने देखा है कि वह किधर गया है?' कुंदन सिंह ने उनकी तरफ़ दौड़ते हुए पूछा।

'मुझे वह जगह याद है,' रामू ने कहा। 'वह भैंस को बांस के झुरमुटों में खींचकर ले गया था।'

'अब और फ़ालतू समय नहीं है गँवाने के लिए,' उनके पिता ने कहा। 'कुंदन, तुम अपनी बन्दूक उठाओ और दो आदमियों के साथ जाकर झूले वाले पुल के पास घात लगाकर बैठो, जहाँ गरुड़ की धारा गंगा में मिलती है। हम इस तरफ़ से हाँका लगाते हुए आएँगे और बाघ को तुम्हारी तरफ़ खदेड़ेंगे। अगर वह तैर कर नदी नहीं पार करेगा, तो वह हमसे बच कर कहीं नहीं जा पायेगा!'

'बहुत अच्छा! कुंदन ने कहा, और बन्दूक उठाने के लिए लपक कर घर के अन्दर चला गया। श्याम भी उसके पीछे-पीछे था। 'क्या इस बार भी हमारी भैंस थी?' उसने पूछा।

'इस बार रामू की भैंस थी,' श्याम ने कहा। 'खूब दूध देती थी।'

'फिर तो रामू के पिता जंगल में बहुत अच्छी तरह हाँका करेंगे। तुम लोग भी मेरे साथ आ जाओ। हाँका लगाने वालों के साथ जाना तुम्हारे लिए खतरे से खाली नहीं होगा।'

रामू, श्याम और दो आदमियों को साथ लेकर अपनी बन्दूक थामे कुंदन नदियों के संगम की ओर चल पड़ा, जबकि रामू के पिता ने गाँव के करीब बीस लोगों को साथ लिया और रामू के साथ जो लड़के थे, रास्ता दिखाने के लिए उनमें से एक को लेकर उस ओर निकल पड़े जहाँ बाघ ने भैंस को मारा था।

जब उसे लोगों के उसकी ओर आने की आहट मिली, तब भी बाघ अपने शिकार को खाने में जुटा हुआ था। उसे उम्मीद नहीं थी कि उसे इतनी जल्दी कोई परेशान करेगा। गुस्से से हुफ़्फ़ की आवाज़ करते हुए वह दौड़ कर एक बांस के झुरमुट में घुस गया और लम्बी घास और पत्तों के बीच से लोगों को देखने लगा।

ऐसा लगा कि मरी हुई भैंस पर लोगों ने ठीक से ध्यान ही नहीं दिया, लेकिन वह दल के प्रधान को घेर कर खड़े हो गये और अगले कदम के बारे में राय-मशविरा करने लगे। उनमें से कई ने अपने कंधों पर ढोल-डमरू टाँग रखे थे। उनके हाथों में लाठी, भाले और कुल्हाड़ियाँ भी थीं।

जल्दी-जल्दी बातें करने के बाद वे हथेलियों से ढोल पीटते जंगल के ज़्यादा घने वाले हिस्से में घुस गये। कुछ लोग मिट्टी के तेल के खाली पीपे पीट रहे थे। इनसे ढोल से भी ज़्यादा ज़ोर का शोर हो रहा था।

बाघ को शोर अच्छा नहीं लगा, और वह जंगल में और भी अन्दर की ओर चल दिया। लेकिन लोगों के वहाँ से चले जाने की बजाय उन्हें ढोल और टीन पीटने के साथ ज़ोर-ज़ोर से चिल्लाते हुए अपने पीछे जंगल के अन्दर तक आता देख वह हैरत में पड़ गया। लोग अब अकेले या जोड़ी बनाकर अलग-अलग चलने लगे थे, लेकिन कहीं भी वे एक-दूसरे से पन्द्रह गज़ से ज़्यादा दूर नहीं थे। लोगों के इस धीरे-धीरे आगे बढ़ते आधे गोले जैसे घेरे में से बाघ आसानी से निकल कर भाग सकता था। उसके पंजे के एक झपट्टे से उनमें से सबसे ताकतवर आदमी भी ढेर हो सकता था, लेकिन उसका असली मकसद था शोर-शराबे से दूर भागना। आदमी

के पैदा किये गये शोर से वह डरता और चिढ़ता था।

वह कोई आदमखोर बाघ नहीं था, और वह आदमी पर तब तक हमला नहीं कर सकता था जब तक कि वह बहुत ज़्यादा नाराज़, डरा हुआ या मजबूर न हो—और अब तक उसका हाल इतना बुरा नहीं था। उसने छक के खाया हुआ था, और वह बस शांति के साथ आराम करना चाहता था। लेकिन जब तक लोग अपना ज़बर्दस्त शोर-शराबा बन्द नहीं कर देते, तब तक किसी भी जानवर के लिए आराम करना मुश्किल था।

रामू के पिता और दूसरे लोग आवाज़ें निकालते, ढोल पीटते और पौधों को कुचलते एक घंटे तक जंगल में हाँका लगाते रहे। बाघ को ज़रा भी आराम नहीं मिला था। जब भी वह किसी तरह लोगों और अपने बीच अच्छी दूरी बना पाता, और किसी छाँवदार जगह आराम करने के लिए बैठ जाता, पाँच या दस मिनट के अन्दर ढोल और लोगों का शोर पास आ जाता। तब बाघ गुस्से से गुर्रा कर दबे पाँव उत्तर की ओर चल पड़ता, जिधर गरुड़ की धारा गंगा से मिलती है और जंगल की पट्टी लगातार संकरी होती जाती है। दस साल पहले उसके दायें वाले इलाके में भी जंगल हुआ करता था, जिसमें वह छुप सकता था। लेकिन वहाँ इन्सानों और उनके घरों के लिए जगह बनाने की खातिर बहुत पहले ही पेड़ काटे जा चुके थे और अब वह सिर्फ़ अपने बायें, नदी की ओर बढ़ सकता था।

दिन के बारह बज रहे होंगे जब बाघ आखिरकार खुले में नज़र आया। वह रात के अंधेरे की राह देख रहा था जिसमें वह खुद को सुरक्षित महसूस करता था, क्योंकि दिन का उजाला उसका दुश्मन था। कुंदन और दूसरे लड़कों ने उसे खुले में धीरे-धीरे जाते देखा और एक ओर से आती सूरज की किरणों में उसकी खाल चमक मार रही थी। वह कभी किसी पेड़ के साये में होता तो कभी कम ऊँचाई वाली मूंझ के बीच, लेकिन वह अब भी कुंदन की बन्दूक की पहुँच से बाहर था। लेकिन हाँका लगाने वालों के घेरे से उसके निकल जाने का कोई डर नहीं था, क्योंकि रास्ता रोकने के लिए गाँव के चुने हुए आदमी लगे थे। वह कुछ झाड़ियों के पीछे जाकर आँखों से ओझल हो गया, लेकिन जल्दी ही फिर नज़र आया, उलटे पाँव लौटता। हाँका लगाने वालों ने अपने काम को बखूबी अंजाम दिया था। वह अब उन चट्टानों से डेढ़ सौ गज़ दूर रह गया था जहाँ कुंदन सिंह उसका इंतज़ार कर रहा था, और वह बहुत बड़ा नज़र आ रहा था। बाघ को जिस जगह खदेड़ने के लिए हाँका लगाया गया था, और नदी के बहाव की तरफ़ किनारे-किनारे जाने का रास्ता पूरी तरह बन्द था, इसलिए बाघ ने मूंझ की उस पट्टी का रुख किया। कुंदन सिंह इस उम्मीद में था कि उसे बाघ का सिर जल्दी ही बस कुछ ही गज़ दूर खुले में

दिखाई दे जाएगा। हाँका करने वाले अब और भी तेज़ शोर मचा रहे थे, चिल्लाते और ढोल-ताशे पीटते, लेकिन कहीं कोई हरकत नहीं हुई। दूर से यह सब देख रहा रामू सोचने लगा—'क्या वह हाँका लगाने वालों के घेरे से निकल गया है?' बल्कि उसे महसूस होने लगा था कि ऐसा ही हुआ होगा।

टीन-कनस्तर और ढोल-ताशे बजते रहे। कुछ आदमियों ने बाघ की तलाश में अपने भाले और लम्बे-लम्बे बांस सरकंडों के बीच घुसा-घुसा कर टटोले। शायद इन्हीं में से किसी का हथियार निशाने पर था, क्योंकि अचानक बाघ गुस्से से उठा और गुर्राते हुए वह उथले पानी और कीचड़ में छपाके मारता सरकंडों के पीछे से निकला।

कुंदन सिंह ने गोली चला दी, जो बाघ की जांघ पर लगी।

इतना बड़ा बाघ लड़खड़ा गया, लेकिन अगले ही पल संभल भी गया, और हाँका लगाने वालों के सिकुड़ते हुए घेरे के बीच जगह देख कर तेज़ी से निकला और नदी पार करने के अकेले रास्ते, झूलते हुए पुल की ओर बढ़ा जहाँ से पहाड़ों की ओर, और उनके भी आगे जाने का रास्ता जाता था।

'अब यह हम से बच कर नहीं जा सकता,' कुंदन अपनी बन्दूक तानते हुए बोला। 'वह खुले में जो आ गया है!'

घायल बाघ झूलते पुल पर आगे को बढ़ा तो पुल हिचकोले खाने लगा। कुंदन ने गोली दागी, और इस बार गोली बाघ के कंधों को रगड़ती हुई निकल गयी। वह तेज़ी से आगे को दौड़ा, लेकिन झूलते पुल के पटरों पर उसके पैर जम नहीं रहे थे। वह फिसला और उमड़-घुमड़ कर बहती नदी की तेज़ धारा में सिर के बल जा गिरा।

एक बार वह पानी की सतह पर आया, लेकिन दोबारा धारा में समा गया और तब सतह पर कुछ पल के लिए दिखायी दी उसके खून की लालिमा।

कुंदन और उसके साथी यह देखने के लिए नदी के बहाव की ओर दौड़े कि कहीं मरा हुआ बाघ नदी के किनारे पर तो नहीं पहुँचा, लेकिन कई मील तक तलाशने के बावजूद जंगल का राजा उनके हाथ नहीं लगा।

उसने खुद को किसी शिकारी के हाथ नहीं लगने दिया। उसकी खाल किसी के आसन पर नहीं बिछायी जाएगी, और न ही उसके सिर में भूसा भर कर किसी दीवार पर लगाया जाएगा। उसके नाखूनों को किसी बच्चे के गले में तावीज़ की तरह नहीं लटकाया जाएगा। और न कोई गाँववाला उसकी चर्बी को गठिया की दवा के तौर

पर इस्तेमाल कर सकेगा।

पहले तो गाँववालों को तसल्ली हुई कि अब उनकी भैंसों को कोई खतरा नहीं रहा। फिर लोगों ने महसूस करना शुरू किया कि उनकी ज़िन्दगी से कहीं कुछ खो गया था। जंगल की ज़िन्दगी में कुछ कमी आ गयी थी; और वे महसूस करने लगे कि जंगल अब जंगल नहीं रह गया था। जंगल पहले से ही साल-दर-साल सिकुड़ता जा रहा था, लेकिन जब तक बाघ था, और गाँववालों को रातों को उसकी दहाड़ सुनायी देती थी, तब तक उन्हें भरोसा था कि वह घुसपैठियों और नये-नये लोगों से बचे हुए हैं जो पेड़ काटने आते हैं और ज़मीन पर कब्ज़ा कर लेते हैं, जिससे बाढ़ का पानी गाँव में आ जाता है। लेकिन अब जब बाघ नहीं रहा था, तब ऐसा लग रहा था जैसे उनकी हिफ़ाज़त करने वाला, जंगल पर खतरे मँडराते छोड़ कर चला गया हो, जिसे आसानी से नुकसान पहुँचाया जा सकता था, तबाह किया जा सकता था। और एक बार अगर जंगल तबाह हुआ तो वह भी खतरे में पड़ जाते...

एक और चीज़ थी जो बाघ के साथ चली गयी थी, एक और चीज़ जो खो गयी थी—एक चीज़ जो हर कहीं खत्म होती जा रही थी—वह चीज़ जिसे कहते हैं बड़प्पन, मर्यादा या कुलीनता।

रामू को याद थी वह बात जो उसके दादाजी ने कभी कही थी—'बाघ भारत की आत्मा है, और जब आखिरी बाघ खत्म होगा तब भारत की आत्मा भी मर जाएगी।'

लड़के अपने छोटे से मिट्टी के टापू पर पेट के बल लेट गये और ऊपर आसमान में मानसून के बादलों को घुमड़ते हुए देखने लगे।

'हमारे जंगल का राजा मर गया,' श्याम ने कहा। 'अब एक भी बाघ नहीं बचा है।'

'बाघ तो ज़रूर होंगे,' रामू बोला। 'बिना बाघों का भारत कैसे हो सकता है,'

नदी बाघ को बहा कर उसके घर से, जाने-पहचाने जंगलों से, कई मील दूर ले गयी और धारा ने उसे गुनगुनी पीली रेत की एक पट्टी पर ले जाकर छोड़ा, जहाँ वह छाया में पड़ा रहा। वह हिल-डुल नहीं रहा था, लेकिन उसकी साँसें चल रही थीं।

कुछ दूर पर गिद्ध आकर इकट्ठे हो गये। उनमें से कुछ पास के एक पेड़ की डालों पर आकर बैठ गये।

लेकिन बाघ को उतनी चोट नहीं आयी थी, जितना कि पानी में डूबने का असर था। और जब नदी का पानी निकल गया, और धूप की गुनगुनाहट ने उसके बदन में नयी जान पैदा की, तो उसके बदन में हरकत पैदा हुई और उसने पैरों को

फैलाया। उसकी बुझी-बुझी आँखों में चमक लौट आयी। उसने सिर उठाकर पेड़ों और ऊँची-ऊँची घास पर नज़र दौड़ायी।

हौले से उसने ज़ोर लगा कर अपने शरीर को ज़मीन से ऊपर उठाया, और पेट को ज़मीन से सटा कर रेंगते हुए दोपहर की गुनगुनी हवा में झूमती-लहराती घास की ओर बढ़ने लगा। क्या उसे फिर से परेशान किया जायेगा, उसे गोली का निशाना बनाया जायेगा? लेकिन वहाँ आदमी की बू का नाम-ओ-निशान भी नहीं था। बाघ पहले से ज़्यादा हिम्मत के साथ आगे बढ़ा।

वहाँ आदमी की बू न सही लेकिन, वहाँ एक और गंध ज़रूर थी हवा में—एक ऐसी गंध ज़िसे वह तब से पहचानता है जब वह जवान था, ताज़गी और ताकत से भरा था—एक ऐसी गंध जिसे वह भूल-सा गया था, लेकिन पूरी तरह कभी नहीं भूल सकता था—बाघिन की गंध!

उसने अपने सिर को ऊँचा उठाया, और उसके थके हुए शरीर में नयी जान आ गयी। वह पूरे ज़ोर से दहाड़ा और ऊँची घास के बीच एक मकसद के साथ आगे को बढ़ा। जवाब में एक और दहाड़ गूँजी, जो उसके लिए एक पुकार थी, आगे बढ़ने पर ज़ोर देती—एक दहाड़ जिसका मतलब था कि इस धरती पर और बाघ होंगे!

यूँ बच निकला जावा से

सब कुछ बस कुछ ही दिनों के बीच हो गया। अमलतास के पेड़ पर फूल लगने शुरू ही हुए थे कि बताविया (अब जकार्ता) पर बमबारी शुरू हो गयी, और सड़कों पर फैले मलबे पर चटक गुलाबी पंखुड़ियाँ पड़ी मिलती थीं।

हमारे पास खबर पहुँच गयी थी कि सिंगापुर पर जापानियों का कब्ज़ा हो गया है। मेरे पिताजी ने कहा—'मुझे लगता है कि अब उन्हें जावा पर धावा बोल उसे हथियाने में भी देर नहीं लगेगी। जब ब्रिटिश फ़ौजें हार गयीं तो डच सेना की जीत की उम्मीद भी कैसे की जा सकती है!' ऐसा कहने के पीछे उनका मकसद डच लोगों की कमी निकालने का नहीं था, लेकिन वह जानते थे कि उनके पास ब्रिटिश साम्राज्य जैसा पक्का सहारा भी नहीं था। सिंगापुर को पूरब का जिब्रॉल्टर कहा गया था। उसे हार जाने के बाद यूरोपियन समुदाय के दक्षिण-पूर्व एशिया से बाहर जाने के सिवा और कुछ नहीं हो सकता था।

यह 1940 की बात है, जब दूसरा विश्व युद्ध चल रहा था। जावा के लोग इस जंग के बारे में क्या सोचते थे, उसके बारे में मैं अब कुछ भी नहीं कह सकता, क्योंकि तब मेरी उम्र सिर्फ़ नौ साल की थी, और दुनियादारी से मेरा बहुत कम वास्ता था। ज़्यादातर लोग इतना जानते थे कि डच हुक्मरानों की बजाय उनके देश की सत्ता पर जापानियों का कब्ज़ा होगा, लेकिन लड़ाई खत्म होने के बाद जावा की आज़ादी की बात करने वाले भी कम नहीं थे।

हमारे पड़ोस में रहने वाले हारतोनो साहब उन लोगों में से एक थे जो जावा, सुमात्रा और दूसरे द्वीपों को मिलाकर एक आज़ाद मुल्क बनने की बात सोचते थे। वह कॉलेज में प्राफ़ेसर थे और डच, चीनी, जावा की अपनी भाषा के साथ थोड़ी-बहुत अंग्रेज़ी भी बोल लेते थे। उनका बेटा सोनो, तकरीबन मेरा हमउम्र ही था। मेरे जानने वालों में तो वह इकलौता लड़का था जो मुझसे अंग्रेज़ी में बात कर सकता था, शायद इसीलिए हमारा बहुत सारा वक्त साथ गुज़रता था। खाली समय में मैदान

में पतंगें उड़ाना हमारा पसन्दीदा काम था।

बमबारी की वजह से हमारा पतंग उड़ाना बन्द हो गया। दिन हो या रात, जब देखो तब हवाई हमलों के लिए होशियार करने वाले सायरन बजने लगते थे, और हालाँकि शुरू में ज़्यादातर बम हमारे घर से एकाध मील दूर बन्दरगाह के आसपास ही गिरते थे, लेकिन हमें घर के अन्दर ही रहना पड़ता था। अगर जहाज़ों की आवाज़ नज़दीक से आती सुनायी देती थी, तो हम लपक कर पलंग या मेज के नीचे दुबक जाते थे। मुझे नहीं याद है कि छुपने के लिए खंदक भी खोदे गये थे या नहीं। शायद खंदक खोदने का समय मिलता, उससे पहले ही कब्रें खोदने का समय आ गया था। सब कुछ बहुत जल्दी होता चला गया, और ज़ाहिर है, वहाँ के रहने वालों के अलावा हर कोई जावा से दूर चले जाने के लिए बेचैन था।

एक के बाद एक होने वाले हवाई हमले के बीच के शांत समय में जब हम बरामदे में बैठे थे तब सोनो ने पूछा—'तुम कब जा रहे हो?'

'मुझे नहीं पता,' मैंने कहा। 'पिताजी के ऊपर है।'

'मेरे पिता कह रहे थे कि जापानी हफ़्ते भर में यहाँ पहुँच जाएँगे और अगर तब तुम यहाँ हुए तो वे तुम्हें रेलवे लाइन बिछाने के काम में लगा देंगे।'

'रेलवे लाइन का काम करने में मुझे कोई दिक्कत नहीं है,' मैंने कहा।

'लेकिन वे तुम्हें ठीक से खाने को भी नहीं देंगे। सिर्फ़ चावल देंगे जिसमें कीड़े पड़े होंगे। और अगर तुमने ठीक से काम नहीं किया, तो वे तुम्हें गोली से उड़ा देंगे।'

'ऐसा फ़ौजियों के साथ होता है,' मैंने कहा। 'हम कोई फ़ौजी थोड़े ही हैं।'

'वे गैर फ़ौजियों के साथ भी ऐसा ही करते हैं,' सोनो बोला।

घरों के नाम पर मैंने जिन-जिन जगहों को जाना था वे तो सारी की सारी भारत में थीं—पहले पिताजी के साथ और फिर दादा-दादी के साथ। फिर मैं बताविया में क्या कर रहा था? मेरे पिता रबर का कारोबार करने वाली एक कंपनी में काम करते थे—और काम के सिलसिले में उन्हें कई जगह जाना पड़ता था। छह महीने पहले ही उन्हें एक डच कंपनी की साझेदारी में एक नया दफ़्तर खोलने के लिए बताविया भेजा गया था। कुल चार महीने पहले ही मैं अपने पिता के साथ बताविया में रहने आया था। जंग खत्म होने के बाद उनका मुझे लेकर इंग्लैंड जाने का इरादा था।

'लड़ाई में हम जीतेंगे क्या?' मैंने पूछा।

'फ़िलहाल तो ऐसा कुछ होता नहीं दिखाई देता,' उन्होंने कहा।

ऐसा लग भी नहीं रहा था कि हम जीतेंगे।

बन्दरगाह में पिताजी के साथ खड़े होकर मैं सिंगापुर से आने वाले जहाज़ों को देखा करता था जिनमें शरणार्थी भरे रहते थे—आदमी, औरतें और बच्चे, जो तपती धूप के बावजूद जहाज़ के खुले हिस्से में रहने को मजबूर थे। थकान और उदासी से उनके चेहरों का रंग उड़ा हुआ नज़र आता था। उन्हें कोलंबो या बम्बई पहुँचने की आस होती थी। बताविया में कोई जहाज़ छोड़कर किनारे पर नहीं आता था। वहाँ ब्रिटिश हुकूमत तो थी नहीं। डच राज था और हर कोई जानता था कि ज़्यादा दिन डच हुकूमत नहीं रहने वाली थी।

'हम भी तो यहाँ से जाएँगे न?' मैंने पूछा। 'सोनो के पिता कह रहे थे कि जापानी यहाँ किसी दिन भी आ धमकेंगे।'

'अभी हमारे पास कुछ दिन बचे हैं,' पिताजी ने कहा। वह गठीले बदन वाले थे जो किसी बात पर इतनी आसानी से बेचैन नहीं होते थे। अगर वह परेशान होते भी थे, तो दूसरे को पता नहीं चलने देते थे। 'मुझे कुछ काम निपटाने हैं, बस उसके बाद हम निकल चलेंगे,' उन्होंने कहा।

'हम यहाँ से चलेंगे कैसे? इन जहाजों में तो हमारे लिए जगह रह नहीं गयी है।'

'बेशक जगह नहीं बची है। लेकिन, रस्टी, तुम परेशान मत हो, हम कोई न कोई रास्ता निकाल लेंगे।'

मैं परेशान नहीं था। मुझे हर मुश्किल पार पाने की अपने पिता की काबिलियत पर पूरा भरोसा था। वह कहा करते थे—'हर मुसीबत में ही कहीं न कहीं उसका हल छुपा होता है, और अगर ध्यान से देखा जाये तो हमें वह हल मिल ही जाता है।'

सड़कों पर ब्रिटिश फ़ौजी थे, लेकिन उनकी मौजूदगी के बावजूद हमें ऐसा नहीं लगता था कि हमें कोई खतरा नहीं है। वह तो बस इस बात का इंतज़ार कर रहे थे कि कब फ़ौज के जहाज़ आयें, और उन्हें ले जाएँ। ऐसा लग रहा था जैसे जावा को बचाने में किसी को दिलचस्पी नहीं थी। हर कोई बस जल्दी से जल्दी वहाँ से बाहर चला जाना चाहता था।

हालाँकि डच लोगों को जावा वाले पसंद नहीं करते थे, लेकिन यूरोप के लोगों के लिए उनके मन में कहीं नफ़रत जैसी बात भी नहीं थी। सड़कों पर मैं बेखटके घूम सकता था। शहर की भीड़ भरी चीनी बस्ती में कभी-कभार छोटे-छोटे लड़के मुझे देखकर 'ओरांग बलंदी' (डच इन्सान) कहकर आवाज़ें लगाते थे, लेकिन वे

दिल्लगी में ऐसा किया करते थे और मुझे उनकी भाषा इतनी अच्छी तरह नहीं आती थी कि मैं उन्हें सफ़ाई देता कि अंग्रेज़ डच नहीं होते। उनके लिए तो सारे गोरे लोग एक ही होते थे, और यह बात समझ में आती थी।

मेरे पिताजी का दफ़्तर एक नहर के किनारे ऐसे इलाके में था जहाँ दुकानें और दफ़्तर थे। हमारा दोमंज़िला मकान वहाँ से करीब एक मील दूर था। सुर्ख खपड़ैल की छत वाली एक पुरानी इमारत थी वह जिसके चौड़े छज्जों के दोनों ओर पत्थरों के ड्रैगन बने थे। घर के बगीचे में तकरीबन पूरे साल फ़ूल खिलते थे। बताविया में बमबारी के अलावा अगर हमेशा होने वाली कोई चीज़ थी, तो वह थी बारिश जो अमूमन हर रोज़ दिन के तीसरे पहर छत और केले के पत्तों पर टपटपाती रहती थी। जावा की गर्म और उमस भरी आबोहवा में बारिश जब भी हो जाये अच्छी ही लगती थी।

बताविया में हवाई जहाज़ों को मार गिराने वाली ऐंटी एअरक्राफ़्ट तोपें नहीं थीं—कम से कम हमने उनके वहाँ होने के बारे में नहीं सुना था—और बमबारी करने वाले जापानी विमान जब मर्ज़ी होती चले आते थे, और दिनदहाड़े बम गिरा जाते थे। कभी-कभी बम शहर में भी गिर जाया करते थे। एक दिन मेरे पिता के दफ़्तर के बगल वाली इमारत पर बम गिरा और वह ढह कर नहर में समा गयी। उस इमारत के दफ़्तरों में काम करने वाले कितने ही लोग मारे गये।

स्कूल बन्द कर दिये गये, और तब मेरे और सोनो के पास दिन भर घर पर बैठे-बैठे कैरम या डार्ट से निशाना लगाने का खेल खेलने, कालीन पर कुश्ती लड़ने, या ग्रामोफ़ोन सुनने के सिवा कुछ करने को नहीं होता था। हमारे पास ग्रेसी फ़ील्ड्स, हैरी लॉडर, जॉर्ज फ़ॉर्मबी और आर्थर आस्के सरीखे लोकप्रिय ब्रिटिश कलाकारों के रिकॉर्ड थे। आर्थर आस्के ने अपने एक रिकॉर्ड में अडॉल्फ़ हिटलर का मज़ाक उड़ाया था, उसके बोल थे—'अडॉल्फ़, वी आर गॉन्ना हैंग अप यॉर वाशिंग ऑन द सिगफ्रिड लाइन, इफ़ द सिगफ्रिड लाइन 'ज़ स्टिल देयर!' इससे यह जानकर हमें बड़ी खुशी मिलती थी, हमारे ब्रिटेन में लोगों को इस बात का भरोसा है कि जंग वही जीतेंगे!

एक दिन सोनो ने कहा, 'बताविया पर तो बमबारी हो रही है, लेकिन देहाती इलाकों में नहीं हो रही। क्यों न हम साइकिलें उठाएँ और शहर से बाहर चले जाएँ?'

मुझे एकदम से उसकी बात जँच गयी। सुबह जैसे ही खतरा टलने का संकेत देने वाला सायरन बजा, हम अपनी-अपनी साइकिलों पर चढ़ शहर से बाहर की ओर चल पड़े। मेरी साइकिल किराये की थी, लेकिन सोनो की साइकिल उसकी अपनी थी। उसके पास पाँच साल की उम्र से साइकिल थी, और उसमें हमेशा मरम्मत

की ज़रूरत बनी रहती थी। 'इस साइकिल की आत्मा इसे छोड़ कर जा चुकी है,' वह कहा करता था।

हमारे पिता काम पर चले गये थे, और सोनो की माँ कुछ खरीददारी करने गयी थीं (हवाई हमले होने पर वह दुकान के काउंटर के नीचे ऐसी जगह ढूँढती थीं जहाँ छुपना सबसे आसान हो), और उन्हें वापस लौटने में कम से कम एक घंटा तो था ही। हमें उम्मीद थी कि दोपहर के खाने के समय से पहले आ जाएँगी।

हम जल्दी ही शहर से बाहर पहुँच गये, धान के खेतों, अनन्नास के बागानों और उन इलाकों से होकर गुज़रने वाली सड़क पर बढ़ने लगे जो सिंकोना के खेतों से होकर गुज़रती थी। हमारे दाहिने हाथ की ओर हरी-भरी पहाड़ियाँ थीं, और बायीं ओर नारियल के पेड़ों के झुरमुट, और उनके पास समुद्र। धान के खेतों में आदमी और औरतें काम कर रहे थे, घुटनों तक कीचड़ में घुसकर, तपती धूप से बचाव करने वाले चौड़े घेरों वाले टोप पहने। कहीं-कहीं मटमैले पानी की पोखरियों में कोई भैंस लोटती दिखाई दे जाती थी, जिसकी चौड़ी पीठ पर कोई नंगधड़ंग लड़का पसरा होता था।

हम नारियल के पेड़ों के बीच ऊबड़-खाबड़ रास्ते पर आगे बढ़ते जा रहे थे। नारियल के पेड़ ऐन समुद्र के किनारे तक थे। अपनी साइकिलें कंकड़ियों वाले इलाके में छोड़कर हम बारीक रेती वाली चौरस जगह पहुँचे और फिर उथले पानी में उतर गये।

'ज़्यादा अन्दर मत जाओ,' सोनो ने चेताया, 'आसपास शार्क हो सकती हैं।' चट्टानों के बीच पानी में छपाकें लगाते हम अच्छे-अच्छे सीप-शंख ढूँढते रहे, फिर एक बड़ी-सी चट्टान पर बैठ कर समुद्र की ओर ताकने लगे जहाँ ताज़गी का अहसास कराने वाले नीले पानी के फैलाव में एक जहाज़ शान्ति से आगे बढ़ा जा रहा था। ऐसे में यह मानना भी मुश्किल था कि आधी दुनिया में जंग छिड़ी हुई है, और यहाँ से महज़ दो-तीन किलोमीटर दूर बताविया में भी घमासान युद्ध चल रहा है।

घर लौटते हुए हमने धान के खेतों के बीच से जाने वाला रास्ता पकड़ने का फ़ैसला किया, लेकिन जल्दी ही हमें समझ में आ गया कि हमारी साइकिलों के टायर कीचड़ में फँस रहे हैं। इससे हमें वापसी में देर हो गयी, और रास्ता भटक कर शहर के एक ऐसे इलाके में जा पहुँचे जो जाना-पहचाना बिल्कुल भी नहीं लग रहा था। हम अभी शहर के अन्दर बामुश्किल घुसे ही थे कि सायरन बजने लगा, और उसके ठीक बाद शहर की ओर बढ़ते हवाई जहाज़ की आवाज़ें सुनाई देने लगीं।

'क्या हमें अपनी साइकिलों से उतर कर कहीं पनाह लेने के लायक जगह ढूँढनी चाहिए।'—मैंने ज़ोर से पूछा।

'नहीं, सीधे घर की ओर तेज़ी से बढ़ें!' सोनो ने चिल्लाकर कहा। 'यहाँ बम नहीं गिरेंगे।'

लेकिन वह गलत था। जहाज़ बहुत नीचे उड़ रहे थे। पल भर के लिए मैंने ऊपर को देखा तो क्या देखता हूँ कि एक जापानी बमवर्षक विमान के खौफ़नाक ढाँचे ने सूरज को अपनी आड़ में ले लिया था। हम तेज़ी से पैडल मारते रहे, लेकिन हम बामुश्किल पचास गज़ ही चले होंगे कि हमारे दाहिने हाथ की ओर कुछ मकानों के पीछे एक ज़ोरदार धमाका हुआ। जिससे हम सड़क के दूसरी ओर जाकर गिरे। हमारी साइकिलें अलग गिरीं। धमाके के बाद साइकिल के पहिये खुद ब खुद घूमते रहे और दीवार से टकराकर उनके अंजर-पंजर ढीले हो गये।

मुझे हाथ और पैरों में ऐसा अहसास होने लगा जैसे बहुत सारे कीड़ों ने मुझे डंक मारे हों। मेरी चमड़ी पर जगह-जगह नन्हीं-नन्हीं खून की बूँदें निकल आयी थीं। सोनो मेरे साथ चल रहा था, घुटनों के बल रेंगते हुए, और मैंने देखा कि उसके हाथों और माथे पर भी मेरी ही तरह उड़ते हुए काँच की बारीक किरचों से छोटी-छोटी खरोंचें पड़ गयी थीं।

जल्दी ही हम फिर अपने पैरों पर खड़े हो गये, और सीधे अपने घरों की ओर भागना शुरू कर दिया। उस दिन हम जैसी तेज़ी से दौड़े वैसे पहले कभी नहीं दौड़े थे।

मेरे पिताजी और सोनो के माता-पिता भी सड़क पर हमें ढूँढते हुए इधर-उधर बौखलाये फिर रहे थे, और जब एक मोड़ पर हम मिल गये, तो उन्होंने हमें अपनी बाँहों में भर लिया।

'तुम कहाँ चले गये थे?'

'तुम्हें क्या हुआ है?'

'ये खरोंचें कैसे आयीं?'

ज़रूरत से ज़्यादा सवाल पूछ डाले गये हमसे। लेकिन इससे पहले कि हमारी साँसें ठीक से चलनी शुरू होतीं और हम उन्हें कुछ समझाते, हमें गोद में उठाकर अपने-अपने घरों में पहुँचा दिया गया। जहाँ-जहाँ घाव थे और कटा हुआ था, मेरे पिताजी ने उन जगहों को धोया और फिर चेहरे और पैरों में दवा लगायी—मेरे रिरियाने को नज़रअन्दाज़ करते हुए—और फिर मेरे चेहरे पर प्लास्टर चिपका दिया।

सोनो और मैं सहम गये, और दोबारा घर से दूर नहीं गये।

उस रात मेरे पिताजी ने कहा—'मुझे लगता है कि एक-दो दिन में हम यहाँ से चल देंगे।'

'क्या कोई और जहाज़ आ गया है?'

'नहीं।'

'फिर हम कैसे जाएँगे? हवाई जहाज़ से,'

'बस देखते जाओ, रस्टी। अभी कुछ भी तय नहीं है, लेकिन इतना तय है कि ज़्यादा सामान नहीं ले जा सकेंगे। बस, दो बैगों में जितना आ जाए, उतना ही।'

'और हमारे डाक टिकटों का क्या होगा?' मैंने पूछा।

मेरे पिताजी ने ढेर सारे डाक टिकट इकट्ठे कर रखे थे, और उनका यह संग्रह कीमती होने के साथ-साथ काफ़ी ज़्यादा भी था।

'दुःख तो मुझे भी है, लेकिन हमें उनमें से ज़्यादा कुछ तो यहीं छोड़ कर चलना पड़ेगा,' वह बोले। शायद हारतोनो साहब मेरे डाक टिकट संभाल कर रख लें। और जब जंग खत्म हो जाएगी—अगर खत्म हुई, तो हम अपने डाक टिकट लेने वापस आ जाएँगे।'

'लेकिन हम डाक टिकटों के एक या दो एलबम्स तो लेकर चल ही सकते हैं न?'

'एक रख लूँगा। एक के लायक ही जगह होगी। और फिर अगर हमें बम्बई में और रकम की ज़रूरत पड़ी, तो हम डाक टिकट बेच सकते हैं।'

'बम्बई? वह तो भारत में है। मैं तो सोच रहा था कि हम सीधे इंग्लैंड जायेंगे।'

'पहले हमें भारत जाना पड़ेगा।'

अगली सुबह सोनो बगीचे में मिला। उसके भी मेरी ही तरह जगह-जगह पट्टियाँ बँधी थीं, और एक पूरे पैर पर भी। लेकिन उसके चेहरे पर हमेशा की तरह खुशी झलक रही थी और मुझे देख कर वह दाँत दिखाकर हँस दिया।

'हम कल जा रहे हैं,' मैंने कहा।

उसके चेहरे से हँसी नदारद हो गयी।

'तुम चले जाओगे तो मुझे बड़ा बुरा लगेगा,' वह बोला। 'लेकिन मुझे खुशी भी होगी, क्योंकि तब जापानी तुम्हें नहीं पकड़ पाएँगे।'

'लड़ाई खत्म होने के बाद मैं फिर आ जाऊँगा।'

'हाँ, ज़रूर आना। और तब जब हम बड़े हो जाएँगे, हम साथ में दुनिया की सैर करने जाएँगे। मैं इंग्लैंड, अमरीका, अफ्रीका, भारत और जापान देखना चाहता हूँ। मैं सब जगह जाना चाहता हूँ।'

'हम सब जगह नहीं जा सकते।'

'जा सकते हैं। हमें कोई नहीं रोक सकता!'

अगले दिन हमें सवेरे तड़के उठना पड़ा। हमने अपने बैग रात को ही सारा सामान रख कर तैयार कर लिये थे। हमने कुछ ही कपड़े लिये, पिताजी के काम के कागज़ात रखे गये, दूरबीन रखी, डाक टिकटों का एक एलबम रखा, और कुछ चॉकलेट रखीं। डाक टिकट और चॉकलेट से तो मैं खुश था, लेकिन मुझे अपने खज़ाने की कई चीज़ों को छोड़ कर जाना पड़ रहा था—मेरी पसन्दीदा किताबें, ग्रामोफ़ोन और उसके रिकॉर्ड, पुरानी समुराई तलवार, खिलौने वाली रेलगाड़ी और डार्ट बोर्ड। तसल्ली बस इस बात की थी कि ये सारी चीज़ें सोनो को मिलने वाली थीं, किसी अजनबी को नहीं।

सुबह के झुटपुटे में एक जीप जैसी गाड़ी घर के आगे आकर रुकी। मेरे पिताजी के साथ काम करने वाले एक डच कारोबारी मिस्टर हूकन्स उसे चला कर लाये थे। सोनो हमें अलविदा कहने के लिए पहले से ही घर के फाटक पर आ चुका था।

'मैं तुम्हारे लिये कुछ लाया हूँ,' उसने कहा।

उसने मेरा हाथ पकड़ा और एक चिकनी-सी सख़्त चीज़ मेरी हथेली पर रख दी। मैंने उसे पकड़ा और ऊपर को उठाया। वह फ़ीके से नीले रंग के जेड पत्थर से तराशा हुआ समुद्री घोड़ा था।

'यह तुम्हारे लिए शुभ होगा,' सोनो बोला।

'शुक्रिया,' मैंने कहा। 'मैं इसे हमेशा अपने पास रखूँगा।'

'चलो अन्दर बैठो, रस्टी,' पिताजी बोले, और मैं गाड़ी में चढ़कर उनके और मिस्टर हूकन्स के बीच में बैठ गया।

जैसे ही गाड़ी चली, मैं हाथ हिलाकर सोनो को अलविदा कहने के लिए घूमा। वह अपने बगीचे की दीवार पर चढ़कर बैठा था और मेरी तरफ़ देखते हुए दाँत दिखाकर हँस रहा था। वह ज़ोर से चिल्लाया—'हम सब जगह जाएँगे, और हमें कोई नहीं रोक पाएगा!'

जब गाड़ी सड़क के छोर पर पड़ने वाले मोड़ से मुड़ी, तब भी वह हमारी तरफ़ देख कर हाथ हिला रहा था।

हम बताविया की वीरान, शांत सड़कों पर आगे बढ़ते गये। रास्ते में कहीं-कहीं जली हुई गाड़ियाँ दिखाई देतीं, तो कहीं टूटी-फूटी इमारतें। फिर हम सोये पड़े शहर को बहुत पीछे छोड़ जंगलों से ढकी पहाड़ियों में चढ़ने लगे। रात को बारिश हुई थी, और जब सूरज हरी-भरी पहाड़ियों के ऊपर आया तो बड़े-बड़े पत्तों पर ठहरी पानी की बूँदें जगमग-जगमग करने लगीं। रोशनी ने जंगल की गहरी हरी रंगत को सुनहरे हरे रंग में बदल दिया, जिसमें कहीं-कहीं कोई सुर्ख लाल या नारंगी रंग के भोंपू जैसे फूल दिखाई दे जाते थे। उन सारे अजब-गजब पेड़-पौधों के नाम भी

नहीं जाने जा सकते थे। गर्म और नम आबोहवा में उगने वाले घने जंगलों को काटकर बनायी गयी सड़क पर हम चले जा रहे थे, जिसके दोनों ओर रोशनी के भूखे पेड़-पौधे धूप के लिए एक-दूसरे से धक्का-मुक्की करते लगते थे, लेकिन इन पेड़ों के सहारे पनपने वाली बेलों ने उन्हें आपस में बाँध रखा था।

जब-तब कोई जेलारांग, यानी जावा में पायी जाने वाली बड़ी-सी गिलहरी, गाड़ी की आवाज़ से चौंक कर पेड़ों से छलांग लगाकर झटपट घने जंगल में गुम हो जाती थी। हमें कई किस्म के परिंदे भी दिखाई दिये—मोर, जंगली मुर्गे, और एक जगह सड़क के किनारे बड़ी शान से खड़ा कलगी वाला कबूतर, जो अपने बड़े डीलडौल और शानदार कलगी की वजह से दूर से ही अलग नज़र आ रहा था। मिस्टर हूकन्स ने गाड़ी धीमी कर ली थी ताकि हम उसे ठीक से देख सकें। जब हम उसके आगे से गुज़र रहे थे तब उसने अपना सिर बिल्कुल नीचे तक झुका लिया जिससे उसकी कलगी ज़मीन से छूने लगी, और उसने एक गहरी और खोखली-सी कूकने की आवाज़ निकाली जो कि टर्की की तीखी पुकार से बहुत अलग थी।

जंगल में आगे चलकर जब एक थोड़ी खुली-सी जगह मिली तो हम वहाँ नाश्ता करने के लिए ठहर गये। उस खुली-सी जगह में काली, हरी और सुनहरी तितलियाँ इधर-उधर मंडरा रही थीं। जंगल का सन्नाटा चीरते हुए बस कभी-कभी हवाई जहाज़ों का शोर सुनायी देता था। जापानियों के ज़ीरो जहाज़ बमबारी करने के लिए बताविया की ओर उड़े जा रहे थे। मुझे सोनो का खयाल आ गया, और मैं सोचने लगा कि वह घर पर क्या कर रहा होगा। हो सकता है ग्रामोफ़ोन सुन रहा हो!

उबले हुए अंडे खाने और थर्मस से गर्म चाय उड़ेलकर पीने के बाद हम फिर गाड़ी में चढ़ अपने आगे के सफ़र पर निकल पड़े।

वहाँ से चलते ही मेरी आँख लग गयी थी, क्योंकि मुझे जब होश आया तब हम बड़ी तेज़ी से बलखाती पहाड़ी सड़क की तीखी ढलान पर नीचे को चले जा रहे थे। समुद्र की शांत नीली खाड़ी दूर नज़र आ रही थी।

'हम फिर समुद्र के किनारे पर आ गये हैं,' मैंने कहा।

'बिल्कुल, सही,' पिताजी ने हामी भरी। 'लेकिन अब हम बताविया से करीब सौ मील दूर हैं, इस द्वीप के एक दूसरे हिस्से में। सामने जो समुद्र तुम्हें दिखाई दे रहा है वह सुंडा स्ट्रेट्स है।'

फिर उन्होंने खाड़ी के शांत किनारे पर पानी में ठहरी हुई झिलमिलाती हुई सफ़ेद चीज़ की तरफ़ इशारा किया।

'वह रहा हमारा जहाज़,' वह बोले।

'वाह सीप्लेन!' मैं चहक उठा। 'मुझे अन्दाज़ा नहीं कि यह हमें कहाँ ले जाएगा?'

'बम्बई तक। उम्मीद तो यही है। कोई और ज़्यादा जगह तो जाने लायक बची नहीं हैं!'

वह बहुत ही पुराना सीप्लेन था, और किसी को भी पक्के तौर पर नहीं पता था—यहाँ तक कि कैप्टन यानी पायलट को भी नहीं कि वह उड़ान भर भी पाएगा या नहीं। मिस्टर हूकन्स हमारे साथ नहीं जा रहे थे। उन्होंने बताया कि जहाज़ उन्हें लेने दूसरे दिन फिर आयेगा। मेरे और पिताजी के अलावा उसमें चार सवारियाँ और थीं, जिनमें से एक को छोड़कर बाकी डच थे। वह अकेला लंदन वाला था। एक फ़ौजी मोटर मेकैनिक जिसकी टुकड़ी जब वहाँ से रवाना हुई तो वह जावा में ही रह गया था। (बाद में उसने हमें बताया था कि वह चीनी बस्ती के एक मयखाने में सो गया था, और उसकी आँख खुलने के चंद घंटों पहले ही उसके रेजिमेंट वाले वहाँ से रवाना हो चुके थे!) हुलिये से वह काफ़ी मैला-कुचैला सा लग रहा था। उसकी कमीज़ का सबसे ऊपर वाला बटन टूटा हुआ था, लेकिन हमारी तरह कॉलर को खुला छोड़ देने की बजाय उसने वहाँ एक बड़ी-सी सेफ़्टी पिन लगा रखी थी जो उसकी चटख गुलाबी टाई के पीछे से झाँक रही थी।

'आपको यहाँ पाकर बड़ी राहत मिली है, बॉस!' वह बोला, और हाथ मिलाते हुए पिताजी को पूरा ही हिला दिया। 'जिस पल मेरी नज़र आप पर पड़ी थी, उसी पल मैंने पहचान लिया था कि आप यॉर्कशायर से हैं। सिर्फ़ सॉगफ़्वा से ही... समझ रहे हैं न आप, मैं क्या कहना चाहता हूँ।' (उनका मतलब फ्रेंच भाषा के शब्द सॉगफ़्वा से था, जिसका मतलब होता है चेहरे पर झलकने वाला आत्मविश्वास और गम्भीरता।) 'अब तक मैं यहाँ मुझे देख कर नाक-भौं सिकोड़ने वाले इन विदेशियों के साथ था जिनकी बक-बक में से एक भी शब्द मेरी समझ में नहीं आता। क्या आपको लगता है कि यह खचड़ा पीपा हमें 'ब्लायटी' तक पहुँचा पायेगा?' (उर्दू के शब्द विलायत यानी विदेश से प्रेरित इंग्लैंड का एक नाम जिसे अंग्रेज़ फ़ौजी अपने वतन के लिए इस्तेमाल करते थे।)

'वैसे लगता तो यह कुछ ढीला-ढाला ही है,' पिताजी ने कहा। 'देखने से तो यही लगता है कि यह शुरू-शुरू में बने पानी पर उड़ने वाले जहाज़ों में से एक है। यह हमें बम्बई तक पहुँचा दे, तो गनीमत है।'

'जावा से बाहर कहीं भी ले जा कर छोड़ दे, मेरे लिये तो इतना ही काफ़ी है,' सफ़र में हमारे नये साथी ने कहा। 'मेरा नाम है मगरिज।'

'आपसे मिलकर अच्छा लगा, मिस्टर मगरिज,' पिताजी ने कहा। 'मैं बॉन्ड

हूँ। और यह मेरा बेटा है।'

मिस्टर मगरिज ने अपने हाथ से मेरे बाल बिगाड़ दिये, और मुझे देख कर आँख मिचकायी।

सीप्लेन के कैप्टन ने हमें इशारे से उस छोटी सी डोंगी में बैठने के लिए जिस पर चढ़ कर पानी में कुछ ही दूर पर खड़े सीप्लेन तक जाना था, कहा, 'तो अब हमारा सफ़र शुरू होता है। दुआ करो और खैर मनाओ।'

सीप्लेन को उड़ान भरने में बहुत समय लग गया। कई बार दूर तक तेज़ी से जाने के बाद कहीं उसने उड़ान भरी। फिर किसी शराबी की तरह झूमता और झटके खाता साफ नीले आसमान में ऊपर को उठा।

'एक बार को तो मुझे लगा कि हम इसी खारे पानी में समा जाएँगे,' अपनी सीट बेल्ट खोलते हुए मिस्टर मगरिज बोले। 'और जहाँ तक मछली की बात है, तो मैं तली मछली और आलू के चिप्स की एक प्लेट और एक बोतल बीयर के लिए हफ़्ते भर की कमाई खर्च कर सकता हूँ।'

'बम्बई में मैं आपको बीयर पिलाऊँगा,' मेरे पिताजी बोले।

'फ़िलहाल एक अंडा तो खाइये,' मैं बोला। मुझे याद आ गया था कि हमारे एक बैग में अब भी कुछ उबले अंडे बचे थे।

'शुक्रिया, दोस्त,' फ़ुर्ती से एक अंडा उठाते हुए मिस्टर मगरिज बोले। 'और यह तो सचमुच का अंडा है! मैं पिछले छह महीने से अंडे के पाउडर से काम चला रहा था। फ़ौज में वही देते हैं खाने के लिए। और मैं आपको बताए देता हूँ कि वह पाउडर मुर्गी के अंडों से नहीं बनाते। समुद्री कौओं या कछुओं के अंडों से बनाते हैं!'

'नहीं,' पिताजी चेहरे पर कोई भी भाव लाये बिना बोले। 'साँप के अंडों से।'

मिस्टर मगरिज के चेहरे पर कुछ ऐसे भाव आ गये जैसे अन्दर ही अन्दर उन्हें उबकाई-सी आ रही हो, लेकिन उन्होंने जल्दी ही खुद को सम्भाल लिया, और फिर यही कोई घंटे भर तक चर्चिल, हिटलर, रूज़वेल्ट, महात्मा गाँधी और बेटी ग्रेब्ल समेत दुनिया भर की तमाम चीज़ों के बारे में बातें करते रहे। (जिनका नाम आखिर में आया है, वह अपनी दिलकश टाँगों के लिए मशहूर थीं।) अगर उन्हें मौका मिलता तो वह बम्बई तक सारे रास्ते चकर-चकर करते रहते, लेकिन अचानक हमारा बूढ़ा सीप्लेन बुरी तरह थरथराने लगा, हिचकोले खाने लगा।

'लगता है किसी इंजन में कोई खराबी आ गयी है,' मेरे पिताजी बोले।

जब मैंने काँच लगी छोटी-सी खिड़की से बाहर देखा, तो ऐसा लगा जैसे समुद्र हमें अपने आगोश में लेने के लिए ऊपर को उठा आ रहा है।

तभी को-पायलट ने केबिन में आकर डच ज़ुबान में कुछ कहा। मुसाफ़िरों के चेहरों पर हवाइयाँ उड़ने लगीं और सारे के सारे सीट बेल्ट बाँधने लगे।

'ये मुआ क्या कह कर गया है?' मिस्टर मगरिज ने पूछा।

'मुझे लगता है उसे जहाज़ को मजबूरी में पानी पर उतारना पड़ रहा है,' मेरे पिता ने कहा। उन्हें इतनी डच आती थी कि जो बात कही गयी है उसका अभिप्राय उन्हें समझ में आ जाता था।

'लो, गये हम सब पानी में!' मिस्टर मगरिज के मुँह से अनायास ही निकल गया।

'हे ईश्वर, बचा लो हमें! और, बॉस, हम बम्बई से अभी कितनी दूर हैं?'

'कुछ सौ मील दूर होंगे,' मेरे पिताजी बोले।

'दोस्त, तुम्हें तैरना आता है?' मिस्टर मगरिज ने मेरी तरफ़ देखते हुए कहा।

'हाँ,' मैं बोला। 'लेकिन यहाँ से बम्बई तक की दूरी तैर कर नहीं तय कर पाऊँगा। आप कितनी दूर तक तैर सकते हैं?'

'गुसलखाने के टब के एक सिरे से दूसरे सिरे तक,' वह बोले।

'फ़िक्र न करें,' मेरे पिताजी ने कहा। 'बस इतना देख लें कि आपका लाइफ़ जैकिट ठीक से बँधा है या नहीं।'

हम अपने लाइफ़ जैकिट जाँचने लगे। पिताजी ने दो बार देखा कि मेरा लाइफ़ जैकिट ठीक से बँधा हैं या नहीं।

अब तक पायलट दोनों इंजन बन्द कर चुका था, और चक्कर काटता हुआ जहाज़ को नीचे उतार रहा था, लेकिन वह जहाज़ की रफ़्तार पर काबू नहीं कर पा रहा था और जहाज़ एक तरफ़ झुका जा रहा था। आसानी से निचले हिस्से पर उतरने की बजाय जहाज़ के एक डैने के सिरे ने सबसे पहले पानी को छुआ। और इस वजह से जहाज़ चक्कर खाता हुआ बेतहाशा हिलोरे मार रही लहरों पर उतरा। जहाज़ का पानी पर उतरना था कि एक बेहद ज़ोर का झटका लगा। अगर सीट बेल्ट न बँधी होतीं, तो हम अपनी सीटों पर न रह पाते। सीट बेल्ट बँधी होने के बावजूद मिस्टर मगरिज का सिर आगे वाली सीट से बुरी तरह टकराया, और फ़िलहाल वह खून से चुहचुहाती नाक पकड़कर गालियाँ बके जा रहे थे।

जैसे ही जहाज़ ठहरा, मेरे पिता ने मेरी सीट बेल्ट खोल दी। बेकार की बातों के लिए वक्त ही नहीं बचा था। जहाज़ के अन्दर पानी आने लगा था, और सभी मुसाफ़िर हड़बड़ाते हुए बाहर निकलने के रास्ते की तरफ़ बढ़ने लगे थे—एक को छोड़कर—गर्दन टूटने से जिसकी जान सीट पर बैठे-बैठे निकल चुकी थी। को-पायलट ने हत्था खींचा और बाहर निकलने के रास्ते का हैच खुला तो हादसे के

शिकार जहाज़ से टकरातीं ऊँची-ऊँची लहरें दिखाई देने लगीं।

पिताजी ने मेरा हाथ पकड़ कर बाहर निकलने की जगह की ओर पहुँचाया।

'जल्दी करो, रस्टी,' वह बोले। 'जहाज़ ज़्यादा देर तक तैरता नहीं रहेगा।'

'ज़रा मेरी मदद करो!' मिस्टर मगरिज ने पुकारा। वह अब भी अपनी लाइफ़ जैकिट से जूझ रहे थे। 'पहले ही इस कमबख़्त नाक से खून निकल रहा था, अब पता नहीं क्या फँस गया है इसमें।'

मेरे पिताजी ने लाइफ़ जैकिट ठीक से पहनने में उनकी मदद की, और फिर हमारे बाहर निकलने से पहले ही उन्हें बाहर धकेल दिया।

जब हम तैर कर सीप्लेन से दूर जाने में जुटे थे, तब मिस्टर मगरिज हमारे बगल में ही बेतहाशा हाथ-पैर चलाये जा रहे थे। दूसरे मुसाफ़िर भी हमें दिखाई दे रहे थे। उनमें से एक ने डच में आवाज़ लगाकर हमसे अपने पीछे-पीछे आने के लिए कहा।

हम उसके पीछे-पीछे तैरते हुए पानी पर हिचकोले खाती पीले रंग की उस छोटी-सी नाव की तरफ़ बढ़ने लगे, जो जहाज़ के पानी पर उतरते ही बाहर निकल आयी थी। वह छोटी-सी डोंगी ज़मीन से कम नहीं लग रही थी।

जहाज़ से बाहर निकले हम सब किसी तरह उस डोंगी में चढ़ गये। हम सात लोग थे, और किसी तरह उस डोंगी में अटे हुए थे। हम डोंगी के बीच के गहरे वाले हिस्से में ठीक से अपनी-अपनी जगह बना भी नहीं पाये थे कि मिस्टर मगरिज अपनी नाक पकड़े-पकड़े ही बोल पड़े—'लो, वो गया!' और हम सब सीप्लेन को तेज़ी के साथ चुपचाप लहरों में समाते देखते रह गये।

डोंगी में काफ़ी सारा पानी भर गया था, और हम सब डोंगी से पानी बाहर निकालने में जुट गये। डोंगी में दो मग थे। जिनके हाथ मग नहीं लगे वे अपने टोप, और हाथों से ही पानी उलीच कर डोंगी से बाहर निकालने में जुटे रहे। लहरें कुछ ज़्यादा ही हिलोरें मार रही थीं, जिससे बार-बार डोंगी में पानी भर जाता था। लेकिन आधे घंटे में ही हमने सारा पानी निकाल दिया। उसके बाद हमारा काम आसान हो गया। दो-दो लोग बारी-बारी से पानी उलीचते रहते और बाकी आराम करते। कोई भी मुझसे यह काम करने की उम्मीद नहीं करता था, लेकिन मैं अपनी तरफ़ से हाथ बँटाता रहा, पानी निकालने के लिए अपने पिता की सोला टोपी इस्तेमाल करके।

'हम कहाँ हैं?' एक मुसाफ़िर ने पूछा।

'किसी भी जगह से बहुत दूर,' दूसरे ने जवाब दिया।

'हिन्द महासागर में कुछ टापू तो ज़रूर होंगे।'

'लेकिन किसी टापू तक पहुँचते-पहुँचते हमें कई दिन भी लग सकते हैं।'

'दिन क्या, कई हफ़्ते भी लग सकते हैं,' कैप्टन ने कहा। 'चलो हम यह देखते हैं कि हमारे पास खाने को क्या-क्या है।'

डोंगी में खाने-पीने की इतनी चीज़ें थीं जो हफ़्ते भर के लिए काफ़ी थीं— बिस्कुट, किशमिश, चॉकलेट (हमारी वाली तो सीप्लेन के साथ समुद्र में चली गयी थीं), और हफ़्ते भर के लिए पीने का पानी। डोंगी में एक फ़र्स्ट-एड बॉक्स भी था, जिसे सबसे पहले इस्तेमाल किया गया था, क्योंकि मिस्टर मगरिज की नाक पर ध्यान देने की ज़रूरत थी। कुछ और लोगों के कहीं न कहीं कट गया था या चोट आयी थी। एक मुसाफ़िर के सिर में ज़ोर की चोट लगी थी और ऐसा लग रहा था जैसे उनकी याददाश्त पर असर पड़ा है। उन्हें कुछ भी याद नहीं था कि हम हिन्द महासागर की लहरों के बीच डोंगी में कैसे पहुँचे। उन्हें पक्का यकीन था कि हम बताविया से कुछ मील दूर समुद्र में सैर को निकले हैं।

डोंगी के बेढब तरीके से लहरों के बीच बार-बार ऊपर-नीचे होने का नतीजा यह था कि हम में से हरेक को बेचैनी और उलटी आने की शिकायत हो रही थी। क्योंकि किसी से भी कुछ नहीं खाया जा रहा था, इसलिए एक दिन का राशन बच गया।

धूप बहुत तेज़ थी, लेकिन मेरे पिताजी ने एक बड़ा-सा गोल-गोल बिन्दुओं वाला रुमाल मेरे सिर पर बाँध दिया था। उन्हें पीले बिन्दुओं वाले बड़े-बड़े गले में बाँधने वाले बन्दाना रुमाल कुछ ज़्यादा ही अच्छे लगते थे, और आमतौर पर कम से कम दो तो वह हमेशा अपने साथ लेकर चलते थे। यानी मेरे सिर पर बाँधने के बाद उनके पास एक अपने लिए भी बचा था। उनकी सोला टोपी जो समुद्र के पानी में भीग चुकी थी, उसे अब मिस्टर मगरिज लगाये हुए थे।

जब समुद्र में हिचखोले खाने की वजह से खराब हो रही तबियत कुछ सुधरी तब मुझे बेशकीमती डाक-टिकटों के एलबम का ध्यान आया। मैं हड़बड़ाकर सीधा बैठ गया और चौंक कर बोला—'डाक टिकट! आप एलबम साथ लाये या नहीं, डैड?'

उन्होंने उदास होकर सिर हिला दिया। 'अब तक तो वह समुद्र की तली तक पहुँच गया होगा। लेकिन चिन्ता न करो, कुछ बेहद मुश्किल से मिलने वाले डाक टिकट मैंने अपने बटुए में रख लिये थे।' यह कहकर उन्होंने मुस्कुराते हुए अपनी कमीज़ की जेब को छुआ।

डोंगी दिन भर इधर-उधर भटकती-घूमती रही, और किसी को भी इस बात का कोई अन्दाज़ा नहीं था कि उसमें बैठे हम किधर चले जा रहे हैं।

'लगता है हम बस गोल-गोल घूमे जा रहे हैं,' मिस्टर मगरिज ने निराशा के साथ कहा।

न तो हमारे पास दिशासूचक कंपास था, और न ही पाल। और अगर हमारे पास चप्पू होते, तो भी उन्हें चलाकर डोंगी को खेने से हम कहीं नहीं पहुँचते। हमारे पास खुद को बहाव के भरोसे छोड़ने और यह उम्मीद करने के सिवा कोई चारा नहीं था कि हम बहाव के साथ ज़मीन या पास से गुज़रते किसी जहाज़ के इतना करीब पहुँच जाएँगे जहाँ से बचाव के लिए गुहार लगायी जा सके।

सूरज ऐसे डूबा जैसे ज़रूरत से ज़्यादा पका टमाटर आहिस्ता-आहिस्ता समुद्र में घुल गया हो। अंधेरा हम पर हावी हो रहा था। रात अंधेरी थी, चाँद का नामोनिशां नहीं था, और उठती हुई लहरों के सिरों पर सफ़ेद झाग के सिवा और कुछ भी नज़र नहीं आ रहा था। मैंने अपना सिर पिताजी के कंधे पर टिका लिया था, और दूर आसमान में टिमटिमाते सितारों को देख रहा था।

'शायद तुम्हारा दोस्त सोनो भी आज की रात आसमान की ओर नज़र डाले और इन्हीं सितारों को देखे,' पिताजी बोले। 'आखिरकार दुनिया इतनी बड़ी भी नहीं है।'

'सारी तो एक जैसी है, हमारे चारों ओर तो समुद्र ही समुद्र है,' अंधेरे में से मिस्टर मगरिज के बोलने की आवाज़ आयी।

सोनो को याद करते हुए मैंने अपनी जेब में हाथ डाला और छूने से पता चल गया कि उसका दिया जेड का वह समुद्री घोड़ा मौजूद है तो बड़ी तसल्ली हुई।

'सोनो का जेड वाला समुद्री घोड़ा अब भी मेरी जेब में है,' मैंने कहा, और पिताजी को दिखाने के लिए निकाला।

'इसे होशियारी से रखो,' वह बोले। 'हो सकता है यह हमारी किस्मत चमका दे।'

'समुद्री घोड़े शुभ होते हैं क्या?'

'कौन जाने? लेकिन उसने तुम्हें प्यार से दिया था न, और प्यार में दुआ जैसा असर होता है। इसलिए, इसे संभाल कर रखो।'

उस रात मैं ठीक से नहीं सोया। मुझे नहीं लगता कि कोई भी सोया होगा। कोई आपस में बातचीत भी नहीं कर रहा था, मिस्टर मगरिज के सिवा जो बार-बार ठंडी बीयर और सलामी के बारे में कुछ न कुछ बुदबुदाये जा रहे थे।

दूसरे दिन मेरी तबियत पहले की तरह नहीं बिगड़ी। दस बजे तक मुझे तेज़ भूख लगने लगी थी। लेकिन नाश्ते में हमें दो बिस्कुट, एक टुकड़ा चॉकलेट और थोड़ा-सा पीने का पानी मिला। उस दिन भी बहुत गर्मी थी, और हम सभी को जल्दी ही प्यास सताने लगी। लेकिन सभी इस बात पर राज़ी थे कि हमें अपनी खाने-पीने की चीज़ों को बचा-बचा कर इस्तेमाल करने के लिए सख़्ती बरतनी चाहिए।

दो-तीन लोगों की अब भी तबियत ठीक नहीं लग रही थी, लेकिन बाकी लोग, जिनमें मिस्टर मगरिज भी थे, अब स्वस्थ थे, और उन्हें अब भूख लगने लगी थी और अब वे सामान्य लग रहे थे, वे अब आपस में हमारे बचाव के लिए किसी की मदद मिलने की संभावनाओं के बारे में चर्चा कर रहे थे।

'डोंगी में संकट के समय चलाये जाने वाले "डिस्ट्रेस रॉकेट" हैं?' मेरे पिताजी ने पूछा। 'अगर हमें कोई पानी का जहाज़ या हवाई जहाज़ दिखाई देता है, तो हम हवा में रॉकेट दाग कर यह उम्मीद कर सकते हैं कि हमें देख लिया जाये। वरना दूर से यूँ ही कोई हमें देख ले इसकी उम्मीद नहीं की जा सकती।'

डोंगी में अच्छी तरह तलाशा गया, लेकिन उसमें रॉकेट नहीं थे।

'ज़रूर किसी ने गाय फ़ॉक्स के त्योहार के दिन पर दाग दिये होंगे,' मिस्टर मगरिज़ ने अपनी बात रखी।

'हॉलैंड में गाय फ़ॉक्स-डे नहीं मनाया जाता,' मेरे पिताजी ने कहा। 'गाय फॉक्स अंग्रेज़ थे।'

'आह,' मिस्टर मगरिज़ के मुँह से निकला, लेकिन उन्हें फ़र्क ज़रा भी नहीं पड़ा था। 'मैं तो हमेशा यही कहता हूँ कि ज़्यादातर बड़ी हस्तियाँ अंग्रेज़ ही हैं। और ये गाय फ़ॉक्स करता क्या है?'

'उसने संसद भवन को उड़ाने की साज़िश रची थी,' मेरे पिताजी ने जवाब दिया।

उस दिन दोपहर बाद हमने पहली बार शार्क देखीं। सचमुच बड़ी विशालकाय होती हैं। और जब वे हमारी डोंगी के बिल्कुल करीब से गुज़रती थीं, तो ऐसा लगता था जैसे डोंगी से टकराकर उसे डुबो देंगी। फिर कुछ देर के लिए शार्क कहीं और चली गयीं, लेकिन शाम को आकर फिर हमारे आसपास मंडराने लगीं।

रात को, जब मैं अपने पिताजी के बगल में आधा सोया आधा जागा-सा पड़ा था, मुझे अपने मुँह पर पानी की कुछ बूँदें गिरने का अहसास हुआ। पहले तो मुझे लगा कि समुद्र की लहरों से ही कुछ बूँदे छिटक कर आ पड़ी होंगी, लेकिन जब बूँदें लगातार गिरने लगीं, तब मुझे समझ में आया कि वे बारिश की बूँदें थीं।

'बारिश!' मैं चिल्लाया, और सीधा बैठ गया। 'बारिश हो रही है!'

सब जाग गये और मग, टोपे या जिसे जो मिला, उसमें बारिश का पानी इकट्ठा करने लगा। मिस्टर मगरिज तो बारिश का पानी पीने के लिए मुँह खोल कर उसे ऊपर करके लेट गये थे।

'भई मज़ा आ गया!' वह बोले। 'समंदर के किनारे की रेती पर धूप सेंकने

का मज़ा तो आपको दुनिया में कहीं भी मिल सकता है। इंग्लैंड की धरती पर बारिश वाले दिन जीने को मिले तो कोई बात बने!'

लेकिन सुबह होते-होते बादल छँट गये और वह दिन पिछले दिन से भी गरम निकला। धूप से बुरी तरह तपे-जले हम सुर्ख लाल हो गये थे। सूरज के सिर पर आते-आते मिस्टर मगरिज की भी बोलती बन्द हो चुकी थी। किसी के पास बातें करने की हिम्मत नहीं बची थी।

फिर मेरे पिताजी ने बहुत धीरे से कहा, 'तुम्हें हवाई जहाज़ की आवाज़ सुनायी दे रही है, रस्टी?'

मैंने बहुत गौर से सुनने की कोशिश की, और मुझे लहरों की लगातार आ रही आवाज़ से अलग बहुत दूर से आती हवाई जहाज़ की आवाज़ सुनायी पड़ गयी, लेकिन वह जहाज़ ज़रूर बहुत दूर होगा क्योंकि हमें कहीं नज़र नहीं आ रहा था। हो सकता है ऐसी जगह उड़ रहा हो जहाँ धूप की चकाचौंध की वजह से न दिखाई दे रहा हो। और फिर हमारी आँखें पहले ही जलन की वजह से ठीक से नहीं खुल रही थीं। इसके अलावा यह भी हो सकता है कि जहाज़ की आवाज़ सिर्फ़ हमारे खयालों में रही हो!

फिर, जिसकी याददाश्त चली गयी थी, उस डच को लगा कि उसे ज़मीन दिखायी दी, और वह बार-बार ज़मीन और आसमान के मिलने की जगह इशारा करके कहने लगा—वो देखो, बताविया! मैंने कहा था न कि हम किनारे के पास ही कहीं हैं!' और किसी को कुछ नहीं दिखायी दे रहा था। इसका मतलब मैं और पिताजी ही ऐसे नहीं थे जिन्हें खयालों ही खयालों में कुछ दिखाई-सुनाई दे रहा हो!

शार्क अब भी जब-तब आकर हमारे पास मंडराने लगती थीं। मिस्टर मगरिज न जाने क्यों उन्हें देख कर कुढ़ने लगे, और उन्होंने अपने एक पैर का जूता उतारा और खींचकर सबसे नज़दीक से गुज़रती शार्क को दे मारा। लेकिन उस बड़ी सी मछली पर जैसे उसका कोई असर ही नहीं हुआ और वह हमारी डोंगी का पीछा करती रही।

'अब अगर आपकी टाँग उस जूते में होती, मिस्टर मगरिज, तब शार्क उसे पकड़ लेती,' मेरे पिताजी ने कहा।

'अपने जूते मत फेंकिये,' कैप्टन ने कहा। 'हो सकता है कि हम किसी ऐसी जगह किनारे पर जाकर लगें जहाँ हमें कई सौ मील तक पैदल चलना पड़े!'

शाम को धीमी-धीमी हवा चलने लगी, और डोंगी बौखलाये से पानी में ज़्यादा तेज़ी से चलने लगी।

'आखिरकार अब हम आगे को चल रहे हैं,' कैप्टन ने कहा।

'एक ही इलाके में गोल-गोल घूमे जा रहे हैं,' मिस्टर मगरिज बोले।

लेकिन हवा ताज़गी भरी थी। उसने दिन भर के तपते हाथ-पैरों को ठंडक पहुँचायी, और उसी की बदौलत हमें नींद नसीब हुई। आधी रात को किसी समय मेरी आँख खुल गयी, और तब मुझे बहुत तेज़ भूख लग रही थी।

'तुम ठीक तो हो?' पिताजी ने पूछा। वह लगातार जाग रहे थे।

'बस भूख लग रही है,' मैंने कहा।

'और तुम खाना क्या चाहते हो?'

'संतरे!'

वह हँस पड़े। इस डोंगी में तो संतरे हैं नहीं, लेकिन मैंने अपने हिस्से का चॉकलेट का टुकड़ा तुम्हारे लिये बचा कर रख लिया था। और थोड़ा-सा पानी भी है, अगर तुम पीना चाहो तो!'

मैंने चॉकलेट को बहुत देर तक मुँह में रखा, इस कोशिश में कि वह बहुत देर तक चले। फिर मैंने थोड़ा-सा पानी पिया।

'आपको भूख नहीं लगी है,' मैंने पूछा।

'बहुत ज़्यादा लग रही है! अगर मिल जाये तो इस समय मैं पूरा का पूरा टर्की खा जाऊँ। जब हम बम्बई या मद्रास या कोलंबो, या फिर जहाँ कहीं भी पहुँचेंगे, तो हम शहर के सबसे अच्छे रेस्तरां में जाकर ऐसे खाएँगे जैसे...जैसे...'

'जैसे जहाज़ डूबने के बाद जान बचाकर लौटे जहाज़ी!' मैंने कहा।

'बिल्कुल!'

'क्या आपको लगता है कि हम कभी ज़मीन पर पहुँचेंगे भी, डैड?'

'मुझे पूरा यकीन है, हम पहुँचेंगे। तुम डर तो नहीं रहे हो?'

'नहीं। आप जो हैं मेरे साथ।'

अगली सुबह, सभी खिल उठे। हमें समुद्री चिड़िया जो दिखायी दिये। इस बात का मतलब पक्के तौर पर यही था कि ज़मीन ज़्यादा दूर नहीं हो सकती। लेकिन एक डोंगी को तीस या चालीस मील की दूरी तय करने में कई दिन भी लग सकते थे। परिंदे डोंगी के ऊपर शोर मचाते हुए चक्कर काटते रहे। उनकी आवाज़ें, हवा, समुद्र के शोर और हमारी अपनी थकी-हारी आवाज़ों से अलग तीन दिन और तीन रातों के बाद सुनायी देने वाली जानी-पहचानी आवाज़ें थीं।

शार्क भी दिखाई देनी बन्द हो गयी थीं। यह भी एक राहत देने वाली बात

थी। उन्हें पानी पर जगह-जगह उतराती तेल की तह नापसन्द थीं।

लेकिन कुछ देर में समुद्री चिड़िया न जाने कहाँ उड़ गयीं, और हमें दहशत हो गयी कि लगता है कि हम दूर चले जा रहे हैं।

'गोल-गोल,' मिस्टर मगरिज ने दोहराया। 'गोल-गोल।'

हमारे पास अभी एक और हफ़्ते के लायक खाने की चीज़ें और पानी मौजूद था, लेकिन कोई भी समंदर में एक और हफ़्ता बिताने के बारे में सोचना भी नहीं चाहता था।

सूरज आग का गोला बना हुआ था। हमारे पास इतना पानी नहीं था कि हमारी प्यास बुझ जाए। दोपहर होते-होते न तो हमारे पास ज़्यादा उम्मीदें बची थीं और न ही ताक़त।

पिताजी ने अपने पाइप को मुँह में दबाया हुआ था। उन्होंने उसमें तंबाकू नहीं भरी थी, लेकिन पाइप को दाँतों से यूँ ही दबाये रखना उन्हें अच्छा लगता था। उनका कहना था कि ऐसा करने से उनका मुँह ज़्यादा सूखने से बच जाता था।

शार्क फिर आकर हमारे आसपास मंडराने लगीं।

मिस्टर मगरिज ने अपना दूसरा जूता उतारा और उसे भी उनमें से एक शार्क को फेंक कर मारा।

'इंग्लैंड की भीगी-भीगी खुशनुमा गर्मी के मौसम का कोई मुकाबला ही नहीं,' वह बुदबुदाये।

मैं डोंगी के बीच के गहरे वाले हिस्से में गहरी नींद सो गया। मेरे मुँह पर पिताजी का बड़ा वाला रुमाल पड़ा था। रुमाल के कपड़े के गोल-गोल पीले बिन्दु गोल-गोल घूमते विशालकाय सूरज जैसे लग रहे थे।

जब मैं जागा, तो मैंने देखा कि हमारी डोंगी पर किसी बहुत बड़ी चीज़ की छाया पड़ रही है। पहले तो मैंने सोचा कि बादल का टुकड़ा होगा। लेकिन वह साया हिल-डुल रहा था। तभी मेरे पिताजी ने मेरे चेहरे से रुमाल हटा लिया और बोले, 'अब जाग जाओ, रस्टी। जल्दी हम किनारे पर पहुँच जाएँगे।'

मैंने देखा कि डोंगी के बगल में मछली पकड़ने वाली नौका थी, और वह हिलता-डुलता साया उसकी फड़फड़ाती पतवार का था। धूप से साँवली पड़ी चमड़ी वाले मछुआरे अपनी नाव पर खड़े-खड़े मुस्कुराते हुए हमें देख-देख कर आपस में बातें कर रहे थे।

कुछ दिनों बाद मैं और पिताजी बम्बई पहुँच चुके थे।

मेरे पिताजी ने अपने बेशकीमती डाक-टिकट हज़ार रुपये से ज़्यादा में बेच दिये, और हम एक आरामदेह होटल में रह सके। मिस्टर मगरिज को हवाई जहाज़ से लंदन भेज दिया गया। बाद में हमें उनका पोस्टकार्ड मिला जिसमें उन्होंने लिखा था कि इंग्लैंड की बारिश बड़ी बुरी होती है!

इस बीच मेरा ध्यान जेड के उस समुद्री घोड़े पर गया जो सोनो ने मुझे दिया था।

वह आज भी मेरे पास है।

❑❑❑

स्थापित 1912
100 वर्षों की
श्रेष्ठ प्रकाशन परम्परा
राजपाल

'राजपाल एण्ड सन्ज़' की स्थापना एक शताब्दी पूर्व 1912 में लाहौर में हुई। आरंभिक दिनों में अधिकतर धार्मिक, सामाजिक और देश-प्रेम की पुस्तकें ही प्रकाशित होती थीं। हिन्दी के अतिरिक्त अंग्रेज़ी, उर्दू और पंजाबी भाषा में भी पुस्तकें प्रकाशित की जाती थीं।

1947 में भारत-विभाजन के बाद 'राजपाल एण्ड सन्ज़' को नए सिरे से दिल्ली में स्थापित किया गया। और साहित्यिक पुस्तकों का प्रकाशन आरम्भ हुआ। दिनकर, महादेवी वर्मा, बच्चन, अज्ञेय, शिवानी, आचार्य चतुरसेन, विष्णु प्रभाकर, राजेन्द्र यादव, मोहन राकेश, रांगेय राघव, कमलेश्वर और अन्य साहित्यिक सितारे यहाँ से प्रकाशित हुए। 'राजपाल एण्ड सन्ज़' से प्रकाशित 'मधुशाला', 'कुरुक्षेत्र', 'मानस का हंस', 'आवारा मसीहा', 'कितने पाकिस्तान', 'आषाढ़ का एक दिन' जैसी पुस्तकें हिन्दी साहित्य की 'क्लासिक' पुस्तकें मानी जाती हैं और आज भी लोकप्रियता के शिखर पर हैं। भारत के राष्ट्रपतियों और प्रधानमंत्रियों की पुस्तकें प्रकाशित करने का गौरव भी 'राजपाल एण्ड सन्ज़' को प्राप्त है। नोबेल पुरस्कार सम्मानित अर्थशास्त्री डा. अमर्त्य सेन की सभी पुस्तकों के हिन्दी अनुवाद यहाँ से प्रकाशित हैं। देश-विदेश में चर्चित पुस्तकों के अनुवाद, विश्वविख्यात कोशकार डॉ. हरदेव बाहरी द्वारा संपादित 'राजपाल' शब्दकोशों की शृंखला और किशोरों के लिए सैकड़ों पुस्तकें 'राजपाल एण्ड सन्ज़' से प्रकाशित हुई हैं।

पाठकों के स्वस्थ और सुरुचिपूर्ण मनोरंजन और ज्ञानवर्धन के लिए समर्पित 'राजपाल एण्ड सन्ज़' से हिन्दी और अंग्रेज़ी में पुस्तकें प्रकाशित होती हैं जो सभी बड़े पुस्तक-विक्रेताओं के यहां उपलब्ध हैं।

राजपाल एण्ड सन्ज़

1590 मदरसा रोड, कश्मीरी गेट, दिल्ली-6, फोन: 011-23869812, 23865483
email: sales@rajpalpublishing.com, website: www.rajpalpublishing.com

रस्किन बॉन्ड की अन्य चर्चित पुस्तकें

रूम ऑन द रूफ़

इस उपन्यास का पात्र, रस्टी एक सोलह वर्षीय एंग्लो-इंडियन लड़का है जिसके मां-बाप नहीं हैं और जिसे अपने अंग्रेज़ रिश्तेदारों के साथ रहना पड़ता है। मनमौजी, घुमक्कड़ और विद्रोही स्वभाव वाले रस्टी को अपने रिश्तेदारों का अनुशासन और तौर-तरीके बिलकुल रास नहीं आते और वह उनके घर से भाग जाता है। फिर उसे मिलते हैं नये दोस्त जिनके साथ बाज़ार, मेले और त्योहारों की चहल-पहल में वह खो जाता है...

बचपन और जवानी के बीच की अल्हड़ उम्र के अनुभवों पर आधारित यह क्लासिक उपन्यास आज भी पाठकों का भरपूर मनोरंजन करता है।

वे आवारा दिन

रस्किन बॉन्ड के क्लासिक उपन्यास *रूम ऑन द रूफ* को आगे बढ़ाती हुई शरारती, साहसी और जोखिमभरे कारनामे करनेवाले रस्टी और उसके दोस्त किशन की मन को गुदगुदाने वाली कहानी है—*वे आवारा दिन*।

सभी प्रमुख पुस्तक विक्रेताओं पर उपलब्ध या
इस वेबसाइट से मंगवाएं
www.rajpalpublishing.com

रस्किन बॉन्ड की अन्य चर्चित पुस्तकें

उड़ान

सच्ची घटनाओं पर आधारित 1857 के पहले स्वतंत्रता-संग्राम की पृष्ठभूमि पर लिखा गया यह उपन्यास इतिहास के शिकंजे में जकड़े प्रेम-भरे दिल की एक दास्तान है। श्याम बेनेगल की फिल्म 'जुनून' इसी उपन्यास पर आधारित है।

दिल्ली अब दूर नहीं

धूल और सुस्ती में लिपटा पीपलनगर उत्तर भारत का एक छोटा-सा शहर है जहाँ ज़िन्दगी बड़ी धीमी गति से चलती है और एक दिन से दूसरे दिन में कोई फर्क नहीं लगता। न कोई बड़ी घटना घटती और न ही बड़ी कोई खबर पैदा होती है। छोटे-से पीपलनगर के वासियों के सपने भी छोटे हैं जिनकी उड़ान दिल्ली पहुँच कर रुक जाती है। इनमें से कौन अपने सपने पूरे कर पाते हैं और कौन पीपलनगर में ही रह जाते हैं—पढ़िए इस उपन्यास में।

सभी प्रमुख पुस्तक विक्रेताओं पर उपलब्ध या
इस वेबसाइट से मंगवाएं
www.rajpalpublishing.com